—————— 阅读之前 没有真相

午夜文库

——————连·戴顿作品

连·戴顿
Len Deighton (1929—)

连·戴顿（Len Deighton），英国著名间谍小说作家，一九二九年生于英国伦敦，曾在英国皇家空军服役，毕业于皇家艺术学院。戴顿的母亲是一名兼职厨师，在他十一岁时，目睹了安娜·沃尔科夫被捕（她母亲的客户之一）。安娜·沃尔科夫是一名纳粹间谍，并被控窃取了丘吉尔和罗斯福之间的私人信件。戴顿日后说起此事时表示，正因为儿时这个不同寻常的经历，才使得他走上写作道路时，第一个想尝试的题材就是间谍小说。

戴顿还是一位插画师，他除了为纽约和伦敦的机构绘制广告插画外，还为二百余本书籍及杂志设计封面。他的处女作《伊普克雷斯档案》在一九六二年一经面世便名声大噪。戴顿曾说，之所以在全是牛津剑桥毕业生的当权派之外选择一位工薪阶层间谍作为主角，是因为他在伦敦广告机构工作时，全体董事会成员中只有他一人没上过伊顿公学。

戴顿与他笔下冷静深沉、却有独一无二幽默感、出身平民阶层的无名英雄一样，低调内敛。他不喜欢接受访问，一生中也极少接受访问；他也从不在各种热闹的文学节上露面。戴顿以其间谍小说闻名于世，是与约翰·勒卡雷，伊恩·弗莱明齐名的"间谍小说三大家"之一。戴顿最知名的两个系列作品为在二十世纪六七十年代出版的秘密档案系列（《伊普克雷斯档案》《柏林葬礼》等）和在二十世纪八十年代出版的"游戏，陷阱与竞赛三部曲"（《柏林游戏》《墨西哥陷阱》《伦敦竞赛》）。他的作品被《卫报》《泰晤士报》《每日邮报》《观察家报》等主流英国媒体及书评人盛赞为"重塑了间谍小说的形态"，对其同时代的勒卡雷等人也产生了巨大影响。《柏林游戏》被英国媒体评为史上最佳二十部间谍小说之一。戴顿本人也被誉为"对这个充满欺骗的人类世界的无畏观察者"。他一生高产，有很多作品被改编成影视作品及广播剧；在享誉世界的同时，也取得了巨大的商业成功。

伊普克雷斯档案
The IPCRESS File

[英] 连·戴顿 著
乔迪 译

新 星 出 版 社　NEW STAR PRESS

序

复印给：	一号文件 复件两份
行动人：	W.O.O.C. (P).
来源：	内阁
授权人：	PH 6
备忘录	

请准备 M/1933/GH 222223 号文件综述，递送国防大臣政务次官

下午两点半，内线电话① 传来消息，说国防大臣不太理解结语里的某些部分。我可能要和国防大臣见一面。

可能吧。

国防大臣的公寓就在特拉法尔加广场边上，从那里能俯瞰整个广场，装潢风格像奥斯卡·王尔德的私宅，繁复又浮华。国防大臣坐在一把朴素规整的谢拉顿式木椅上，而我坐的只是一把精巧舒适的赫伯怀特式椅。两把椅子中间摆着盆一叶兰，我们便透过宽大的叶片窥视彼此。

"老兄，从你自己的角度讲讲整个故事就行。抽烟吗？"

我还在想不然我能从谁的角度，他就把他那薄薄的金烟盒连同叶片递了过来。不过，我先掏出了一包皱皱巴巴的高卢烟，婉

---

① 内线电话，永远畅通。——作者注。

拒了他。我不知道该从何说起。

"我不知道该从何说起,"我说,"档案里的第一份文件……"

国防大臣冲我摆了摆手。"别管档案的事,兄弟。你就告诉我你看到的东西。先说说你跟这家伙第一次见面的情况吧……"他低头看了看手上摩洛哥山羊皮封面的小笔记本,"这家伙叫……杰伊。他的事,你知道多少?"

"杰伊。他的代号换成四号盒子了。"我说。

"为什么?有点让人摸不着头脑。"国防大臣一边问,一边在笔记本上记着些什么。

"整个故事就很让人摸不着头脑,"我对他说,"我干的,就是个没头没脑的营生。"

国防大臣说"确实",说了好几次。我掸了掸撢手上四分之一英寸长的烟灰,烟灰落在脚下泛蓝的卡尚地毯上。

"我第一次见杰伊时,是个周二上午。我当时在莱德尔咖啡馆,时间差不多是十二点五十五分。"

"莱德尔咖啡馆?"国防大臣问,"在哪儿?"

"要是一边叙述一边回答问题就有点困难,"我说,"长官,如果不是特别急的问题,我更希望您能记下来,等我讲完一起问。"

"兄弟,你讲,我不问了。我保证不插嘴。"

就这样,在我讲述的过程中,他果然一次都没有再插嘴。

1

水瓶座（1月20日—2月19日）今日诸事不易。你会遇到各种各样的问题。你会遇见朋友，也会拜访别人。提前做好规划可能会有些帮助。

不管你怎么想，一万八千英镑都是很大一笔钱。英国政府要求我把这笔钱付给坐在桌角的那个男人，而那个男人正拿着刀叉，对一只奶油起酥包实施日常谋杀。

英国政府称他为"杰伊"。杰伊长着一双小眼睛，留着大胡子，穿十码的手工鞋。他走路有一点跛，会习惯性地用食指抚摸自己的眉毛。我太了解他了，因为这一个月来，我每天都在夏洛特街一家私密影院里看他的录像，看了整整一个月。

一个月前，我根本没听说过杰伊。我三周的订婚假就要结束了，几乎什么正事都没干——除非你觉得整理军史相关书籍对一个成年男性来说也算是个正事的话。我的朋友中没几个人会这么说。

早晨醒来，我对自己说"就是今天了"，但我和往常一样并不想起床。还没拉开窗帘，我就听到了雨声，煤烟覆盖的树枝被风吹得噼啪作响。我又把窗帘拉上，踮着脚走过地上冰冷的油地毡，弯腰捡起门口地上的早报，一屁股坐在椅子上等着水烧开。

我不情不愿地套上深色毛呢西装，系上我唯一一条正经领带——就是红蓝绸子上面还印着方块图案那条，但还得等上四十分钟出租车才能来。出租车才不愿意来泰晤士河南边呢。

我总是不太好意思开口对出租车司机说"陆军部"，我曾经还让出租车停在白厅，或只是说"停的时候告诉你"，就是为了避免说出这三个字。我下车之后发现车停在了白厅那个门口，我还得绕过去走到骑兵卫队大道那边的门去。一辆军用吉普停在那里，一个红脖子司机在对一个穿着粗布军服的油腻下士大喊"干他娘的！"。还是那个军队，还是那个味道，我想。走廊像厕所的走廊一样，又黑又脏，每扇涂着绿色油漆的门上都贴着白色小卡片，上面用军队特有的简明风格写着：GS3。这个少校、那个上校，还有些茶室，里面总会有些活泼热情的老太太，戴着眼镜，不在里面调配秘方时就会出现在你眼前。一三四号房和其他屋子一样，里面摆着四个绿色的标准文件柜、两个绿色的金属橱柜，窗边面对面放着两个固定办公桌，窗台上放着半袋一磅装的泰莱白糖。

我是来见罗斯的。我走进屋子。三秒后，罗斯从他聚精会神盯着的那堆文件中抬起头来，看向我说："你来了"，然后紧张地清了清嗓子。这些年来，罗斯和我已达成共识——我们决定憎恨彼此。但作为英国人，即便交恶，表现出来的也是东方式的彬彬有礼。

"请坐。抽烟吗？"过去两年里，我至少每两周就要对他说一次"不抽，谢谢"，但这只廉价的、嵌着木纹蝴蝶的、来自新加坡零钱巷[①]批发市场的烟盒，还是递到了我眼前。

[①]零钱巷，新加坡中部地区商业中心之一，有很多批发零售的小生意。

罗斯的军官生活波澜不惊，也就是说他不会在晚上七点半之后喝杜松子酒，也不会不摘帽子就打女人。他的鼻子又细又长，上唇的小胡子像植绒的墙纸，稀稀拉拉的几根头发被精心打理过，皮肤的颜色和吐司一样。

黑色的电话响了。"你好，哦，是你，亲爱的。"罗斯的每个字都是那么冷淡而单调，"说实话，我正打算呢。"

我在军事情报处工作了近三年。大家都说，罗斯本人就是军事情报处。他安静又聪敏，乐意在处里严苛的要求下工作；也愿意在纽扣上别上一支玫瑰花蕊，提着雨伞冲向滑铁卢五号站台——有任务时，他并不介意这样开启他的一天。但我不行，不过好在我就要走了。离开军队，离开情报处，离开罗斯，在最小也最重要的情报部门 WOOC（P）与平民一起工作，当个平民。

"好的，周四晚上如果我在那儿过夜，就打电话告诉你。"

我听见电话那头说："那你带够袜子了吗？"

三联复写纸的质量太差，我根本认不出上面写了什么（更别提还是倒着读的）。现在，这些纸整理得整整齐齐，等着走办公室茶水费的账。罗斯打完电话，开始跟我讲话；我调整了面部表情，让自己看起来好像真的在听一样。

他把他的粗花呢夹克堆在桌子上，从里面掏出了黑色石楠木烟斗，又从橱柜里翻出烟丝塞了进去。"好吧，就现在。"他一边说，一边把我递给他的火柴戳到了手肘垫布上。

"这么说，你会去跟那些临时工一起工作。"他平静的音色里带着些厌恶。军方不喜欢任何临时的东西，更不用说人了，所以他们当然不喜欢 WOOC(P)，我觉得他们也不怎么喜欢我。很显然，在我这次永远离开他之前，罗斯一直认为我这种尝试解决的方案非常完美。我不会一五一十告诉你罗斯都说了些什么，他的大部分话都很无聊，还有些至今仍是机密，埋在他那些精确标注却无伤大雅的文件里。他好几次都没点着烟斗，我就知道他又要从头开始讲起了。

陆军部的大部分人，尤其是情报部门的人都听说过WOOC(P)，也听说过那个叫达尔比的人——他直接对内阁负责。达尔比与其他情报部门的人一样，手眼通天，却又遭人嫉妒、批评和反对。因为各种各样的实际原因，他手下的人不再在军方工作，陆军部几乎所有的记录中都看不见他们。从WOOC(P)回归正常任务的人很少，这些人基本被重新招进来，分配新的序列号，留着去做公务员，随即被借调到军事任务中去。岗位不同，工资发放的标准也全然不同。我只是想知道，在领新工资之前，本月剩下的工资还能够我过多久。

罗斯找了找他那副镶着小金边、颇具军队风格的眼镜，然后事无巨细地走完了我的退伍流程。我们首先废除了我三年前在这个房间里签订的秘密赔偿合同，然后走了一大堆流程，最后他检查我还有没有结清的杂费。他说了一堆什么跟我共事很开心，WOOC(P)看中了我真的很有眼光，我离开军方他很遗憾，达尔比先生有了我真的很幸运之类的话，还说我离开时能不能把这个包裹带到二二五室去，传信员早上来的时候好像把它落下了。

如果苏活区有能力把手伸过牛津街的话，这个地方本应在苏活区范围内，达尔比的地盘就在其中一条脏兮兮的长街上，那边有个看起来新改成办公室的地方，蓝色的霓虹灯即使大夏天中午也持续亮着。但这里不是达尔比的办公场所，达尔比的办公室在它隔壁，整体比其他地方都脏，锈迹斑斑的黄铜牌，上面刻着：

退伍军人就业局,一九一七年始、ACME电影剪辑工作室、B.艾萨克斯·泰勒——戏剧专业、达尔比调查局——资深前苏格兰场警探专业打造。信笺纸上的抬头也是这个,还有句话:咨询在四楼,咨询请按铃。每天早上我都会按响那个门铃,避开油地毡上的大裂缝,开始爬楼。每层楼都有自己的特点——从深棕色到深绿色,不变的是漆面都有年头了。四楼是灰色,办公室像个洞穴,在穴口站岗的是条长着鳞甲的老龙。我走了过去。

我始终觉得,夏洛特街上的声音很像我小时候听过的煤矿铜管乐队。值班司机和普通办事员在二楼的调度办公室里搞小团体。办公室里有一台很大的留声机,他们几个都是铜管乐队的狂热爱好者——在伦敦,没几个人能听得懂铜管乐队了。欢快优雅的乐声从弯曲破碎的木地板上传来。那一年,费尔雷航空再次赢得了公开赛冠军,音乐小样的声音传到大楼里每个房间。这让达尔比觉得他正在俯瞰骑兵卫队游行,让我觉得我已经回到了伯恩利。

我说:"爱丽丝,你好。"她点点头,手里忙着鼓捣那个雀巢咖啡罐子,又往杯子里加了一大杯水——咖啡肯定是毁了。我走过去,走到后面的办公室,看到了奇科——他离爱丽丝也就一步之遥,手里的雀巢咖啡已经冲好了。奇科看到我总是很高兴,这让我也很高兴。但我觉得这可能是他精心设计的。他小时候上的名校,学生的叔叔大伯什么的都很有影响力。我猜他就是因此才得以进入骑兵卫队的,现在又凭这个进了WOOC(P),肯定又像回到了学校一样。他的一头金色长发从头上垂下,浓密柔顺,闪闪发亮,好像是在忏悔节[①]前的狂欢上出了什么岔子。他身高五

[①]忏悔节,基督徒思罪忏悔的节日,在大斋节首日之前的星期二举行。忏悔节曾与复活节有密切关系。复活节前有一个为期四十天的大斋期,即四旬斋。斋期里,人们禁止娱乐,禁食肉食,反省、忏悔以纪念复活节前三天遭难的耶稣,生活肃穆沉闷,于是在斋期开始的前三天里,人们会专门举行宴会、舞会、游行,纵情欢乐,故有"狂欢节"之说。

英尺十一英寸[①],拇指勒着背带裤的背带,脚上穿着一双菱格图案的袜子,踩着一双手工牛津鞋晃来晃去。这个站姿略显欠揍,但他聪明,家境又好,这就够了。

我径直穿过达尔比调查局,从后面的楼梯走下去。尽管为了方便我们行事,每层的各家公司都有自己的"门面",但这整座房子都是WOOC(P)的。每天上午九点四十分,我都会坐在ACME电影公司摇摇欲坠的小放映室里。

温热的胶片和胶片黏合剂散发出的甜腻味道令人作呕,我甚至觉得他们是不是把黏合剂喷得到处都是。我把雨衣扔在胶片盒上,内里朝上;把影院座椅放下来,一屁股坐了下去。和往常一样,我坐在二十二号位上。二十二号位上有个螺栓松了,于是我试图保持静止。

变阻器发出可怕的吱吱声,房间里的灯光一点点变暗,小投影仪"咔嗒咔嗒"地开始工作。荧幕上出现了一个白色的长方形,又飞速变成其他形状扑面而来,最后逐渐暗淡,汇聚成一件灰蓝色的法兰绒商务西装。

贴片字幕很粗糙,上面写着杰伊、利兹、沃伦三号(截至拍摄时沃伦三号都还是领头的)。画面开始了:杰伊正走在人头攒动的人行道上。他唇上留着细密的小胡子,举止谨慎,有些跛脚,但并不影响他在人群中移动的速度。镜头藏在一辆面包车里,势必比杰伊走路的速度快。镜头晃了一下又迅速转开,闪过一片白光,下一秒,正片开始。影片中,杰伊有时会与一个代号为"家燕"的同伴待在一起。"家燕"高六英尺,长得很帅,穿一件质地很好的骆驼毛大衣,发型精致有光泽,额角的灰度有些

[①]约一百八十厘米。

过于完美。他手上戴满金戒指，手腕上露出一条金表带，脸上笑容灿烂——这副笑容一直挂在他脸上，有些让人难以消化。

奇科操作投影仪时总抱着些恶作剧的心态，不时还会在中间穿插一些别的影片——那些清新脱俗的爱情电影，里面能看到女孩的曼妙肌肤。这是达尔比的主意，他总愿意让他的"学生"在看这些东西时保持清醒。

"知己知彼"——这是达尔比的理念。在他看来，如果他的手下都能了解间谍生活中低俗的一面，就能更好地预测那些间谍的想法。"因为蒙哥马利在床上发现了一张隆美尔的照片，所以他打赢了阿拉曼战役。"（虽然在我看来，是那额外的六百辆坦克帮了大忙。）

达尔比是个英国人，还是公立学校出身的那种优雅慵懒的英国人，总能在工作任务与舒适奢华之间找到平衡。他比我高一点，差不多有六英尺一英寸[①] 高。他有一头长发，嘴唇上方有时会稀稀拉拉长出一点金色的小胡子，但现在没有。他肤色白皙，很容易被晒黑，左脸颊上方有个穿透式疤痕，证明他在一九三八年去过德国的大学。这段经历很有意义，直接让他在一九四一年赢得了一枚杰出贡献勋章。这无论在哪个情报部门都算十分罕见，尤其在他当时供职的情报部门。但嘉奖仪式肯定是没有的。

然而，他右手小指戴了枚图章戒指这事，确实不怎么符合他公立学校的出身。每次他捏住自己的脸皮——他经常捏自己的脸皮——戒指边缘都会划过皮肤，留下一道红色的痕迹。非常有趣。

他把脚跷在桌上，放在满是重要文件的桌子正中间，从鞋尖

[①] 约为一百八十五厘米。

后瞟了我一眼。油毡布上放着斯巴达家居的家具（工程部出品，现代风），空气中弥漫着烟灰的味道。

"你还挺喜欢这儿的？"达尔比问。

"我头脑清楚，心地纯洁，每天晚上睡八小时。我忠诚又努力，会努力争取老板对我的信任。"

"我给你讲个笑话。"达尔比说。

"讲吧，"我说，"我会笑的——过去一个月间，我的眼前每秒要闪过二十四帧画面。"

达尔比系了系鞋带。"你觉得你能处理有点棘手的特殊任务吗？"

"如果任务不要求有传统教育背景，我觉得我还是可以摸索一下。"

达尔比说："别总说话带刺，让我瞧瞧你的真本事。"

"那就不一样了。"我说。

达尔比把脚放在地上，神情变得多虑又严肃。"今天早上我去参加了高级情报会议，内政部十分关注这些顶级生化学家失踪的事。无论是委员还是小组委员——你真应该去看看，看他们是怎么驴唇不对马嘴地讨论这些东西的。"

"又有失踪的？"我问。

"就在今天早上，"达尔比说，"七点四十五分出家门，然后就不见了。"

"叛逃了？"我问。

达尔比拉下脸，通过内线电话打给爱丽丝："爱丽丝，去找找今天早上那个'闲逛威利'的代码。"虽然达尔比的语气居高临下，但指令十分清晰。相较于大部分其他部门那种礼貌却复杂的交流方式，他手下的所有人都更喜欢这种沟通方式，尤其是我——这个陆军部的逃兵。爱丽丝的声音从内部电话里传来,听起来像感冒了的唐老鸭。她说了句什么。达尔比回复说:"管他内政部怎么说呢,按我说的做。"

两人沉默了一会儿,然后爱丽丝明显不情愿地说出一长串数字和代号"渡鸦"——所有被长期监视的人代号都是鸟名。

"这才对嘛。"达尔比的声音突然散发出无与伦比的魅力。通过话筒我都能听到爱丽丝音色里的雀跃。

"好的,长官。"爱丽丝说。

达尔比挂掉电话,回头看我。"'渡鸦'失踪的消息已经封锁了;但我告诉他们,威廉·希基可能会在中午带着他的狗的照片过去。看这个。"达尔比把五张护照用照片排在他刷了油的柚木桌子上。"渡鸦"大约四十岁,一头浓密黑发,眉毛也很旺盛,高鼻梁——圣詹姆斯公园里每天能有几百个像他这样的人。达尔比说:"'渡鸦'失踪排得上失踪案榜单上的前八位了……"他看了眼日记,"已经上榜六周半了。"

"内政部肯定不会让我们帮忙的。"我说。

"他们确实不会,"达尔比说,"但如果我们找到了'渡鸦',我觉得内政大臣肯定会解散他那个晕头转向的情报小队,然后我们就可以把他们的活计拉到我们这边来——你想想。"

"找到他?"我说,"怎么找?"

"你会怎么找?"达尔比问。

"一点头绪也没有,"我说,"先去实验室吧。他的妻子不知道他最近发生了什么吗?也可以问问那个黑瞳的杏眼女士,银行经理可能会好奇他从哪儿弄来这么多钱。黑心实验室里拳头乱飞,玻璃试管里的东西能炸掉这个世界,疯狂的科学家抱着小烧瓶重回自由——我瞎猜的。"

达尔比冷冷看了我一眼，让我觉得我就是他的手下。他站起身来，走到那张他上周钉在墙上的欧洲大地图前，我也走过去。"你觉得杰伊是幕后黑手？"我问。达尔比盯着地图说："当然，我确定。"

地图上覆了一层透明的塑料片，从芬兰到里海，五个小面积的边境地区用黑色油性笔标了出来。叙利亚的两个地方插着小红旗。

达尔比说："这几个地区里，每一个我标出来的重要非法行动都是杰伊的杰作，那些都是非常重要的行动，不是检查鸡蛋是否合格的小事。"达尔比敲着地图的边缘，"把'渡鸦'弄到这里之前，我们必须……"他的声音逐渐变小，陷入了沉思。

"绑架他？"我轻声说。达尔比的思绪又开始运转。"现在是一月，我们要是一月就能抓到他就好了。"他说。英国政府会在一月确定人员编制，我突然明白了他的用意。达尔比突然再次意识到我的存在，又开始展示他那大男孩般的魅力。

"你看，"达尔比说，"这并不仅仅是个生化学家的背叛……"

"背叛？我还以为是杰伊在抢人上手段高超呢。"

"绑架！抢人！这都是道上的黑话。你报纸看得太多了，这是你的问题。你是说，他们带着'渡鸦'过了海关，身后跟着两个长着双下巴、手插在大衣兜里的男人？不，不，不……"他连着轻声说了三个"不"，顿了顿，又说了两个，"这就不是个小化学家移民的事（他听起来像个药妆店的导购），'渡鸦'贩卖他们的信息可能已经持续很多年了。实话说，如果我早点知道，我不会让他走的。这是内政部那些人的决定。他们应该在'渡鸦'走之前就得到消息，而不是人家都走了他们才哭天抢地。"他从香烟盒里拿起两根香烟，扔给我一根，另一根用两根手指夹住，"他们当然可以自己设立情报机构，办监狱，但要想进入情报行业，他们可很难触及根本。①"达尔比一边说，一边用手指玩着烟，然后抬头看向我，"你真的相信，如果内政部的所有文件能给我们，我们不会比他们做得好一千倍吗？"

"我觉得我们能。"我说。听到我的回答，他非常高兴，手上也不摆弄香烟了，直接点上抽了起来。他狠狠吸了一口，吸进了鼻子，结果呛到了，脸呛得通红。"要我给你拿杯水吗？"我问。他的脸更红了。哎呀，肯定是我破坏气氛了。

达尔比平复了一下情绪，又继续说："你能看出，这不仅仅是件简单的案子，这是为了测试你的能力。"

"我只看出了鳄鱼的眼泪。"

"就是这样。"达尔比一边说，一边幸灾乐祸地笑。他喜欢当个反派，尤其是不用费劲就能吓唬人的情况，他更乐意如此。"你还记得耶稣会的座右铭吗？"他总是很惊讶，我居然什么书都读过。

"若结果是正当的，则取得结果的手段也是正当的。"我回答道。

他的脸上露出满意的笑容，用食指和拇指捏着鼻梁。显而易见，我的回答让他很高兴。

"想不到你听到这个会这么高兴，"我说，"但很抱歉我的拉丁语太烂了，没法用拉丁语再说一遍。"

"没关系，没关系。"达尔比说。他拨开眼前的烟雾看向我，逐字地说："去把'渡鸦'给我买回来。"

"从杰伊手里吗？"

"在谁手里就从哪里买——我只要结果。"

"预算是多少？"

---

① 一九六三年九月出版的丹宁报告中披露，英国的反情报组织由英国内政部管辖。

他把椅子向前拖动了一英寸,发出巨大的响声。"你看,每笔支出都管得很严,"他苦笑一声,"你笑了,是吧?我还记得去年七月我们让内政部关闭那些机场,他们给了我们一大堆借口。但现在,有人要从他们手底下跑了,他们就要面临那些奇怪的问题和审查,这时候,他们什么都愿意干。不管怎么说,杰伊是个聪明人,他知道这都是怎么回事。他会先把"渡鸦"关上一周,等风声过了再转移他。与此同时,如果我们能出个不错的价码……"达尔比的声音渐渐小了,思考了一下才说:"比如一万八千镑。接头地点由杰伊定,一手交钱一手交人,他们什么也别问。"

"所以预算是一万八千镑?"我问。

"如果你确定他们手里有人的话,可以涨到两万三千镑,但得满足这个条件——接到人再付钱,转账到一家瑞士银行的账户里。不要现金交易,人要活的,只要活着,就算缺胳膊少腿也行。"

"可以。"我说。我突然觉得自己充满了青春活力,被领导叫去交代了一件自己也不知道能不能办成的事。如果在WOOC(P),这只是个普通杂活儿,那他们确实该赚那么多工资,该享受那么多福利。"那我先找找杰伊在哪儿?"我知道这样问可能显得特别傻,但我急需指导。

达尔比拍了下手,我坐了下来。"就这么定了。"他一边说,一边拿起话筒。是爱丽丝,她的声音透过电流,听起来有点扭曲。"好的,长官。"她说。

"杰伊现在在做什么?"

鼠标点了几下,爱丽丝的声音又传来,"十二点十分时,他在莱德尔咖啡馆。"

"谢谢,爱丽丝。"达尔比说。

"要结束监控吗,长官?"

"暂时不要,爱丽丝。需要的时候我会告诉你。"达尔比挂了电话,然后对我说,"现在可以了。你去吧。"

我抽了口烟站起身来。"还有两件事,"达尔比说,"我一年给你一千二百镑的补贴,而且,"他顿了顿,"要是出了什么事可别来找我,我可不知道你在说什么。"

2

水瓶座（1月20日—2月19日）在不一样的环境中可能会有不同的商业机会，可以赌一把。

我沿着夏洛特街向苏活区走去。这是一个一月的清晨，阳光照在大地上闪闪发亮，气温却不高。我可能是想找借口拖延，一路买了两盒高罗伊斯烟，在特瑞萨酒馆跟马里奥和弗朗哥一起猛灌了一些葡萄果渣白兰地，又买了份《政治家》报、几块黄油和几根蒜香香肠。

尽管闲逛了一上午，但我依然在十二点五十五分走进了莱德尔咖啡馆。这家咖啡馆带有非常明显的欧陆风格，咖啡装在玻璃杯里。店里的顾客大多是那些滑头又粗犷、皮肤晒得黝黑、总自视为老板的大客户，手里那半打比A4纸略小一圈的杂志光可鉴人——当中介的，手里的时间比钱还多。

杰伊也在那里。他长着一双小眼睛，皮肤像抛光的象牙一样白，脸上的毛发非常浓密。我周围的人都在八卦，嘴里讲不出什么好话。

一瓶昂贵的血红色漱口水上面写着："一口解决琐事烦扰"。大家都不提名字，满口都是伦敦西区的演出，还只用简称，喝完咖啡不想付钱就打算离开。

墙上贴了两张通知，一张告知顾客糕点里没有奶油，另一张提醒顾客小心那些手里拿着押注单走来走去的人。杰伊的大后脑勺倚着两则通知之间的墙纸。他肯定看见我了，也肯定一瞬间就看出我的大衣值多少钱，看出那边那个粉头发女孩的三围是多少。我等着他用右手食指轻轻划过自己的眉毛——我知道他肯定会这样做——他也确实这样做了。我之前从来没见过他，但我了解他，完完全全地了解。我知道他除了那套法兰绒套装之外，每套西服都花了六十基尼①——也有的裁缝脾气古怪，只要了他五十八个半。我了解杰伊的一切，只是不知道该如何开口，让他以一万八千英镑的价格，把一个生化学家卖给我。

我坐了下来，壁炉里的火把雨衣烧了一块。一个中年女子冷笑了一声，蹭了蹭屁股下的椅子，给我挪出个十六分之三大小的位置，又低头看手里的《视相》②去了。她讨厌我，可能以为我打算勾搭她，也有可能是因为我不打算勾搭她，反正无论如何，她有她的原因。在杰伊桌子的另一边，我看到了"家燕"那张英俊的脸——"家燕"是杰伊在夏洛特街电影资料馆的搭档。我点了支刚买的烟，吐了个烟圈。刚才那个女人"啧"了一声。我注意到"家燕"俯在杰伊耳边轻声说了些什么，然后他们俩都看向了我，杰伊点了点头。

服务员是个五十多岁的女人，看起来还挺年轻，围裙上有个蛋奶糊的图样。她走到我桌前，那个手里捧着《视相》的女人伸出一只手，那只手苍白无比，了无生气，好像一种从未暴露在日光下的动物，拿走了服务员手上那杯冷咖啡。我点了俄罗斯茶和

---

① 基尼，英国旧货币单位。1 基尼 =1.05 英镑。
② 《视相》(*Variety*)，创立于一九〇五年，内容涉及电影、电视、音乐、综艺、电竞、生活方式等，是全球文化娱乐的主要发源地及风向标。

苹果酥派。

如果是奇科坐在这儿，他一定会用美乐时①相机将这个场景拍下来，然后再在服务员身上掸上指纹粉末来提取杰伊的指纹。但我知道，我们关于杰伊的影像资料比米高梅《宾虚》②的胶卷都多，所以我安安稳稳地坐着，慢慢享受苹果酥派。

现在，我喝完了茶也吃完了派，再也没什么理由拖延了。我从口袋里翻出几张名片，其中一张上面印着"博特伦姆·罗伊斯，评估师、估价师"，另一个上面印着"布莱恩·赛克，国际新闻社"。我又翻了翻，翻出一本皮面的工作证，上面写着我是个度量检测员，依照《工厂法案》可以进入工厂检查。显然，这些都不适合用来搭讪。于是，我走到杰伊的桌前，张口说出脑海里蹦出的第一句话——"比米什，"我说，"斯坦利·比米什。"杰伊点点头——比米什是一颗还未焊接的佛头。"借一步说话？"我说，"我有笔生意想介绍给你。"但杰伊并不着急，他拿出一个薄薄的钱包，又从里面掏出一张白色纸片递给了我。我看了一眼，上面写着"亨利·卡朋特，进出口业务"。我一直喜欢这些外国名字，没有什么比这些外国名字更像英语的了。可能我应该把这话告诉杰伊。他又拿回那张名片，用伤痕累累的手指尖小心翼翼地把它塞回了那个鳄鱼皮钱包。他看了一眼表，像是在看波音707上的控制台一样，然后又舒舒服服靠在了椅子上。

"你请我吃午饭吧。"杰伊说，就好像这顿饭是他赐给我的一样。

"不行，"我说，"我还有三个月的贷款没还，报销账户也今

---
① 美乐时，德国相机品牌。
② 《宾虚》，改编自卢·华莱士的同名长篇小说。讲述了犹太人宾虚同罗马指挥官玛瑟拉之间的爱恨情仇及其反抗罗马帝国压迫故事。

天早上才刚能用。"杰伊被我的大实话惊了一惊,"你这报销账户,能报销多少?"

"一千二百镑。"我说。

"每年?"杰伊问。

"对。"

"不够啊,"杰伊一边说,还一边戳了戳了我的胸口加以强调,"最少让他们给你涨到两千镑。"

"好的。"我没有反驳。我觉得达尔比不会同意,但这会儿没什么辩解的必要。

"我知道一个便宜的地方。"杰伊说。在我看来,还有个更好的解决方式,就是杰伊请我吃午饭,但我知道他从没这么想过。我们都结了账,我拿起我买的那堆东西,我们三个就沿着沃德街走过去,杰伊走在最前头。伦敦市中心的午餐时间里,交通十分拥挤,人行道也是一样。我们走过照相馆,橱窗里摆着士兵的照片,表情严肃。不锈钢的橙色榨汁机和傻瓜式弹球机把明媚的午后拉长、再拉长,拉出丝丝缕缕的无聊来。我们继续往前走,一步步走过丰腴的裸体女孩,走过"接受午餐券"的广告,直到停在一扇宽阔的门前,门上画着插画,写着"蒙马特的薇姬"和"雪中脱衣舞",显然是刚刷上去的。"脱衣飞扬,一刻不停"的标语和边上黄色的小灯泡在阳光里飞舞的灰尘中欢快地眨着眼睛。

我们走进去。杰伊笑着点了点"家燕"的鼻子,与此同时,手还在女招待的屁股上捏了一把。经理仔仔细细地打量着我,觉得我并不住在伦敦西区中心。我觉得可能是我看起来还不够富有吧。

我闭了一会儿眼睛,让自己适应店里的黑暗。我的左手边是个大约能容纳六十个人的房间和一个壁炉那么大的舞台——这间屋子看起来就像是个一丝光都没有的贫民窟。我讨厌看见这个地方有窗户。

"我们在这儿等。"英俊的"家燕"说道。杰伊走上楼梯,楼梯上写着"非巴巴罗萨俱乐部成员请勿入内",还有个向上的箭头。于是我们就等在这里——任谁也不会觉得我是在谈一笔一万八千镑的交易。我手里还拎着那堆香肠、《政治家》报和黄油,在我手里坠成一坨。我想把这些扔了,但我觉得达尔比并不会把它们也算进报销的账目里面去,所以我决定再拎一会儿。里面鼓声隆隆,锣声震天,灯光闪烁,相机咔嗒作响。身材各异的各式女孩来来往往,穿着各式舞台服装的、没穿衣服的、粉色的、绿色的、年龄小的、年龄大的,一波波进来又出去。"家燕"似乎很喜欢看。

最后,杰伊走向那些先生,跟其中一个不那么粗鲁的打了声招呼。一个穿了一身亮片的卖香烟的女孩,想过来卖我个纪念品。我在帆布袋上见过比这还好的印花,却只需要二十六镑,还是英国产的。她还给我推荐了一只粉色的布鲁托,我恳词拒绝。她理了理托盘上的其他东西,我说:"给我来包高罗伊斯烟。"她咧嘴笑了笑——口红没抹匀——在托盘上找了半天。"高罗伊斯什么样?"她问。我告诉了她。她把头低下来翻找,又靠向我这边,用浓重的诺森伯兰口音说:"回家吧,这里不值当来。"她找到香烟递给了我,我给了她一张十先令纸币。"谢谢。"她说,并没给我找零。

"不用谢,"我说,"还是谢谢你。"我看着她穿过那一排排的中年大亨,走到礼堂后面,把什么东西卖给了吧台的一个胖男人。她继续走,走出了我的视野。

我环顾四周,似乎没有人在看我。我走上楼,楼梯上全是天鹅绒和亮片星星。楼梯顶上只有一扇锁住的门。我又上了一层,上面写着"非本店员工请勿入内"。我推开旋转门,面前是一条长长的走廊。右手边有四扇门,左边一扇都没有。我推开第一扇门,是个卫生间,没有人。第二扇门上写着"经理办公室",我敲了敲,推开门,是一间很舒服的办公室,里面有六瓶酒、一把大扶手椅、一张办公室里常见的沙发。还有个电视,电视里放着:"……开始感到腹部肌肉的伸展和放松……"

办公室里空无一人。我走到窗前,下面的街上有个水果摊小贩,正在摆放摊上的水果。我又沿着走廊往前走,推开了下一扇门。门后是个小复式房间,有差不多二十个半裸歌女正在换衣服。扩音喇叭里传来楼下的钢琴声和鼓声。没有人尖叫。有一两个女孩抬起头看了我一眼,又继续说话。我悄悄地关上门,走到下一扇门前。

门后是个大房间,一件家具都没有,窗户锁着。扩音器里传来同样的琴声和鼓声,地板上有六块钢化玻璃板,光从底下透上来。我走到离我最近的那块玻璃板边往下看。下面是张绿色的小桌子,上面放着一堆封着的扑克牌,还有烟灰缸,边上是四把涂成金色的椅子。我走到屋子中间,这里的玻璃板更大些。我低头看,能看到干净的明黄色和红色数字,在绿色毡帽上划出清晰的黑色矩形。桌子上嵌着一个漂亮的新轮盘赌轮,正在欢快地闪烁着。桌边有个穿着深色夹克和细条纹裤子的男人,顺着赌桌直挺挺地躺着。除了他,桌边空无一人。看起来他就是,也必须就是——"渡鸦"。

3

水瓶座（1月20日—2月19日）你可能太依赖别人的想法了。改变自己吧，彻底改变会对你有好处。

这间屋子没有别的门，窗户也封上了。我顺着走廊退回去，走下楼，路上和上来时一样，推了推楼梯顶上那扇门，依然没推开。我轻轻推了推，门"嘎吱"一声响。我用指关节敲了敲，门是实心的。我快步走上楼，走进那个观察室。如果从楼下看，这里看起来像是面镜子，但这屋里的人能看到下面所有玩家手里的牌。

我还没有与杰伊达成交易。如果那真的是"渡鸦"，我一定得把他救出来，无论怎样，只要人出来就可以。我快步走回经理办公室，电视上的女人正在说："……一起蹲……"我把那个沉重的打字机从他办公桌上搬下来，一路搬过走廊。两个穿着紧身短裤的女孩从更衣室里推门走出来，看见了我，高一点的那个大声喊："看住钱包，姐妹们！那个男的又回来了！"另一个女孩说："他肯定是个记者。"她们俩咯咯笑着，跑下了楼。我把手上巨大的打字机搬进观察室，恰好看到有个人进入了下面的游戏室中。那人正是"家燕"，驼毛外套的翻领上有块油渍。他看起来和我一样闷热而烦躁；但他不像我，他手里又没有这么大一个打字机，身边也没有这些女孩。

"家燕"身强体壮，身上的西装比他的双肩宽了六英寸，并不代表他不够强壮。他把跛脚的"渡鸦"从薄荷甜酒色的桌子旁拎走，就像女王的卫兵拎着一个双肩包。他大步走向远处的门。我刚一直在暗自咒骂打字机太重了，而现在，我松开手，它便砸开这块六英尺的玻璃板，径直掉了下去。玻璃板碎成了白色的渣，中间破了个大洞。我看到打字机掉在轮盘赌盘中心，又滚落到地板上，轮盘赌的轮盘转了起来。我把地上的碎玻璃踢走，纵身跳了下去，但依然划破了裤子。我落在楼下的赌桌上，站起身来，摸了摸屁股那里划破的地方。突然，扩音喇叭里的乐声停止，我听到一个脱衣舞娘大叫着跑上楼去。

扩音喇叭里传来一个声音："女士们先生们，警察正在检查，请大家在座位上不要动……"那时，我已经穿过游戏室，穿过"家燕"拽着"渡鸦"消失的那扇门。我一步两级跨下台阶，前面有两条走廊，其中一条的入口写着"紧急出口"。我把全身重量压在楼梯扶手上，小心翼翼把门推开一条小缝，里面是个半地下室，有四个没穿制服的警察站在离我十英尺远的人行道上。我关上门，又去推另一扇门。门开了，里面是三个身着西装的中年男子。一个正在把口袋里不知道什么东西冲进马桶；另一个人站在另一个马桶边上，帮第三个人从一扇很小的窗子爬出去。透过窗，能看到蓝色头盔的顶。我又退回门廊，下了楼，又路过一扇门。我推了推，这扇门由金属制成，非常重。门缓缓打开，居然通往一条小巷，里面到处都是七扭八歪的垃圾箱、湿纸板和上面印着"无存款"的板条箱。小巷尽头是另一扇金属大门，上面挂着一条链子和一把锁。我穿过门，看见一个男人。他穿着满是油渍的白色上衣，大喊："两份意大利面和薯条！"他打量了我一眼，问："吃饭？"

"对。"我迅速答道。

"好的，请坐。不吃饭没有咖啡。"我点点头。"马上来给你点菜。"他说。

我坐下来，在口袋里摸着烟。一个口袋里有三包半烟，四分之一磅蒜香香肠；另一个口袋里还有一包锡纸包着的黄油。就在那时，我在一个黑色的纸板箱里发现了一支全新的皮下注射器。我想到那个卖烟的女孩说的话——"回家吧，这里不值当来。"

这句话到底是什么意思？

4

我用紧急暗号拨通了秘密电话：幽灵——这是政府的特工联络电话：联邦。

拨通后，幽灵的总机总是说"无法获取号码"，这一信号将持续八十秒，来阻止误拨电话的人接通到不该接通的地方去。然后，我说出本周暗号"迈克尔的生日"，随后接通了值班人员。他把我转接给达尔比——无论他在哪里，可能在哪个天涯海角吧。我把现在的情况大致跟他讲了讲。他觉得这都是他的错，还说他很高兴我没有和那些"蓝顶暴徒"混在一起。"下周你要跟我一起出差，这事有点麻烦。"

"好的。"我说。

"我会跟爱丽丝说的，不过你得换身份文件。"他挂了电话，我回家去吃蒜香香肠三明治。"一千二百镑，"我想，"一周就是二十四镑。"

更换身份文件的过程，漫长又令人厌烦。

更换身份文件，就意味着要换照片、换文件、换指纹，还得换那些乱七八糟的复杂东西。陆军部一屋子文职人员全年什么都不做，都在忙这些事。周四那天，我去了陆军部大楼楼顶的一个小房间，那是内文森先生管理的部门。门上有个镶了框的门牌，上面写着"文件、人员重新分类、人员过世"。内文森先生的部门在政府内部享有最高安全许可；而他们也很清楚，他们的所作所为，始终处于监视之中。

他们经手的文件或其他通行证，都会用在内政部聘请的重要特工身上。

例如，一九三九年七月，我的照片出现在《伯恩利日报》上，当时我获得了第五届形式数学奖；第二年，前六名全都出现在同一张班级照片里。如果你有机会在图书馆，在《伯恩利日报》办公室里研究这些事，就会发现内文森先生考虑得有多周全。身份文件变了，一生都会改变。你会拥有新护照、新的出生证明、新的广播电视执照和新结婚证，而所有旧文件都会被彻底销毁。做完所有这些需要四天时间，今天内文森先生要开始给我伪造这套新文件了。

"看镜头，谢谢。在这儿签字，谢谢。还有这儿，谢谢。还有这里，谢谢。两个大拇指按手印，谢谢。两个食指按住，谢谢。所有手指都按住，谢谢。现在你可以去洗手了，谢谢。我们会联系你的。肥皂和毛巾在文件柜上。"

5

水瓶座（1月20日—2月19日）即便有想法，也不要轻易做决定。不同的想法可能会带来远行契机。

周一，我如常按时到达夏洛特街。一辆莫里斯1000停在路边，爱丽丝坐在驾驶位。我本打算装作没看见她，但她喊了我一声。我上了车，发动机轰鸣，车开了。我和爱丽丝沉默了一会儿，我问："我现在真不知道应该做些什么。"她转过身，蹭花了一点妆。那一点点妆好像给了我些勇气，我开口问她我们要去哪里。

"我觉得，应该是去钓'渡鸦'吧。"她说。

我不知道该说些什么。几分钟后，她又开口说："看这个，"看她递给我一个毛绒玩具，跟一周前我在那个脱衣舞俱乐部见的那个一样。"那里。"她一边开车，一边伸出一根手指指了指，打开了车载收音机。我看着手里这只粉色斑点的毛毡狗，里面的填充物从它头上漏出来了一些。我戳了戳，"你在找这个？"爱丽丝手里拿着一台美乐时相机，瞪了我一眼，又或者说她之前已经瞪过我一眼了。

"我可太蠢了……"我说。

"那就别再犯蠢了。"她几乎笑了。如果她接着说我蠢，没准儿今天就进行不下去了。

在沃克斯豪尔桥路，我们把车停在路边，停在一辆黑色路虎后面。爱丽丝递给我一个用蜡封口的信封，随后拉开路虎的门，把我推进路虎后座。路虎司机是个短发男人。他身着白衬衫，黑领带，外套一件海军蓝的雨衣。爱丽丝用手掌用力拍了一下天窗。车沿街开走，我打开了那个浅黄色的信封。里面有一本已经做旧的新护照；还有两把钥匙，一张上面有字的纸，三张护照相片和一张机票。他们给我订了一张英国海外航空公司的头等舱，从伦敦到贝鲁特。那张纸上面写了起飞时间：BA712号航班，十一点二十五分从伦敦起飞，二十点到达贝鲁特国际机场。照片身份："渡鸦"。自动点唱机，楼上，贝鲁特机场。阅后即焚。纸上并没写日期，一把钥匙上标了"025"。我看了看照片里的人，然后烧掉了这张纸和照片，点了一根烟。

我们从比彻姆广场左转，来到连接梅登黑德和哈罗德百货公司中间的奢华地段。到了机场，司机才说了句："储物柜在大厅那边。"

我辞别司机下了车，走到一面满是二十四小时金属储物柜的墙边，把钥匙插进二十五号柜的锁孔里。柜门打开，我把钥匙留在了锁眼里。柜子里是个黑色的皮革公文包，还有一个蓝色的拉链帆布袋，侧面有几个鼓鼓的口袋。我拿上它们，穿过大厅去办理登机手续。

"就这些行李吗，先生？"值机人员把托运的箱子称了重，拿了我的机票，拉了拉她的背带，抛着媚眼把登机牌递给了我。

我拿着公文包走到书店，买了份《新政治家》，一份《每日工人》，又买了份《今日历史》，然后去登机口。一群人在登机口吻别。罗斯穿着一件满是补丁的脏雨衣走过来。我不想见他，他也不想见我,但没过一会儿,人群左推右搡,我们便像分子结构中的无关元素一样,被推到一处。我对他笑了笑——我知道这样肯定会激怒他。

我们穿过棚子一样的海关大厅。

英国海外航空公司的空姐用金属般的嗓音播报:"英国海外航空公司ＢA712……将于……起飞……"我们走过廊桥,飞机下面有一群群穿着白色制服的工程师和穿着蓝色工装的搬卸工忙碌着,像地勤警察一般。我踩着嘎吱作响的舷梯上了飞机。

飞机上都是蓝色内饰,有种电烤箱的味道。一个乘务员问了我的名字,拿走了登机牌和湿雨衣,我和头等舱客人一起走到头等舱,面前站着一个慌慌张张的空姐,喘得跟刚用了四分钟跑完一英里一样。伊顿公学里的那些把戏正在狭窄的舷梯上上演。我看见一个娇小的黑人女孩独自一人,但她身边坐着的男人都是那些能拍航司海报的类型。我身边是个粗脖子白痴,看起来有三百磅重。他戴着帽子、穿着大衣坐下来,没有把大衣交给空姐。他带了几个箱子,还有一袋三明治。我系上安全带,他好奇地看着我:"飞过?"我瞟了他一眼,点点头,好像我在沉思一样。空乘过来给他系好安全带,帮他找到公文包,还帮他搞明白了虽然飞机要经由科伦坡飞往悉尼,但他只是要去罗马。空乘还告诉他怎么换救生服,怎么系带子,怎么在水中打开上面的灯,告诉他哨子在哪里,又在哪里打开压缩空气。空乘又告诉他:落地之前买不到喝的,告诉他在哪儿看地图,还告诉他我们现在在海拔多少米(但其实我们还在地上)。飞机滑行到跑道拐弯处,一架意大利航空的ＤC8滑了过来,随后"嘎吱"一响,飞机开始加速冲下跑道。我们滑过机场大楼和几架停着的飞机,加速腾空,震了几下,飞了起来。伦敦公路上的汽车越来越小,阳光在机场周围的水面上闪烁。只有在飞机上才能看到那些奇怪的城堡和庄园全貌。我逐一辨认，又再次暗下决心，总有一天要去一趟。

飞机飞过吉尔福德时，空姐提供了免费的酒。这酒和多出来那六英尺的座位空间，让我觉得总算值回了头等舱票价——如果能报销的话。当然，格莱尔·格蒂想要点别的东西："来杯波尔图葡萄酒加柠檬"。空姐解释说飞机上没有这些东西。他说："那就算了，亲爱的，我不怎么坐飞机。"

饮料来了，他把我要的那杯雪莉酒递给我，又坚持要像交配的乌龟一样碰个杯，还说"干杯干杯，干了这杯"。

我冷漠地点了点头，雪莉酒洒出来，顺着流到手腕，黏糊糊的。

"流过齿，流过牙，流过胃肠便是它。"他一边喝一边唱，对自己的智慧之举感到无助又快乐；但事实上，他这杯东西中只有一小部分完成了从牙齿到胃肠这段旅程。我在填字游戏中写了两笔，听见他说："我要去罗马，你去过吗？"

我点点头，没有看他。

"我错过了九点四十五分那班飞机，我本该坐那班的，但我没赶上。这班不直达罗马，但九点四十五分那班是直达的。"

我把刚刚写的那个字划掉，又写了个别的，他又接着说："我再也不出来闲逛了。"然后高声笑了笑，松软的大脸垂在粉红色无框眼镜后面。我翻开《政治家》大选那页时，空姐给我拿了块一便士硬币那么大的烤吐司，上面装饰了烟熏三文鱼和鱼子酱。那个胖子说："待会儿吃什么，亲爱的，意大利面吗？"不知道他脑子里闪过了什么神奇的想法，他碎碎念好几次，然后狂笑起来。一辆推车推过来，上面放着的晚餐跟过家家的玩具似的。我拒绝了胖子跟我分享厚香肠三明治的提议，于是得到了冻鸡肉、冷冻的巴黎辣椒和冷冻豆子。我开始羡慕胖子的香肠三明治。飞机飞过巴黎郊区时，空姐拿来了香槟，我觉得放松了很多。我把刚才写的那个字划掉又填上了别的。填字游戏开始成型了。

飞机掠过云层，就像鼻尖划开啤酒上的泡沫。"我们的飞机很快就要到达罗马菲乌米奇诺国际机场。转机时间是四十五分钟，请您不要将小件贵重物品遗忘在飞机上。乘客可以在机上逗留，但因飞机需重新加油，因此全面禁烟。请您在飞机落地之前在座位上坐好。机场餐厅会提供酒水饮料。感谢您的理解与配合。"

我不小心把胖子的眼镜碰掉了，眼镜从他手中滚到地上，"咔嚓"一声裂开，但没有摔碎。我们彼此道歉时，飞机到达了罗马。古老的罗马城中，下水道很显眼，胖子的钱包也很显眼。于是我顺手牵羊，还把我的座位让给了他——"你第一次来罗马嘛，来窗边看。"

"入乡……"我一边往前走，一边能听到他在大声说话，还能听到他尖锐的笑声。厕所门上写着"有人"。妈的！我走进了那个明亮的铝质厨房，里面没有人。我把身体靠在存放行李箱的凹槽里，开始翻胖子的钱包；一沓五块钱的纸币，几张压扁的叶子，两张上面印着大理石拱门的空白信用卡，一张五先令的邮票书，几张脏兮兮的意大利钞票，一张属于哈里森·BJD的餐厅会员卡，还有几张照片。我得快点行动，我看到空姐沿着过道慢慢走来，沿途检查乘客的安全带。灯亮了。"请勿吸烟，请您系好安全带。"她就要过来了，我把照片抽出来——三张护照照片都是黑色头发、收拾得溜光水滑的人，看起来像股票经纪人。三张照片都是全身档案照，尺寸是四比三。照片虽然各不相同，但上面的男人都是同一个——我那位神秘的"渡鸦"。剩下的照片也是护照样式的,是全脸档案照,尺寸是四比三,上面的人长着一张圆脸,黑色头发,半框眼镜下的眼睛眼袋很大,眼窝深陷,下巴往前伸着,上面有一条伤痕。照片背面写着"五英尺十一英寸,大块头,很壮。没有可见疤痕,深棕色头发,蓝色眼睛"。我又看了看那张熟悉的脸,尽管照片是黑白的,我依然知道他有一双蓝色眼睛。我见过这张脸,今天早上我还给它刮过胡子呢。我知道那个胖子是谁了,他就是酒吧里那个卖香烟的女孩告诉我"回家"时,坐在边上的那个胖子。

我把这几张照片塞回去,整理了一下钱包,对一直在边上抗议的空姐说了声"好"。飞机下降时,我回到座位上。飞机颤抖着,好像戈登·皮里[①]跑进一间满是医用棉球的房间里一样。我的马海毛开衫已经从座位上掉了下来,盖在公文包上。我迅速坐下来,系上安全带。现在,我能看到铁路的交叉口,飞机平稳滑行,我被牢牢按在座位上。降落时,我能看到机场外围的南侧——在亮黄色的机场塔台后面,我看到一架漆成白色的双引擎肩翼格鲁曼 S2F-3,上面用美国徽章上那种方形黑色字母写着"海军"。

飞机轮胎接触到了停机坪地面。我俯下身捡起马海毛开衫,同时趁机把那个胖子的钱包扔到他的座位下面。我看到我崭新的公文包后面出现了一条刀口——包并未被打开。这道刀口显然不是业余选手所为,而是专业人士的利落手笔。刀口很短,刚刚好够看包里的东西。我直起身,胖子给了我一块薄荷糖。"入乡随俗。"他说,破碎镜片背后的眼睛笑着。

[①] 戈登·皮里(Gordon Pirie, 1931—1991),英国男子田径运动员。

罗马的菲乌米奇诺机场完全是"现代化"产物。我走进正门，左手边是餐厅，上了楼，右手边是邮局和货币兑换处。我翻着门口那几本平装书，然后听到一个轻柔的声音说："你好，哈利。"

现在我不叫哈利了，但干我们这行的，很难记住自己都有过哪些名字。我转过身，发现那是我在伦敦的司机。他头骨坚硬，抹了发胶的头发贴在头皮上，黑色的眼珠像枪头一样怼在脸上，下巴上有青青的胡楂，四十年的风霜塑造了他硬朗的下颌线。他穿着一件带肩章的海军蓝雨衣，里面是白色衬衫配黑色领带。如果他是个机组成员，他肯定一早就摘下了肩章，还花心思把制服帽子藏了起来；但如果他不是，我就不知道他为什么要穿这种明显是机组人员才会穿的制服。

他一直警惕地扫视我身后，右手手掌用力穿过本就贴头皮的头发使劲压了压。"十九号座……"

"是个麻烦。"我用部里的语言接上了他的话。他看起来有点害羞。"跟我说说。"我有点着急，"他已经割开了我的公文包。"

"只要罐子还在里面就行。"他说。

"罐子还在。"我说。

他摸了摸下巴，沉思了一会儿，最后说："反正是最后一次去贝鲁特，不管了。"我们俩都看了一眼箱子，他说："我带去海关。"他对我说了再见，然后转身要走，但又回头鼓励我说："现在要搬十九号座的行李了。"

我对他表示了感谢，喇叭里传来带着意大利口音的英语，"英国海外航空公司去往贝鲁特、巴林、孟买、科伦坡、新加坡、雅加达、达尔文和悉尼的乘客……"

罗马斗兽场——那是罗马帝国腐朽生活的一部分——远离了

我们，那幢白色的、如同鬼魅一般轰动世界的建筑，离我们远去了。我一直睡到雅典，那个胖子没再登机。脑子转得很累，我又睡了过去。

飞机飞过黎巴嫩的棕色海岸时，我醒了过来，喝了杯咖啡。细条纹的白色波浪从蓝色的地中海缓缓扑向海岸。我注意到，自我从梅德威二世①时代第一次来到这里之后，这里建了很多高大的白色建筑。沿海机场的道路通常都崎岖不平，因为过了机场就是连绵起伏的绿色群山。一切都很热，也很老旧，让人有一种不祥的预感。

海关官员穿着卡其布制服，像个彬彬有礼的士兵，在我的护照上画了一行完美的阿拉伯语字符，还盖了印章。我过了海关，也完成了移民局的清关手续。

让了两辆出租车之后，我把箱子扔进一辆奔驰出租车的后备厢，然后给了司机一些黎巴嫩币，告诉他等一会儿。司机是个长相凶恶的男人，戴着棕色羊毛帽，穿着鲜红的羊毛开衫和一双网球鞋。我匆匆跑上楼。在自动点唱机边上喝咖啡的就是那个"司机"。他把公文包递给我，又给了我一个颇有些重量的棕色包裹，沉着脸扫了我一眼，还递给我一杯咖啡。我默默接过这些东西，他又把酒店地址告诉了我。

奔驰沿着宽阔的现代化大路向前行驶，一路飘到七十五迈，路旁是浓密的高大伞松，更远的山坡上立着一片片雪松。雪松是黎巴嫩的象征，五千年来，始终是黎巴嫩稳定的出口源。"给我黎巴嫩的雪松"，所罗门之令如是，亦以此建起片片庙宇。但我这个司机不在乎。

---

①详见附录：梅德威二世

6

水瓶座（1月20日—2月19日）他人的先见之明可能会让你给对手一个惊喜。

透过百叶窗窥见大海在黄橙相间的泥灰建筑后面若隐若现。在温暖的正午，我看见一个蓄着黑色大胡子的恶棍在殴打一个穿粉色衣服的球童，原因仅仅是这个孩子领着的骆驼咬了一口金合欢树。马路对面，两个胖子坐在生锈的折叠椅上喝着酒说笑，但他们头上一英尺处，彩印的纳赛尔①绷着一张脸。这里的咖啡厅狭小拥挤、灯光昏暗，咖啡也黑黢黢的，小小一杯，还配着满是蜂蜜坚果的异国糕点。来喝咖啡的人大多是年轻的土耳其人和希腊人，穿得像左岸派那些知识分子，黑皮肤、黑色长发的年轻人穿着比基尼成群结队走在水边，比基尼大得可以塞进一把梳子。下面的街道上，两个年轻人骑着生锈的自行车，抬着一盘长长的未发酵面包，但他们面前出现了一只狗，正愤怒又恐惧地疯狂叫着。露天市场里，来自沙漠里的男人们在商贩中穿行——卖地毯的、卖马鞍的、卖骆驼鞍的，还有卖自行车坐垫的。624号房间

---

①指贾迈勒·阿卜杜勒·纳赛尔（1918—1970），前埃及总统。

里，灿烂的阳光投到地毯上，酒店对讲机里隐约传来辛纳特拉[①]的歌声，但被空调的噪声掩盖了。624号房是部里给我安排的，配有私人浴室、私人冰箱、体重秤、放大镜、直饮水和床边电话，甚至连浴缸边也配了电话。我又给自己倒了一大杯黑咖啡，决定看看行李。蓝色收纳包的拉链没拉，露出里面轻便的蓝色精纺西装、一件泡泡纱夹克以及一件穿过的拉链连体服，上面的口袋多到我都不知道该往里装些什么。收纳包的侧袋里有几件新的白色纯棉衬衫，几条普通领带——一条是羊毛的，一条是丝质的——还有一条意大利细皮带和一对背带裤的红色背带。真不愧是爱丽丝，一点东西都不会落下。我有点开始喜欢为WOOC(P)工作了。小公文包里有个沉甸甸的锡罐。我看了看标签，上面写着"WD 310/213，易爆，黏性"。那个穿蓝色雨衣的人给我的那个沉甸甸的包裹里是个信封，里面是个防水布的棕色袋子，就是那种在飞机上找火柴时，会在座位口袋里找到的物品，也是从仰光到里约热内卢的飞机上，机组人员、装载工和工程师们用来运送那些"小发现"的东西：蛋糕、鸡肉、圆珠笔、一包卡片、黄油等。这个包裹里装了一把没有击锤的史密斯威森牌手枪，保险栓装在枪把上，枪膛里上满了六发子弹。我使劲去想这把我不熟悉的武器到底应该怎么用。[②]边上的盒子里有二十五发子弹、两个备用枪膛（涂满了油），还有一个镂空的枪套。枪套正好能装下枪管，有个小小的弹簧夹。我把枪套背在肩上，非常合身。我在镜子前面比画着，好像在扮演《马车队》里的人物。玩了一会儿，我喝下已经冷却的咖啡，等着即将到来的命令。命令很快

[①]弗兰克·辛纳特拉（Frank Sinatra, 1915—1998），美国歌手、演员，代表作品《乱世忠魂》（1953）。
[②]详见附录。

就会来。这是我们最后的机会,我们要在这个生化学家"渡鸦"再次消失之前,抓住他。

在贝鲁特,道路蜿蜒入山,路边矗立着坚韧不拔的小村庄,村子里都种了橄榄树。红色的大地消失不见,取而代之的是大块岩石。最北面是圣乔治湾,是龙兴之所。那边的山顶上,积雪会盘桓半年之久,大地上点缀着高山花朵和黄色的金雪花,有的地方也生长着野生甘草。一旦越过高地,道路会陡然向下。大路穿过山谷,然后横穿下一个山脉——安第黎巴嫩山脉,山后有绵延五百英里的沙漠,黄沙漫漫,直到波斯。而近处,实际上就在路边,就是叙利亚。

沿路很多拐角处都有个架子悬在路边,一个成年男子如果保持静止,就能在两块岩石之间的架子上栖息。站在他所在的位置向东看,能向外看出一百多码;朝着贝鲁特的方向看,能看得更远,大概三百码吧。更重要的是,用夜用望远镜可以看到横穿山脉的马路。如果他在各个方向上都有朋友,一个小对讲机就能让他和朋友们通上话,尽管他不应该鲁莽为之,以免警方电台不小心监控到这个电话。如果独自一人待到凌晨三点半,他就能在岩石上悬空着上半身数星星,还能缓解背痛——夜用望远镜能让他看到的星星数量翻一倍。握着对讲机,冻得冰冷——手冷、耳朵也冷——他就会开始思考有哪些朋友能帮自己找个其他工作。我不会因此责备他。凌晨三点三十二分,我看到车前灯从山上盘旋而下。透过夜用望远镜,我看到车灯间距很宽,像是一辆美国车。我打开无线电。望远镜里,汽车依然在路上飞驰。无线电那边的人把设备递给达尔比。"一辆车,速度足有一千码。路上没有车，完毕。"达尔比咕哝了一句。

我看来看去，觉得那两个人颇有军队风格。恰逢此时，一辆灰色的大庞蒂亚克从我身边驶过，车前灯发出柔和的光，照亮了前方的路。光束离达尔比很远，我能想象出他蹲在那里，一动不动的样子。通常在这种情况下，达尔比都会端坐着，下意识想到做什么就开始行动。他根本不需要思考，他就是个天生的流氓。达尔比知道那辆车已经减速，车开过他身边时，他站起身来，摆好了姿势，像个铁饼运动员，瞄准，然后把手里的包扔了出去。那是个黏性炸弹，大约有两个汤罐那么大，一旦撞上目标，它内部的小炸药就会通过油箱遮阳板送出凝固汽油弹。但汽车并没有放慢速度，于是达尔比起身追车。我们把从贝鲁特开过来的旧车斜停在马路对面，目标车辆的司机一定在上次爆炸中就死了，因为车子并没有横冲直撞试图突围，而是一头撞上一辆大约离他有八英尺远的老西姆车上。现在，达尔比也过来了，他拉开车门摸进后座，我听到了一声枪响。我的对讲机"咔嗒"一声，有人接了进来，也没按程序接头，而是慌里慌张地说："你在干吗？在干吗！"有那么一瞬间我以为他在问达尔比，然后，我又看到了一辆车。

下面的路上又出现了一辆车。可能它一直关着灯跟着，有可能是从巴尔贝克和霍姆斯那边走另一条路过来的。我低头看了看这条路，亮如白昼。火焰般明亮的白色光晕中，几个人定定地站在那里。我能看到大使馆里达尔比那个手下，像个去度假的童子军团长。他面色苍白，脸拉得很长，震惊地瞪着我。敞开的车门下，我能看到达尔比的脚，还看到西蒙就站在他身边，而不是绕到车的另一侧去帮忙。这一刻，我多么希望站在这儿的是别人不是我，那辆小车呼啸而去时，是别人承受他的指责而不是我。但我必须在这里掩护他们。我是自愿望风的，因为我不想去做达尔比正在做的事——躺在滚烫的油箱边上，身边都是凶神恶煞之人。所以我履行了自己的职责。我迅速做完，没有继续观测。而我根本没必要扔两枚黏性炸弹，车顶并没有那么牢固。

我爬下山时，西蒙已经把达尔比的车开到了马路上，后座上坐着那个无线电收发员，旁边是我们的俘虏——那个溜光水滑的股票经纪人——就是那个胖子和我都看过照片的那个人，是我曾经见过的、躺在赌桌旁不省人事的那个人。达尔比过去查看，而我尽可能不惹人注意地吐了。马路上弥漫着浓烈的气味，比烧着的油箱还难闻。这种气味很特殊、很邪恶，让我的肺很难受。这两辆烧着的汽车依然燃着明火，有东西滴在烧红的金属上。我们几个都脱下了身上的连体服扔进火焰里，西蒙的任务就是确保它们都被烧毁，无法辨认。我还记得，我当时在想拉链会不会烧化，但我什么也没说。

东方现出鱼肚白，深夜的寂静一点点消退。山峰逐渐明亮起来，我觉得我可能看到了几只山羊在游荡。很快，圣保罗曾经踏足过的土地上，各个村庄会逐渐苏醒；在我们趁夜行凶的地方，人们会开始挤奶。

达尔比回来了，说："没有人喜欢这种事。"

我说："一开始肯定不喜欢。"

"不，如果与我共事，就一直都不会喜欢。"

达尔比钻进后座，坐到"渡鸦"身边，那个无线电收发员坐在边上，手里的枪上了膛。

我听到达尔比用坚定而平静的声音说："实在对不住，先生。"然后他拿出一个小管，就是战时急救包里那种带针头的小注射器。达尔比拉起"渡鸦"的袖子，一针扎下去。"渡鸦"并没打算说些什么,也不打算做些什么,只是震惊地坐着。达尔比把用过的吗啡西雷特皮下注射器放进火柴盒里。车辆驶离,驶过三辆车扭曲的残骸,熔化的橡胶在路上燃烧。我们在什托拉离开了贝鲁特路,向北沿着山谷穿过巴尔贝克。异教徒和罗马废墟出现在各处,布局颇具战略性,目的是保卫这片山谷。黎明的微光中,白杨树后面可以看见巴勒贝克神庙那六根巨大的柱子。自从罗马帝国将它建于此处,它们便在此见证每个黎明。达尔比倾身靠在我座椅背后,递给我一副玫瑰色镶边的眼镜。"那辆车里的。"镜片已经裂了,我接过来,在手里摆弄了一下。如果说有什么比死人的狗更可怜,那就是死人的眼镜——折射出的每一道光都属于它的佩戴者——不曾属于别人,也永远不会属于别人。

达尔比说:"美情办①,他们俩都是那儿的。美国大使馆的车,去那儿可能也跟我们同样目的,想打探情报。嗯,确实,他们应该告诉我们他们去做什么。"他看到我瞥了"渡鸦"一眼,于是说:"哦,别担心他。他昏过去了。"

我还记得美国海军在罗马的那个白色 S2F3 "跟踪器",在贝鲁特,他们也有架一模一样的。

---

①美国海军情报办公室。

7

我看见达尔比靠在椅背上，金色的长发在炙热的阳光下闪闪发亮。他喊了一句什么，我没听见，随后人就消失在一根光滑的科林斯式柱子后面。天空在沙漠的映衬下清澈无比，下面是巨大的巴勒贝克神庙遗址。我跳下破碎的台阶，瞥见几只蜥蜴从眼前跑过。达尔比今天早上晒黑了，我也能感觉到鼻子和前额的皮肤紧绷。一阵冷风穿过谷底，脚面上扬起一阵沙子。达尔比走近，我发现他找到了一块瓦片，那块瓦片不知怎的避开了两千年来游客的洗劫，静静地躺在那里。遗址的另一边是维纳斯小神庙，一群穿着红色小西装的美国女孩围成一个半圆，听一个白胡子的阿拉伯人说话。尽管我听不见他在说什么，但我能看出来，他已经完全了解祭献摩洛神[①]的各种仪式——包括性祭。达尔比已经追上我了。

"吃个午饭？"他问了一声，没等我回答，就自顾自地走过了过去。

那天早上，我们都在巴勒贝克路边那幢相当大的别墅里睡到很晚。西蒙是皇家陆军军医队里的一名中将，还是个专家，从未参加过昨晚这样的行动。我对自己曾在心里默默批评他感到有些

[①] 摩洛，古迦南人所拜祭的神明，盛行于上古时期地中海东南岸地区。供奉摩洛神的仪式包括性祭，也包括儿女献祭。

愧疚。现在，西蒙正看着"渡鸦"。这幢别墅的主人是一对亚美尼亚老夫妇，昨晚，他们毫不意外地接受了我们的到来。别墅的位置不大惹眼，周围是一片片高低错落的阶梯式花园，种着杜鹃花、仙客来和橄榄树，把这幢 U 形的房子藏得严严实实。屋后的空地上有一个奇形怪状的游泳池，嵌在天然岩石里。湛蓝的池水下面有一尊罗马雕像，摆着某个运动姿势。泳池与周围环境浑然一体，并没有什么更衣室、沙滩椅或太阳伞来破坏这种和谐。别墅的内墙是一整块落地窗，电动窗帘的颜色明亮又简洁。晚上，整个房子的灯都亮着，窗帘完全打开，彩色的灯光照亮那尊罗马雕像，铺着地砖的中庭凉廊十分宽敞，就算有一架直升机也能完美降落，而双层玻璃能把噪声完美隔绝在外。

巴勒贝克神庙的空气干净清新，清晨好像可以给所有地方赋予神奇的感受，柔软又凛冽。坑坑洼洼的柱子历经几个世纪的风霜，手感粗糙无比，像浮岩①一样，又好像是坑坑洼洼的蜂巢。一个脏兮兮的孩子穿着一条破裤子，脚上是一双美国牌子的帆布鞋，赶着三只山羊沿着大路走过，叮当作响。"来根烟。"那个孩子对达尔比喊，达尔比给了他两根。

达尔比非常放松，滔滔不绝地说话。这好像是个了解昨夜那个手下败将的好机会，于是我问了问他杰伊的事。"他是什么人？什么身份？做什么营生？"

"他做生意，更准确地说，他出钱，让人在阿尔高搞了个研究机构。"他没继续说下去，我点点头，他又继续说："你知道阿尔高在哪儿吗？"

"知道。"我说。

---

①浮岩，又称浮石，一种火山玻璃，其粉末用于清洁抛光以及使皮肤光滑。

"在哪儿?"达尔比问。

"实在抱歉,一定是我平时表现得太无知了,居然让您问出这个问题。阿尔高州在瑞士北部,阿尔河就在那里和莱茵河汇合。"

"哦对,不好意思,金融之王怎么能不了解瑞士呢。"

"确实,"我说,"咱们接着聊——那个研究机构研究什么?"

"那里有社会学家、精神病学家和数据统计专家,还有各个工业基金会的投资用来调查所谓的'综合环境'。"

"您这么说我就听不懂了。"我说。

"不奇怪,他们也不知道自己在做什么。但可以这么说,拿德国工业举个例子:德国工业长期缺乏劳动力,德国几乎从每个欧洲国家引进工人,成效不错。也就是说,德国把一个来自希腊群岛的新手,从来没见过机器的那种,扔进德国的工厂,最后他就能像杜塞尔多夫①的工人一样熟练操作机器。"达尔比抬起头,"现在懂了吗?"

"完全懂了,"我说,"所以问题出在哪儿呢?对西德地区有好处吗?"

"如果他们一直在西德生活,没问题。但如果哪个西德人在希腊建个工厂,雇用当地员工,他们可能连开灯都教不会。

"于是,阿尔高的这些研究员会觉得周边所有人都知道自己在说什么,做这些事没什么难度,所以新来的人也会养成同样的态度。而如果人们发现,自己周围的人都缺乏信心,就会逐渐被同化,不能很好地完成工作,久而久之,所有人都会如此。这就是'综合环境'的含义。对工业来说,这样的环境非常重要,尤

---

① 杜塞尔多夫,德国城市,位于莱茵河畔。紧邻鲁尔区,是德国西北部重要工业城市、德国工业的大动脉、鲁尔采煤区的中心城市。

其对于走在工业化道路上的农业国来说,至关重要。"

"从我们的角度来看,这点也很重要。"

"我们调查过这点。"达尔冷漠地说。

以上就是谈到杰伊时,达尔比自愿说出的话。在回别墅的路上,我们谈了很多其他话题:什么IBM,切斯特委员会关于情报服务的报告以及这个报告对我们会有什么影响,我还问了他拖欠我工资的事(截至目前已经欠了四个月了)。我还问他,我能不能直接拿到现金来支付开销,而不是像现在,总要开发票拿凭证再提交,走这么长的流程。

在这天,达尔比证明了他也曾经是个孩子。他穿着牛仔裤、短袖衬衫、绒面皮鞋,一路走,一路把每个地上的小玩意儿踢飞。我问他别墅主人阿登先生的情况,还问了他自己的情况,他毫不隐瞒地对我讲工资和开销方面的事,比以往任何时候都坦率。

阿登先生是达尔比在罗斯那儿认识的,而罗斯是从美国缉毒局(美国分局)把他弄过来的。他贩卖印度大麻①,是叙利亚到纽约大麻贩卖链上的一环。美国人在一九五一年与他达成了意向协议,尽管工资没有随着毒品销量上涨,但他也很高兴自己不用蹲局子。一九五三年的北约情报机构重组中,阿登先生已经进入英国军队服役。阿登先生大约六十五岁,温柔又幽默,脸上皱巴巴的,像个放了一冬的苹果。他是个挑马的好手,也是葡萄酒和海洛因的行家,对从土耳其北部到耶路撒冷这片地方了如指掌。要是开辆甲壳虫走上几十英里,你会发现这些地方都是他的。他的工作就是贩卖信息,而他也明白这点,因此,他对东家的事没

---

①详见附录:印度大麻。

有一点好奇心。他的薪水没有上限，但只一点——不付现金。用达尔比的话说，"只要开销合理，他所有的账单由我们支付，但他手里一镑现金都没有过。"

"退休之后可难办了。"我说。

"如果到时候还是我管这事，不会有什么难办的。"达尔比说，"他是钩上的鱼，我们需要他。"

"你是说，他从来都没想过用手里的东西换点现钱？"我问这句话，不过是为了反驳而反驳。

达尔比笑了，露出他引以为傲的整齐牙齿。"他当然想过！"

"我们第一次给他南方飞机公司的喷气直升机时，"达尔比继续说，"我让他开出去遛遛，'开着这架直升机，显得自豪点，'我说，'带那几个政府官员坐坐。'我想让他在沿岸露露脸，偶尔出个海什么的。上面只要有个黎巴嫩的大人物，就不会有人上来查。"

我们走到了斜坡车道上，在柠檬树后面，我能看到那辆浅绿色的凯迪拉克，阿登先生就是开着它到马路上接我们的。

"所以呢？"我说，"管用了吗？"

"管用了吗？"达尔比歪了歪头，摸了摸耳垂，一边想着，一边露出羡慕的笑意。"他刚拿到驾照，就从叙利亚买了二十公斤海洛因。二十公斤！"达尔比的一双薄唇重复了最后这几个字，显然很开心阿登居然有如此野心。

"五先令一份的话，那可是一大笔钱。"我表示同意。

"这可是印度大麻产业的一个大进步。他手上那些人能从一公斤里搞出十万份来。五先令还是贝鲁特的价格，在伦敦可能要十先令不止。像这样跑几次，他就能买下来塞浦路斯度假了。但他这么做，我就有问题了。不过，我告诉他，他要是再这样，我就打爆他的头。长远来看,我这么做有好处,如果有货的消息泄露出去——肯定是这样的地方才能有货——嗯,大家肯定不会信任一个完全诚实的人。"

Dgaj Muhshy[①]的味道充斥着鼻腔,我们正好走到正门口。阿登先生穿着件亮黄色的本地特色绸衫,正在菜园里这儿戳戳,那儿看看。

"你好,"达尔比嘟囔了一句,"这老家伙应该是在种菜,好自己吃。"

餐厅的天花板高高吊着,柔和的微风从上面拂过。除了两件非常古老的波斯样式的金线织锦缎,其余的装饰恰恰说明了阿登的确是农民出身,而不是像现在一样金尊玉贵。抛光的木质家具、菱格桌布、装满盘子、碟子、罐子和被子的巨大碗橱,还有墙上充满农场田野丰收色调的深色挂毯——即将开始的美食歌剧就以这些东西为背景。首先上场的是刚烤出来的sambousik[②],我看着老阿登站在桌子末端,蒜头鼻下挂着一大撮灰色小胡子。因为他的头发非常浓密,整体看起来很奇怪,总让人觉得他整张脸是倒着的。他的皮肤又硬又黑,因此脸上放松不做表情时,嘴巴和眼睛周围的皱纹显出些许白色。但他很少没有表情。

他从口袋里掏出一把破旧的折叠刀切羊肉,无论是种菜,还是换轮胎,他都用这把刀,效率都很喜人。他手上用力,努着嘴,于是每片切下来的羊肉都好像他露着棕色牙齿的笑容。

"好吃吗?"他问我。

我说他可得小心点了,我可能要在这儿吃上一辈子。这话

[①] 黎巴嫩美食,塞了肉豆蔻、百里香、松子、羊肉和米饭的整鸡,与西芹一起烹饪。
[②] 黎巴嫩美食,肉类用咖喱腌制后做馅制成的点心。

说得他很开心。就像达尔比所说,他天生就是主人,而我天生就是客人。

那天中午,太阳悬在天上,我和阿登坐在树下喝酒聊天。阿登聊天,我喝酒。他告诉我,他叔叔一九八二年独自用长矛杀死了一头狮子。"那是个挑战,是他向狮子发起的挑战,右手握着长矛。"阿登抬起右手,五指握拳,"这只手,"他又抬起左臂,"这只手攥住了衣服,保护自己。"阿登演示了一下如何保护,"杀死这头狮子后,他就获得了'屠狮英雄哈米德'的称号。从那之后,他就再也不工作了。"

"再也不工作了?"

"不工作了。人们会给他送钱,送吃的,送各种东西,他都是屠狮英雄了,还工作什么。"

"啊,确实如此,"我说,"那现在附近还有狮子吗?"

"没有了。北边可能有,我去过很多次。那边还有很多其他动物,什么瞪羚、豹子、野山羊……熊什么的。但一年比一年少了,打猎的人很多。"

"就像你叔叔哈米德一样。"

阿登看起来很严肃,但随后便大笑起来:"跟他不一样。现在的人手里有枪。我不喜欢枪。"

"你去北边打猎吗?"现在轮到我去了。

"我不去打猎,我就去看看。我就待在那儿,非常安静,就待在水边。我看着那些人来来去去。"

"从没拍过照?"

"没拍过,我就看着。他们在就在吧,不用拍照。我和动物知道就行。"

我想象着阿登躲在北部的荒原上躲一整夜,看着夜空,呼吸着夜晚沁凉的空气，不拍照，也不开枪。我给他讲色诺芬[1]写的那些故事，给他讲里面的人追逐鸵鸟和野驴。他最喜欢这段，但想象两代人以前的生活是什么样子对他来讲很困难。对阿登来说，色诺芬与A.W.金莱克[2]是同时代的人。阿登告诉了我他为保护北方那些野生动物曾做出的努力，还讲了他花了多少钱。我把这事告诉了达尔比，达尔比说阿登只要能拿到现金，什么都肯干；但我很单纯，居然单纯到愿意相信阿登。

很快，只有地势比较高的地方才能看到阳光了，一只孤独的黑冠林莺从这棵小柠檬树跳到那棵小柠檬树，啁啁啾啾地唱着。房子里传来果木燃烧的噼啪声。晚餐要开始了。

羊肉、茄子、洋葱和青椒被一个个串在签子上，腌好，在大灶台上放好。阿登刚说完，一台不知放在哪里的收音机发出一声尖啸，划破了灰天鹅绒似的黄昏。

那声音好像是《朱庇特》[3]第二乐章中开始的那几个华丽音符。广袤沙漠中的每个生物好像都听到了这个令人不寒而栗的声音。在那几分钟里，尖利的电啸转成小调，节奏和切分音符也被压制、转调、重新编曲，就好像马戏团高空秋千上的三人表演一样转得人眼花缭乱。而这时，在这个冷酷、致命、又孤独的地方，只有我、阿登和莫扎特的曲子。

我们在阿登这儿待了三天。三天之后，约翰带着一架巨大的收音机从贝鲁特来了。他花了将近三个小时，终于和一艘正在黎

---

[1] 色诺芬（前440年左右—前355年），古希腊历史学家、思想家，以记录当时的希腊历史、苏格拉底语录而著称。
[2] A.W.金莱克（1809–1891），英国旅行作家、历史学家。
[3] 《朱庇特》，莫扎特三大交响曲的压轴之作。

巴嫩海岸线上巡逻的战斗级驱逐舰取得了联系。

西蒙，就是那个部队骗子，现在叫佩恩特了——反正这个行当里谁叫什么都有可能。他很少从楼上房间里下来，但确定了与驱逐舰会面的时间之后，他决定让俘房跟我们一起吃饭。"渡鸦"对自己这个代号很满意，并不排斥我们称呼他为"渡鸦"。他比两天之前达尔比把他从那辆庞蒂亚克汽车里拖出来的时候还要瘦、还要虚弱，但依然很幽默。他的白衬衫有点脏了，身上的细条纹裤子很宽松，还穿了件新的深色亚麻夹克，看起来像个宾果酒吧的经理。他眼窝深陷，眼眸深邃，总是目光紧张地扫视着四周，总是不断地去看佩恩特。他们走到楼梯下面时，我们的客人停了下来，似乎感觉出我们对他所扮演角色的好奇和兴趣。我们都不说话了，唯一的声音来自楼上的收音机，现在在播"阿拉伯之声"。收音机发出奇怪的复调曲式，让整体气氛愈发怪异。"渡鸦"的声音很清澈，英语说得很清晰。

"晚上好，先生，"他声调平稳，"晚上好，呃，谢谢。"他走起路来就好像在拍威士忌广告。达尔比也走过来，看起来像个慈爱的父亲，将他引到桌旁坐下，好像他是一位无比尊贵的客人。"太感谢你了，达尔比，你太好了。""渡鸦"说。

晚餐过程中，大部分话题都围绕着天气、花园和马匹，大部分都是马匹。老阿登很快就吃完了，上去听天气预报。驱逐舰在愈发浓郁的暮色中沿着海岸航行，尽管他们还有超过三百英里的燃料给直升机，足够展开空间搜索，但能看见很明显已经不够了。

他们坐在SE-3130阿鲁埃特二号直升机里，头上是巨大的有机玻璃穹顶，好像期待食物的金鱼。西蒙——也就是佩恩特，坐在后面的折叠椅上，身旁的"渡鸦"呆坐着。达尔比坐在左边观察员的位置上，阿登给他简单讲了讲迪卡导航设备如何使用，但他只听到了最后几个字。阿登的手指在摆弄周期变距操纵杆，面色严肃，思考着如何才能让直升机落在中庭那个临时着陆台上，那个地方不比前面立着的炮塔大多少。机身上喷着几个字："叶片危险"，还有一串序列号。机舱里有个小塑料板，上面刻着火灾紧急处理流程。马达一响，这些字就开始颤动，就好像特拉法加广场上的汽车回火一般，成百上千的小翅膀嗡嗡颤动，"咔嗒咔嗒"地穿过山谷，又向我们飞回来。四百马力的涡轮增压动力装置开动着，在我的头顶上，三十英尺高的转子叶片旋开夜空，控制装置在阿登的眼镜上投下几个黄色的小点。我们尊贵的客人像国王一样轻快地朝我们挥手。"再见了'渡鸦'，再见了你这个麻烦精。"我想。

阿登的左手拉着拉杆，右手轻轻拧着油门。柔软的叶片被电机的离心力高速冲击，转速表绕着表盘缓缓移动。随着阿登拉起拉杆，转子开始转动，将夜晚的空气压到我们的鼓膜上。一转一转，飞机笨拙地飞向天空，尾翼向侧面滑动，剪影印在黄昏将尽的天空上。飞机以每小时一百英里的速度奔向大海，阿登这个舵手操纵着飞机，优雅地掠过片片雪松。

走回别墅的路上，我决定再试一次那个填字游戏，这次应该能成功。我基本摸出眉目了。

8

水瓶座（1月20日—2月19日）保持开放的心态。你会更好地了解一个老朋友。不要参加上午的聚会，专注于财务相关事务。最重要的是，不要冲动做决定。

伦敦的四月宛如地狱。周二，我不得不去谢菲尔德见几个我们的人。我们谈了很长时间，但在有关文件系统相互关系的问题上没有达成任何定论。不过，电话和有线电视线路方面，他们同意让我们用他们的人。周四，达尔比回来时，我正忙着处理出差办杰伊这个案子时积压下来的工作。自那次直升机上见过一次后，我们就再也没见过。他晒得皮肤黝黑，看起来英俊了一些，穿着一身深灰色西装，一件白色衬衫，戴着圣保罗领带——这是他应付国防大臣私人秘书的装备之一。他问我最近怎么样，这句话其实不过是句寒暄，但我还是跟他说，已经两个月没发工资，三个月没发津贴了，我的职级也没确定，海外出差补贴的三十五英镑也没发，这都十个半月了。

"行，"达尔比说，"既然你这么说了，那我请你吃午饭吧。"

达尔比并没有浪费他那些报销额度，我们去了威尔顿餐厅[①]，

[①] 威尔顿餐厅，伦敦著名餐厅，始于一七四二年。

点了店里的招牌菜。冰镇以色列蜜瓜又甜又嫩，好似餐厅里金发的女侍者。一起享用美食的还有满脸皱纹的钢铁大亨和唯唯诺诺的广告商，以及一动不动的上流贵族女和西装革履的中年大叔。平日在夏洛特街，我每天中午都会跟那两位博士、三位物理学家和一个公司的医学专家一起打一场橄榄球，在三明治店等着吃个培根三明治，喝一杯除了价钱之外与咖啡没有一点关系的东西。

达尔比隔着一只龙虾问我杰伊案的进展。我说一切都好，只是希望某天能有人告诉我，我做这些事都是为了什么。如果达尔比没有说下面这些话，我对周四的印象可能就只有这只美味的龙虾和精心制作的蛋黄酱。他又给我倒了点香槟，然后把酒瓶塞回冰桶里，说：“我知道些什么，你就知道什么。除非我错了，否则我们虽殊途，必同归。”随后，他换了个话题。

不过，我抱怨自己一无所知肯定让他有了些触动。就在周五，他们开始告诉我内情了。

周五早上，邮箱里有一张十二英镑的电费账单，还有一张满纸墨渍的信件，上面提到：他们已知上述陆军部财产由我保存，但这违反了陆军法案的某些条款，应归还官方，也就是特刊办公室，地点在伦敦陆军部。这句话里"归还"这两个字被划掉了，改成了"亲自送达"，信文顶上潦草地写着"军官所配手枪为四十五毫米科耳特左轮手枪"。后面还写着："若有进一步行动，会及时告知。"我小心翼翼地把这封信放到了水槽下面的垃圾桶里，然后倒了杯清澈见底的蓝山咖啡。在那个四月的寒冷清晨，我站在那里，手里端着一杯热气腾腾的咖啡，茫然凝视着烟囱外的世界——残疾人、驼背的人，斜屋顶闪闪亮亮，后院里树木茂盛，碎花床单和衬衫随风飞扬。我权衡了一下是否要把温暖的被子重新拉到我还没苏醒的身体上，随后不情不愿地走进浴室。

上午十一点左右，爱丽丝端着一个满是裂纹、有玫瑰图案的雀巢咖啡杯走了进来，面色冷峻，另一只手拿着一份绿色蕾丝装饰的文件。她把三样东西都递给了我，拿起我一周前从她那儿借的自来水笔，又大踏步走了出去。我放下手里摆弄的回形针，开始翻阅她送过来的文件。上面有个很常见的就业局的章，还用大写字母写着14143/6/C。浅绿色纸上印的是杰伊的信息。我之前从没见过这份绿色文件，这份文件比白色文件的保密等级高很多。从文件里，我了解到他在大学都学到了什么，也知道他接受过荣格心理学相关训练（两年后停止了），还知道了他在木材行业的失败经历。文件里概述了杰伊在一九四二年六月之前的职业生涯，随后并没有像我之前读的文件一样留白，而是详细叙述了他的化名：克里斯蒂安·斯塔科夫斯基，讲他是如何用这个名字被招募到总部位于伦敦的波兰陆军情报局的。他曾在波兰南部执行过两次非常危险的任务——第二次任务中，他的接应飞机没能成功接应到他。他消失了一段时间，再次出现就是一九四二年十二月了，那时他出现在开罗，向波兰军队汇报，当时，波兰授予了他"军事美德"英雄勋章①。随后他被送回英国，在霍舍姆参加了八个月的培训。这时，他在波兰工作时的住所已经被摧毁。文件中的一张照片显示，波兰反情报机构人员很可能已经知晓他与文件中提到的德国人达成了某项协议。另一封日期为一九四三年五月的信件表示，所有逮捕他的人都来自同一个德国调查部门。

波兰地下组织人员复杂，政治信仰各不相同，而杰伊发现自己是国家武装部（一个右翼极端组织）的成员，很可能已经与德

---

① "军事美德"英雄勋章（Virtuti Militari），波兰第三共和国最高军事功绩勋章，用于表彰在战争中面对敌人时的英雄主义和勇气。

国的反间谍机关达成了某项协议。于是，他被共产党组织主导的联盟视为对抗法西斯的英雄。是个三面间谍！

接下来几年的记录是空白的，随后便是一九四五年九月，斯塔科夫斯基——现在是波兰军队中的一名中士，改了新名字——重新出现在从德国战俘营释放的士兵中，被送回波兰。在华沙，他在新成立的共产党政府获得了一份低级秘书的工作，向由贸易委员会资助的情报机构汇报。他当时报告了商业间谍行为，尤其是与德国补偿苏联的货品生产相关的行为。一九四七年，他报告的内容大幅缩水，于是有消息称，他可能在为美国中央情报局工作，当时，美国中央情报局建立了"八年计划"，招募了很多欧洲特工，任何参与这个计划满八年的特工都能拿到一小笔钱，被送到美国定居，远离是非。一九四七年，整个欧洲奉美国为圭臬，因此这个计划在欧洲十分抢手，尽管从一九五五年开始，这个计划内的特工就不曾向美国传递任何有价值的情报了。一九五〇年，他在波兰政府中并未得到晋升，在木材局担任第十秘书。于是，他以被怀疑为借口，用借工作之便办的护照逃回了英国。回到英国之后，他很快便加入了右翼波兰群体，就像他当年加入共产主义政府一样。

文件最后，是大约二十个美国大使馆给他打的电话，主要都是关于伦敦商业银行的活动。大使馆对共同市场[①]的财政状况特别感兴趣。我喝了口咖啡，读到了最有趣的部分。最后有一张信纸，上面十分谨慎地扣着一个盾形纹章。信纸抬头是联合服务信息交易所，这个机构能将英国国内的所有信息共享给合适的分支机构。许多大型商业公司都有商业间谍队伍来监视竞争对手，他

[①]共同市场，指的是成员国之间废除了商品贸易的关税和数量限制，并对非成员国商品进口征收共同关税，还规定生产要素（资本、劳动力等）可在成员国间自由流动。

们每个月都得给这个机构交一份报告。其中有一份上面肯定有内容是杰伊没有收到苏联政府的定期汇款——他的收入"很多，但来源多样，数额也不稳定"。爱丽丝走了进来，以为我看完了，从我手里拿走了合上的文件，检查了一下是否有污损，然后快速翻过页脚，锐利的目光在检查是否有遗漏。她检查完，满意地拉了拉我的吸墨纸，用湿润的小手扫了扫眉尾，拿走了业已喝空的咖啡杯，又急匆匆地穿过狭窄的房间。

我清了清嗓子，"爱丽丝——"我说。她转过身，茫然地看着我，顿了顿，然后扬了扬眉。她今天穿了件紧身的粗花呢套裙，头发高高盘在头顶，有点吓人。

"你拉链没拉好。"

如果我以为这句话会让她生气或者高兴，那我就大错特错了。她只是点了点头，然后转身走了。

9

达尔比告诉我三点钟去楼下的董事会会议室里开会。棕红色的椭圆大桌闪闪发亮,映出灰色窗户的倒影,雨点打在窗户上,又慢慢流下来。枝形吊灯的光从轻薄劣质的玻璃罩中射出来。达尔比穿着一条灯芯绒裤子,站在火光微弱的电壁炉前——这个壁炉在有着锃亮火钳子的维多利亚式黄铜大壁炉前显得如此渺小。他的头顶上方有一幅巨大的画像,画着一个身穿长礼服、留着胡子的男人,藏在棕色马车的巨大阴影中几乎分辨不出。那些椅背挺直的椅子看起来就很不舒服,根本没用过,好像家里的护卫,沿着毫无生气的印花墙纸摆成一排。画的上面挂着一只大钟,一点一滴晃走了稀疏天光。两点二十九分左右,佩恩特——也就是西蒙——那个军医,进来了。达尔比接着低头看《卫报》,于是我们互相点头致意。奇科已经坐下了。我没有什么必须要与奇科搭话的理由,不过他心情不错,一直在说什么"老达文波特怎么样?你知道达文波特吗?就是代号'可口可乐'的那个老家伙"。如果不是被打断,他还会告诉我这个昵称的来源。"那你一定知道'大黄蜂特蕾西'吧?"他可别再说话了,至少现在,我不想再听他说话。

我坐在其中一张大椅子上,面色看起来很凝重,但实际上正在随便想出一个日期,想想那天发生了什么。"公元一二〇〇年,还有十五年蒙古人就入侵了,"我想道,"罗马走到了尽头。距离十字军东征还有四年。哈丁之战①代表欧洲在东方被击败。"我玩得有点上头,"《大宪章》……"

"来吧?"达尔比说。每个人都坐下,准备开始。达尔比不喜欢我这种全神贯注又神游天外的样子,他大声说:"回回神!"我醒过神,佩恩特坐在我的右手边。他大约四十岁,长着一张瘦长的老鼠脸,身上穿着质地不错的蓝西装,白衬衫的领子很柔软,系着一条深红色领带,真金袖扣闪着暗淡的光,手帕从上衣兜里露出个角。他的手修长柔软,但可能因为医生总要洗手的缘故,显得又干又白。

坐在我对面的应该是个军人,看起来性格很温和,金色眼镜框在因太阳晒得过多而发白的头发间闪烁。他穿着一件廉价的深色非定制西装,系着条纹领带。我猜他可能有五十三岁,可能是个上尉或者少校,已经没有进一步晋升的机会了。他灰色的眼睛缓慢又小心翼翼地扫视着四周,毛茸茸的大手握着身前的公文包,好像在他揭露里面的秘密之前,这个包会在这个屋子里凭空被偷走一样。达尔比介绍了一下,我才知道他是卡斯威尔上尉,从H38给我们带来了一些有趣的数据。

大挂钟嘀嗒走着,在它七十年的职业生涯中又增加了一秒。

"如果你在H38,你肯定知道'米模'比林斯比。"奇科对卡斯威尔说,卡斯威尔看着他,神情惊讶,好像在说这间屋子里怎么会有个傻子。

"的确,"他慢慢地说,声音清晰又坚定,有种常年在外锻造出来的强大气场。"确实有个比林斯比少将。"

---

①哈丁之战(Battle of Hattin),一一八七年七月四日发生于巴勒斯坦哈丁的一场战役,也是十字军运动的一次大会战。

"对,他是我一个朋友的叔叔。"奇科声音洪亮,就好像这里是莫斯科国际象棋锦标赛,而他刚刚对着对手卡斯威尔说了句"将军"。

卡斯威尔开始讲述他的故事。他一开始的措辞很官方,像在写报告,但很快就找到了节奏。在伯吉斯和马克林①事件后,他所在的部门受命与苏格兰场失踪人口登记处的工作人员一起进行统计分析。卡斯威尔申请,先让他处理数据,从中寻找规律,而不是直接去找特殊数据。然后他就开始用自己的方式分析这些数据。他非常信任与他共事的那个中士,但我觉得只有卡斯威尔才能在这种完全抽象的工作状态下找出些音乐的律动感。不过无论怎样,无论他信任谁,他们都找到了几个很有趣的规律。他们发现"失踪人口数据"可以与顶级安全许可名单的所有组合相匹配,于是放弃了分析这个数据,转而通过分类机随机抽取卡片,想看看是否能找出类似的规律。

卡斯威尔解释说:"尽管无论是职业还是地理位置,这两个群体之间没有任何相似之处;但在其他方面,他们也有一些一样的地方。比如……"

卡斯威尔解释了很久,枯燥又乏味,但他自己却乐在其中。他说了很长时间我才明白他的工作有多重要。

他制作了精美的图片,谈到那些安全等级为一级的人物,比如重要的化学家、物理学家、电子工程师、政治顾问等这些对治理国家至关重要的人。卡斯威尔注意到,总会有人在不是度假区也不是会议场所的地方,发现这些人聚在一起。

绑架一名一级人物(如果他很有价值的话)还可以理解——

---

① 唐纳德·马克林和盖伊·伯吉斯,克格勃历史上非常重要的"剑桥五杰"之二,在英进行间谍活动。

"渡鸦"就是一位一级人物，要不是我们用了几个人把他抓回来，杰伊差点就绑架了他并送他出境。不过，截至目前，还没有其他一级人物被绑架的先例，而且聚在一起的人也每次都不同。我们都不理解他在说些什么。

10

水瓶座（1月20日—2月19日）你又一次需要保持机智，保持谨慎，但从长远来看，坚持努力一定会有结果。老朋友会帮你走出困境。

达尔比同意卡斯威尔与我共事。我给他找了一间小办公室，恰好够他与中士莫里一起工作，临时将他晋升为少校，还给他搞了一身合体的西装。我把他带到我的裁缝那里，做了一套灰绿色的粗花呢西装，搭配深棕色背心，看起来像个乡绅，恰好符合他退伍军人的身份。莫里中士也做了一件灰色法兰绒内里的格子夹克。他们每天勤勉工作，朝九晚六，下了班就分别回到富勒姆和布罗姆利，回到他们的妻子身边。我也有自己的工作要做，但我偶尔会去卡斯威尔那里。到目前为止，他一直在办一级人物的案子（二级人物太多了，都是些内阁大臣什么的），但涉及的人太少，得不出什么有效结论。卡斯威尔做了很多数据统计，总算是发现：除非能找到其他共同因素，否则在这些案子上花时间就是浪费。卡斯威尔和莫里倒也发现了一些共同因素——比如那些人都有两辆车，都会去度个长假，都会去美国、去北非度假等等；但显而易见的是，这些年龄相近、收入和教育程度明显相似的人，一定会有相似的生活方式。而其他一些行为模式则不是那么容易解释。他们中的有些人会定期聚在某个地方（卡斯威尔称之为"团伙"），一定有一个是某个政治团体或准政治团体的高级成员，其他的都偏右翼。我让卡斯威尔根据他手里的数据，对这些"团伙"和一级人物加以详细描述。

过去的五年里，"团伙"里的很多人患过相当严重的疾病，很多人发烧，"团伙"中有一个左撇子。"团伙"中还有很多单身汉，有不少人得过英雄勋章，但上过公立学校和父母离异的人数并未超过平均水平。我把这些写在一张A4纸上，然后把纸用图钉固定在办公桌上。达尔比进门时，我还在看这张纸。他最近一直故意用一把银顶伞，像是在炫耀什么似的。他一进门，就挥着一张上面是我的字迹的纸，但凡他想同我争论什么时，一贯如此。

"你自己看看！我要是能通过这个我就是傻子！就是傻子！"他把我桌子上放着的吃了一半的鸡蛋和热凤尾鱼三明治挪开——那是夏洛特街楼下瓦力熟食店的招牌口味，然后又把SARS挪到《大英百科全书》和《巴恩斯的军团历史》的SORC卷前，才找到个地方一屁股坐在桌子上。他一边在我鼻子底下挥舞着那张纸，还一边骂骂咧咧："莫里中士，八件府绸白色衬衫；卡斯威尔少校，二十四条爱尔兰亚麻手帕，四双手工皮鞋，尾款已付。"

"尾款？"达尔比又重复了一遍，"什么意思？"

"就是尾款，"我说，"就是最后他收到什么就是什么，你知道吧。"

达尔比接着读我这个月的费用表："还有这个：娱乐项目，饮品和晚饭——米拉贝尔餐厅[①]，二十三英镑。这是什么？你，奇

[①]米拉贝尔餐厅，伦敦的一家高档餐厅。

科、卡斯威尔和莫里，在那个——"他顿一顿，然后颇为疑惑地慢慢说道，"米拉贝尔餐厅！你一个月只有一百零三英镑的额度！只这一顿饭就花了一百九十一英镑十八先令六便士！这你怎么说！"

他看起来在等我的回答，于是我说："超出的部分我和下个月的一起报。"

这句话惹怒了他。达尔比收起玩笑的神色，开始真的生气了。他神色紧绷，抓了抓一边脸，手里那张费用单哗啦作响。

"罗斯说你无礼得很——不出多久你就别在这里混了，你看着吧！"他的愤怒不知怎么忽然就消失了，但我突然又觉得这样结束这番对话有些遗憾。

"我们定制那些高档服装是有原因的，"我有些怨怼地说，"你总不能指望我们几个在温蒂酒馆①吃饭吧。"达尔比一拳抡了过来，他甚至不知道温蒂酒馆是个什么地方，他只是无法忍受几个中士也能和他一样与米拉贝尔餐厅服务员混个脸熟。这就是为什么我一定要这样做，也是为什么要一五一十地把开销列出来。这时候，达尔比采取了一个著名的军事演习手段——"陆军两步走"——常用于陆军在保持领先地位时全身而退的。他开始解释说，卡斯威尔和莫里没必要占用我的开销额度，卡斯威尔可以自己报自己的。但并不是很想让莫里自己上报开销，我也有点好奇，想看看达尔比是否真的能给莫里开报销权限。

"就算再过一百万年，制度也不会允许你给一个临时服役不到两年的中士开报销权限。"

我接着说："你知道的，陆军部那些人对这些东西可挑剔

---

①伦敦街头很常见的一家快餐连锁店。

了——不，对你来说，或许可以让莫里直接用卡斯威尔的报销额度，但真正报销的时候可未必行得通。"

达尔比坐在那里，脸上露出讥讽的表情。"你弄完之后，你自己知道的，给莫里中士写一份报销申请单，就说是我说的，我经过深思熟虑，觉得他们俩都应该有报销额度。"达尔比向后靠了靠，把他的翻毛皮短靴翘在办公室里唯一舒适的椅背上，拿起公文包上的两本书——那个公文包可有年头了，我本来打算扔了，再申请买个新的。他瞄了一眼书脊，大声读道："《人格和行为障碍中精神病的实验性诱导》，第一卷。作者，利德尔；还有一本肖伏恩的《发泄》。今天早上我就在你桌子上看见这两本书了，不过这对你抓住杰伊有什么帮助？

"我知道你有点生气，因为你觉得现在信息不充足，没办法开展工作，但我们会解决这个问题的。"他停了很久没说话，好像开口说话就是承认我刚才的说法，他得好好思考一下，最终说："现在，整个部门都归你管了。别太得意，只有三个月。我要是运气好，可能连三个月都用不上。你太傻了，还没受过什么正规训练，真是可怜。"

达尔比假惺惺地说："但我相信，你一定能克服自身问题的。"

"你怎么这么自信？你可从来没克服过你自己的问题。"

这便是开始工作的前奏，很快我们就开始忙正经工作了。达尔比和爱丽丝教我怎么用IBM电脑，算是交接仪式。我总觉得他们删掉了一部分文档，但也许我是在瞎想。第二天他就要搬出去，却并没告诉我他要做些什么。我特别问了他关于杰伊的事，他说："这些都在文档里，自己看去。"

"我还是想从你这儿知道，听听你的想法。"当然了，也是因为我不想看那些乱七八糟的东西。

无论如何，达尔比还是给我大致讲了讲。"五十年代杰伊在伦敦落脚时，他替美国人办事，都是些小型间谍活动。不过，我们并不希望他只做一些经济和工业上的间谍活动，但这也不是我们能决定的。他在普莱德街有间办公室，除了给美国那些北方佬做事之外，业务似乎开展得还不错。我们第一次注意到他是在伯吉斯和马克林那档子事之后，当时有个备忘录，说可千万别把他也引来干这事。我们当时不知道他会不会干，但这件事给我们提了个醒。"

我插了一句："谁送来的备忘录？"

"不是书面备忘录，也不是录音。我当时还不是负责人。你要是找到了，告诉我一声。这也是我一直百思不得其解的地方，但他确实在上头也有朋友。"

达尔比口中的"上头"，只有一级了。

"政府部门？"我问。

"内阁。"他说，"提醒你一句，可别说是我说的，我们没有证据，自从五十年代到现在，没有一件事能把他和那些违法勾当联系在一起。伯吉斯和马克林那件事的时候，我们也查了他的动向，他们肯定有关系。马克林担任英国驻开罗大使馆办事处主任时，杰伊去了开罗两次。尽管我们并没发现他拜访过马克林的居所塔茨菲尔德，或给他打电话，但他们肯定有交集。

"一九五一年五月二十五日，伯吉斯和马克林一起租了一辆车去南安普顿。十二点时，法莱斯跨海游轮离港，去往圣马洛和海峡群岛。这是一条往返航线，伯吉斯、马克林和杰伊都在船上，但这三个人中，只有杰伊回到了英国。

"后来，两张一千英镑的银行汇票分别从瑞士银行和瑞士联合银行开出,都是开给马克林的岳母的。后来又有一张两万五千英镑的,从瑞士银行开出,在伦敦和希腊银行兑付,兑付给埃里斯托先生的账户。不用我说你也应该知道,这个埃里斯托先生就是杰伊,当然,收到两万五千英镑也并不违法。我认为,杰伊就跟他名片上介绍得一样,从事进出口业务,但他最终发现,他手头第二有价值的商品其实是信息。"

"然后呢?"

"那最有价值的是什么?"

"是掌握信息的人。"我突然想到。

"确实,我就是这么想的,但我肯定不会宣之于口。"

"我们在巴尔贝克抓住的那个家伙——'渡鸦'也是这个情况吗?"

"他是伯顿研究中心研究化学战术的生化学家,但他们这种人非常少。通常情况下,新闻部的安全部门不会让文件中出现他们任何一个人的名字,而我们也不会再有伯吉斯和马克林那档子事了——内阁里的奸细什么的——不会有了。"

"你认为,卡斯威尔手里的案子,杰伊也有份?"

"不,我反倒觉得,杰伊虽然在马克林那事里赚了不少,但他也很聪明,绝对能意识到这事做不长久。我觉得,他时不时抓几个这种一级人物,肯定是缺钱了,但绝对不像卡斯威尔说的那样,能抓那么多。他得雇个马车,还得在《观察家》报上打个广告!你没算完之前,我不会接受卡斯威尔的说法,除非他能说出些具体的门道来。你要是就这么和国务大臣汇报,绝对会像个小丑……"他扫了一眼我钉在桌上的名单,"就那些右手边的'团伙'。"他从我桌子上下去,弯下膝盖,手在桌子下面快速扫了一下,关掉了我之前放在那里的迷你录音机。他起身走到门口,又折回来对我说:"还有件小事。我不在时,你那几个特勤人员,还有你,记得去理个发。欠你的钱,我会想办法的。"

我听见他迈着沉重的脚步走下楼,大声喊着奇科去准备他走之前要看的录像。我拿起手头的档案、相机和方糖,走进达尔比的办公室。

很显然,这是这幢大厦里最亮的房间,就算离开窗边几英尺,都可以读报纸。

屋子里有很多用高级纸张印刷的报纸。墙上挂着几幅装裱精美的版画,画着几个骑着大马的士兵,穿着红色外衣,带着红色军帽。窗户下面是达尔比新得手的大玩具——一台灰色的IBM电脑。达尔比年轻又有野心,工作积极主动,是我遇见过的最好的领导——但没人能打包票说,他一生中哪怕有一个想法是他自己原创的。他从未错过一个好点子,一见到好点子便能意识到其价值。于是,他努力争取得到这个点子,利用这个点子,也会给原创者应有的功劳。

这台IBM电脑是WOOC(P)保持声誉的关键,有了它,才有那排山倒海般的信息,除了设置正确的这台电脑之外,没人能分析出这些信息之间的关联。例如,三百个没有任何意义的名字,三百个房子、上百个城市、街道和一堆照片,这些都没什么意义。但只要把信息导入这台机器,每张照片上的地点便一清二楚。又导进去一些信息,三十张卡片被调了出来,而只有达尔比才知道这三十张卡片是左手枪弹孔、年轻的保守党成员,还是会说普通话的砖瓦匠。达尔比喜欢这台机器,它的速度很快,比人工效率高很多。它让达尔比成为英国最有权势的人之一。

周日，我十点半左右去了办公室。我通常周日是不去办公室的，但信息室里有本我想要的书。我大概十点半到，信步走进达尔比的办公室。周日的报纸已经摞在了周六的报纸上，头版那页从那台IBM上掉了下来。我能听见爱丽丝在摆弄冲咖啡的东西。我坐在达尔比那张上了清漆的柚木桌子后面，浅棕色的桌子很光滑，带着一些尼斯海滩上的性感意味——如果尼斯的海滩上都是女孩的话（你懂的）。这张丹麦柚木桌子上嵌着四个金属开关，还有四个彩色小灯：分别是蓝色、绿色、红色和白色。蓝色的表示把打进这幢大厦里任何一部电话的来电转接进来；绿色的负责录音；白色的是语音信箱，这样就算达尔比不在，也可以在第二天早上回电话；而红色的可以接通这幢大厦里的任何一部电话——达尔比除了用它要过墨水以外，基本没怎么碰过。

我抬起头，爱丽丝站在走廊上，手里拿着两个柳条图案的杯子。她穿了件赫鲁晓夫夫人会喜欢的印花裙，搭配厚重的尼龙袜和玛丽珍鞋。她今天的发型很有女人味，但这并不能掩盖她身上白人的酸腐气息。

"咖啡？"她问。我没反驳，但爱丽丝冲咖啡的手法，那杯牛奶、温水和咖啡粉的混合物，就像暖气水一样。

"谢谢，爱丽丝。"我说，"你周日其实也不用加班，对吧？"

她笑了笑，整张脸扭曲得像一只老旧的园艺手套。"周日比较安静，长官，能完成更多工作。"她放下杯子四处看了看。屋里又变得乱七八糟，她咂咂嘴，整理了一摞报纸，把我的雨衣从椅子上拿下来挂在门后。"你能弄明白那台机器了？"她问。

"勉强算是吧，"我说，"还有点弄不明白，比如它是怎么挑照片的。"我给她一摞照片，底下垫了张打孔纸。她看都没看就接了过去，盯着我说："你对待工作太诚实了。你最好能尽早知道能向谁倒苦水。"

我什么也没说，于是她继续说："我去拿眼镜，看看我能不能弄明白怎么挑这堆照片。"

老爱丽丝愈发老练了，我甚至想着能不能让她把我在巴巴罗萨俱乐部里撕破的裤子缝起来。

最近，那些一级人物总能遇见入室行窃这种事，好像有人想用这种伎俩监视他们一样。卡斯威尔花了一周调查这些事。他对这类事很感兴趣，需要莫里帮他梳理案件。莫里不太愿意放下他那些"团伙"，但他们一直都在研究能否将目标更集中些。之前一年出现一次的峰值现在可能平均到了全年，只是个超过平均值多少被视为异常的问题。卡斯威尔虽然不愿同意，但其他几个地方无论何时一级人物的聚集人数都很低。他把这张图画了下来，根据不同数值，用不同深浅的绿色阴影对这些地区进行了标注。暂时没有一级人物的区域，被称为"撤离区"。我不是个统计学家，但我觉得这些统计数据都很愚蠢。卡斯威尔不是那种乱搞的人，但他是这个楼里唯一一个让我不发火就能接受"撤离区"的人。卡斯威尔把我们安排得明明白白，我只是不能确定他是否只是想用他历史悠久的军队作风给自己找件事干。我也受够了他那些入室抢劫的数据，开始觉得这两个人不过是在耍我。卡斯威尔能看出来我受够了他的那些数据。周二，我请卡斯威尔在办公室里喝了一杯，他看起来有点沮丧。他一口气喝了三杯啤酒，然后开始对我倾诉，讲他在印度度过的童年，讲他父亲坚持要他参军，讲那些马球、小猪，讲那些对下等人的惩罚——本地部落里的人和年轻的英国贵族一样喜欢打架。他还讲了那里的阳光，讲他们在开阔的山区策马飞奔，讲那里的吃的喝的——那些糟糕透顶的晚餐，讲他与其他年轻副官一起嬉戏打闹。不过,所有这些都是他父亲的生活。他父亲去世之后,他立刻申请到另一个单位任职。他选择了一个他能想到的,与他父亲截然相反的单位——在加尔各答的印度军队统计局。不过他对这项工作既没有兴趣,也没有能力胜任。他这样做,不过是对自己截至目前的生活进行无声的反抗。

"有那么两年,这项工作纯粹是个苦差事,尤其是对我这种不太聪明的脑子来说,那些基本计算枯燥乏味。但没过多久,我就习惯了这种单调的生活。我明白了,我做的这些事很重要,就好像那些图案对阿拉伯风格很重要,不是华彩的乐章对整部交响乐也很重要一样。"

他用这种温柔的方式告诉我,不要任性。在整个军队里,卡斯威尔是唯一一个放弃骑兵团的位置,而选择在沉闷的办公室工作的人。这项工作他一直做到六十岁,做到上尉。如果一直这样下去,他很可能根本没办法晋升少校。

这时,我觉得我俩都已经超负荷工作了,于是我们决定回家。透过窗子,能看到熟食店里挤满了穿着雨衣但被雨淋湿的人。我打电话给莫里,问他愿不愿意过来喝一杯。我刚把内线电话放下,红色紧急电话就响了。带着苏格兰口音的接线员说:"犯罪记录中心的电话,长官。重要性四级,优先,请打开扰频信号。"

我按下扰频按钮,又按下绿色按钮录音,听到接线员对那边说,已经接通了我的电话。

电话那头传来一个像假声一样的尖锐的声音,这个声音我之前听过。"您好,苏格兰场,犯罪记录中心,军事联络官凯特利上尉。"

"凯特利,你好。"我知道,这个在壁炉边看档案的晚上,泡汤了。

11

水瓶座（1月20日—2月19日）如果去别人家做客听到别人低声说闲话，也不要惊讶。人总要发现，某些友谊是不同以往的。

"我们接到了肖尔迪奇警察局的电话，长官，这件事真是既有趣又让人害怕。他们那儿有一个人出了交通事故，一辆车剐坏了一个交通信号灯。"凯特利说。

"然后呢？"我问。

"是这样，长官。然后警员就问他要驾照等证件……"

"说重点，凯特利。"

"好的，长官。这个车主叫约翰，没有犯罪记录，也就是没有白卡记录。不过他有绿卡记录，就是说，他有疑似犯罪记录。"

"我知道什么是绿卡记录。你就说你怎么发现他有绿卡记录的？他说他叫什么？"

"没有，长官。但这就是问题。这个叫约翰的人穿着伦敦警察厅总督察的制服，不过幸运的是，警员在犯罪记录中心工作了一年，认出了他的脸。警员以为他有白卡记录，但他其实只有绿卡记录，这个绿卡记录是你们部门发的——有最高优先级的那个标志，所以我给你打了电话。长官，我们想知道，我们能告诉肖尔迪奇警察局这个约翰有绿卡记录吗？当然这也有可能是国际警察的案子，不过你想抓他吗？我打电话就是这事。"

"听着，凯特利，你跟肖尔迪奇警察局说，就说是我说的，把这个约翰扣下，最好捆起来。让他们小心点，注意他身上有没有氰化物，这点很重要。告诉警察局长，我把这个约翰交给他了，出了事我就找他。你们一跟他谈完，就把他铐住，时刻让人看着他。哦对了，让那个拘押他的警员等着，别走——说实话，你们应该立即给警员晋升中士。说实话，应该找个检查员介入这件事，胆子大点。哦，跟他们说，我现在就出发，七点半之前能到。"

"好的，长官，我马上去做。"

"哦，凯特利。"

"在呢，长官？"

"无论结果如何，你马上就告诉我这点做得非常好。"

"谢谢，长官。"

我给调度中心的管理员打电话，他们马上为我准备好了一辆捷豹。我锁上IBM和答录机，按下电话自动录音的白色按钮。莫里还没喝完酒，不过他问我是否可以搭车。我对这种事没什么特殊要求，于是答应了。卡斯威尔决定下班。我们走到托特纳姆法院路，快到拐角时，车到了。我们上了车，司机是战后新移民，所以对去肖尔迪奇警察局的路十分熟悉。我们穿过新牛津街，沿着西奥博尔德路向前。我让司机把警笛打开，他先把车停在克莱肯威尔路路边，紧接着一脚油门踩到七十迈。

走到城市路的一半，一辆从莫尔盖特向北开来的黄色卖报车迎面而来。他发现我们并没有停车避让，于是踩下刹车，车停下了。我们的司机猛踩油门，只给了卖报车司机大约一英寸的空隙从我们身边过去。卖报车的车闸冒着热气腾腾的白烟，司机的脸也吓白了。这个时候，我最不想出什么其他岔子。

"小心点。"我说。我觉得我已经在努力控制自己的脾气了。

"好的，先生，"司机说，把烦躁错当成紧张，"那种车边上有橡胶挡泥板的。"

我知道调度中心为什么会把他派给我们当司机了。

现在真的开始下雨了，街道像个万花筒，反射着汽车尾灯和霓虹灯的光芒。我们在肖尔迪奇警察局门前停下，三个警察站在门口。我很高兴他们没有把安全当儿戏。司机下了车，跟我们一起进了警局。他可能觉得会看见什么认识的人。那个跟凯特利交谈过的警长出来欢迎了莫里和我。

"一切都在控制中，长官，"他骄傲地说，"我说到做到。你那两个兄弟在停车，不用担心他们……"

"哪两个兄弟？"我问。胃里突然又冷又痛，但我知道我已经不需要担心什么了。我们去看那个约翰时，他平躺在地上，赤身裸体，已经死了。我把尸体翻转过来。他长相英俊，又很强壮，差不多三十五岁，看起来比我上次见他要老一些。现在，我们可以把"家燕"从档案中划掉了，就好像现在杰伊的人也会把他从名单中划掉一样。现在是晚上七点三十三分。他的制服里有些东西——一包香烟，一点钱，准确地说是三点一五英镑，还有一块手帕。我马上派人去找来把他抓进来的警员，询问当时都发生了什么。

警员瓦伊尼带着一份写了一半的报告和一小截铅笔进来了。他长得五大三粗，几乎全秃了，可能是退役军人，肚子向前挺着。就算是他，现在也可能是个可怕的对手。他头发细软，太阳穴处有些白发，把他的小耳朵衬托得很显眼；他的鼻子很大，鼻头被晚间的冷空气冻得通红；下巴向前伸着，就好像警卫或警察的帽子下面的防风带不合适，必须要把下巴伸出来的样子。他穿了件束腰外套，里面是件织得乱七八糟的红色套衫，外面还有蓝色背带。他看起来十分轻松，却又显得很精明，确实是一个警察应该有的样子。

我身后的警长靠在牢房门口，说："工作了三五十年……"对自己能拿多少养老金担心极了，声音足以让我听见。

我又回头去看那个警长。他告诉我他一看到"家燕"的举止就心生怀疑，但如果不是红灯，他们也没有近距离观察的机会。他是不是觉得"家燕"只是周边的良民？他可能觉得不过是堵车而已。

"别担心出庭什么的事，警官，"我说，"我宁愿你告诉我你那些可能不靠谱的猜测，也不想你因为无法证实这些而犹豫着不告诉我。现在，让我们假设这个人确实把车停在路边，他也确实是从附近哪个房子里出来的。那现在你仔细想想，他能从哪户里出来呢？你了解周边这些住户吗？"

"当然，长官，非常了解，他们各有特点。很多房子都有门廊，窗帘从来不拉上，也基本没换过。但英国人的门廊都这样，对吧，长官？"

"我感兴趣的是过去六个月有新住户搬进来的房子，能看见新来的居民进出的房子，不是附近住户的那种。这片有哪座房子特别僻静吗？可能有车库，司机可以从车库里直接进屋？"

瓦伊尼说："那边所有的房子都在街后，但有一座确实有点僻静，因为房主买下了房子两侧没开发的土地。当然了，它两边的房子也很僻静，但有一边——就是四十号那边——全都是公寓，里面住的大部分是刚结婚的年轻人。房主是格兰特太太。另一边是四十四号,很矮。那家住户的丈夫在西区做服务员,我基本都会在凌晨两点到两点半看见他。我知道车市的爱德华先生想买这块地方,因为他总把他那些车都停在路上,我们一直敲打他,免得他碍事。我们扣押了他差不多一周,他终于来找警长了。我真的觉得他告诉我们他打算买这块地方是为了表示他确实有努力,但不管怎样吧,房主不卖。我完全想不起房主是谁。那座房子在二月做了很多改建,我觉得可能是要改成公寓。但现在也没有挂出'出租'的牌子。你要是想买,这座房子的口碑确实不错。"

"你说到重点了,警官。我确实想买这座僻静的大房子。"

凯特利已经给局里打了电话,一听到消息就炸了毛。莫里听到凯特利尖厉的声音喊着:"谋杀?居然是谋杀?在警局里发生了谋杀案吗?"凯特利的声音从犯罪记录中心传来,比从我嘴里说出来更让他们担心。

我让他们检查了所有地方,检查那两个"兄弟"的指纹和身份特征,但我知道,如果是杰伊,是不可能让你抓到任何信息,也不可能留下指纹的。警员从他曾经在犯罪记录中心看见过的一张照片里认出了"家燕",这已经实属侥幸了。我转头看到瓦伊尼,他从食堂给我端了杯茶。他站在那里,没系制服外套的扣子,等着我的下一步行动。我对他说:"给我看看地图,好吗?"随后我想要私下里打个电话——最好是扰频通话。

几秒钟后,接通了苏格兰场信息室的电话。"肖尔迪奇警察局。我想与保密等级三级以上的警官通话,我的授权来自WOOC(P)。"

"请稍等,长官。"

无影灯在闪亮的油漆上反射出明亮的光。透过关上的门,我隐约听到食堂的收音机里在播放《有家小旅馆》。我的茶放在破旧的桌子上，我紧张地摆弄着一个做成铅笔墨水盒的旧盒子，最后，电话发出"咔嗒"声，接通了信息室。

"总警督班博里，英国刑事调查局。"

幸运的是，我之前就知道"袖扣"班博里，倒是省掉了很多核验代码的麻烦——或者说，本应该核验代码，但"袖扣"坚持不用核验了。我需要三十名警官，至少五名要携带武器，还有四辆便衣警车。

"所有便衣警车都在里士满的车库里。"班博里说。

"那就从警察那里借私家车。问问西区中心，他们那儿可能有大车。"我讽刺的语气在班博里这儿失去了作用，他的话接得顺极了。"还有一辆车上要有无线电，路上我再给大家介绍情况。再带上几个钩梯和一把撬棍。告诉你那边的新闻办公室，这场行动要'绝对保密'，无线电边上放个嘴严的。就这些，总警督。你们上路了就给我打电话，三十分钟能出发吧？"

"不行，大概一个小时可以。"

"那可不行，总警督，这可是三级保密的案子。如果你做不到，我就向上要授权，用我的人了。"

"那我尽力，四十分钟吧。"

"非常感谢，总警督。咱们一会儿见。"我挂了电话，此时是七点五十八分。

我走上楼。莫里靠在一张擦过的大桌子旁，桌边坐着一位年长的警员、一位警长和一位胡子修剪得十分整齐的警探。我问那个警长，这位警探是谁，这个称谓并没让他们十分开心。不过，"吃一堑"总会"长一智"，莫里已经想出了个十分明智的方式去突袭金合欢路四十二号。他不知从哪儿找到一张街道的照片，画了张图，上面标注了花园围墙的高度，还部署了二十五个人。同时，莫里还用非常微妙的方式暗示大家，他的军衔可比警长要高得多。警探听从了他的建议，警长点头说："好的，长官。没问题，长官。"我告诉这些警官，如果他们愿意的话可以来，但也解释说由于此次行动"完全保密"，任何泄密行为都将受到《秘密行动法案》的惩罚。

莫里用一支变色铅笔在其他五人身上做了标记，然后我们站成一圈，又喝了杯甜茶。现在，食堂完全是为我们这些高级军官准备的。我手里端着一个燕子形状的杯子，还配了个碟子和一把勺子。莫里觉得现在是问问生活津贴的好时机，他已经三个月没领到津贴了。我说我会尽已所能帮他争取。

八点二十一分，有人敲门，是个警员，说一辆军车刚刚开进院子，司机找莫里"先生"。莫里说他觉得一辆有无线设备的军用吉普"可能会有用"，于是就要了一辆开，而不是跟在后面，让别人都能看见。莫里和我一起下楼去看无线电能不能收到苏格兰场的频段。他告诉我，如果是辆普罗沃斯特大巴车，就会配左轮手枪和弹药，还会有那些他所说的"其他有用的东西"。莫里用行动证明，他与我印象中的完全不同，我决定明天重新思考一下他的安全保密级别。

12

金合欢路宽阔又潮湿，不声不响地从伦敦市中心通向郊区。充满煤烟的小屋几乎与缠着铁丝网的小树一样高。到处都是脏兮兮的网帘，屋里四十瓦的灯泡透出光来，和街上昏暗的灯光混在一起。

我们等着最后两个人就位。街上不知道从哪里开了扇门，一道黄色的光射出来，划破了黑暗。一个戴着布帽的男人拉开银色车衣——不是他要找的那辆——又掀起下一辆车的银色车衣；又一辆——车牌终于对了。他把车开到街上，街上静悄悄地停着很多辆车。

四十二号有两个大门，地上铺着能发出清脆声音的砾石。顶层的一扇非常小的窗户里亮起一盏灯，军用吉普车停在房子边上，比警方使用过的所有私家车停的离房子都近。军警坐在后座上，听着在后花园站岗的几名便衣用对讲机传回来的消息。他用拇指碰了碰食指，给了我们一个信号。莫里和我决定强行突破侧面的一扇窗。军警又给了我们一系列能用手电打出来的信号，莫里拿了一根撬棍，我拿了一张涂满了警局食堂金色糖浆的棕色纸张。

砾石在脚下"咔嗒"作响，一架闪烁着彩光的飞机在云层上嗡嗡盘旋。雨差不多停了，但房子依然闪闪发光。这块地很大，我们穿过小路，走进房子边上的菜地。地上的草长得很高，湿答答地贴在我的袜子、裤子和腿上，鞋踩在地上，发出"吧唧吧唧"的声音。我们俩在温室旁停了下来，月光将花盆、豆子和花朵的阴影投在地上，像神话里的怪物。每隔几秒，房子似乎就变了样子，一会儿变成守法良民的居所，一会儿又透出威胁罪恶的模样，即将遭到我的私人军队的打击。夜光表告诉我，现在是晚上九点十一分。我看见对面有个警察走过去。风已经停了，飞机也飞了过去，一切都安静下来，能听到远处火车的声音。我不情愿地站在那里，鞋子已经湿透，踩下去就会发出轻微响声。莫里用冷冰冰的金属撬棍碰了碰我的手肘。我看过去，发现他假装不小心碰到我。我没管他。侧窗比从路上看起来要高，我把手里那张棕色的纸糊在了玻璃上，一点点糖浆流到了手腕上。莫里把撬棍塞进木质窗框里，但没撬开。左边的窗子外面围了栏杆，于是他用撬棍敲了敲糊着棕色纸张的玻璃。松脆的糖浆壳咔咔作响，随后玻璃碎了，粘在纸上掉进屋里。我们从花坛慢慢进入，莫里摸索着去找窗子的搭扣。窗子打开了，莫里率先钻了进去。我看到他手工制作的皮质鞋底（十八基尼）上贴了个长方形的价签。我把军用手枪递到他手里，跟在他身后。

一小束月光照进一间小休息室里，老旧的家具很舒适，墙上有个电壁炉，一堆塑料棍从下面支棱出来，沙发上散落着几件衣服。突然，钟声大作，莫里还在走廊里，有人把几张蓝线格的信纸掉在了楼梯上。我知道屋里没人，但我们还是小心翼翼地四处检查，一直到九点二十八分。

两名警察留下守着房子，其余的全都回到了车里。我们告诉他们，行动在最后一刻被取消了。莫里和我去街上找个咖啡厅喝杯"咖啡"——配上橡胶树和几个小面包。拉着脸的女服务员甩过一块酸臭的抹布擦了擦桌子,"两杯卡布。"她说,然后回去和三个穿着黑色人造革夹克,牛仔裤上镶着铆钉的年轻人聊摩托车去了。

13

水瓶座（1月20日—2月19日）注意未雨绸缪。爱情可能会让你无法履行承诺。

我同莫里谈天说地，就是不聊工作。莫里很高，肌肉发达，要是再年轻几岁，肯定会成为约翰·奥斯本[①]戏里的男主角。他下颌方正，棱角分明，很容易让人把他想象成一名准尉，或某次野猫罢工[②]的领袖。

他的行动效率很高，对命令响应速度极快，快到总会让上司质疑任务的完成效果，让我想起那些训练国防生的教官。他的头发紧贴头皮，眼睛细长，像在脸皮上开了两条缝，总是偷窥着世界的光明，还会毫无挑衅意味地眯成一条线。莫里与奇科不同，他并不会因为想要融入其他人而微笑——他的微笑会把他与其他男人区分开来。我们谈到贝尔托·布莱希特[③]，还谈到一九三七年的《枪支法》，而我试探他的知识边界的举动让他觉得十分好笑。他不喜欢和平时期的军队——这点可以理解，因为和平时期

[①] 约翰·奥斯本（John Osborne, 1929—1994），第二次世界大战后英国著名现实主义剧作家。
[②] 野猫罢工，指那些没有工会领导的、劳动者自发的、无组织的罢工。
[③] 贝尔托·布莱希特（Bertolt Brecht, 1898—1956），德国戏剧家、诗人。

的军队里容不下一个口袋里装着平装克尔凯郭尔①的人。他说,士兵总是想要像军官一样说话,而军官总是想要像有身份的绅士一样讲话,食堂里到处都是整个周末都待在电影院里的男人,他们回来之后,就会讲河边上那些大房子里的聚会。

"都是乔治王朝时期的房子,"莫里说(他对富丽堂皇的建筑情有独钟),"他们去过的唯一一座乔治王朝时期的房子就是路旁那幢乔治五世的宅子了。"

我们回到四十二号时,痕检的人已经扫了指纹,拍了照片,奇科和罗斯也到了。罗斯对我突然大权在握有些不满,他很可能是通过凯特利让他的部门参与进来的。奇科穿着他那件粗花呢短大衣,上面有着巨大的图案,看起来像个赌场经纪人的马仔。我发现,他的下巴上又长出了我称之为"鱼子酱"的粉刺。我们到四十二号时,他和罗斯正在温室里四处查看,我听到罗斯说,"我种的根本没出芽,我觉得可能是被早霜打了吧。"奇科用他家园丁的话反驳回去,然后我们一起开始搜查四十二号。

仅就一楼和一楼的房间而言,你再也找不到比这更正常的房子了。老旧家具上满是划痕,地毯磨掉了毛,墙纸也又破旧又暗沉。超现代化的厨房里摆满了吃的,有新鲜食物也有罐头,还有一台厨余粉碎机。楼上的浴室无比适合英国人使用——花洒、体重秤、粉色的镜子和无处不在的泛光照明。一楼有一个房间被用作办公室,角落里有个木质电话台,上面有玻璃面板,还有一个装在电话拨号盘上的小工具,一旦锁上电话就不能用了。

书架上还剩几本书——一本《罗瑞词林》,一本商业目录,一本蓝色封皮的大部头,一本法国版的《世界主要城市道路及出

---

① 索伦·克尔凯郭尔(Soren Aabye Kierkegaard,1813—1855),丹麦宗教哲学心理学家、诗人,现代存在主义哲学的创始人。

口规划》，一本《公路指南》，一本《铁路指南》以及一本《钱伯斯英语词典》。

档案柜很新，上面的油漆吱嘎作响，里面有几百张空白文件卡。我走进客厅，这里的墙纸上都是玫瑰，二楼用的也是这种墙纸。一楼和二楼之间的楼梯已被拆除，取而代之的是一架廉价的、没有刷漆的木梯子，顶部伸入天花板上一个灯光昏暗的矩形里。莫里和奇科听从我的建议一起上楼，罗斯待在楼下，检查电话簿里有没有划什么线，有没有指纹，哪页翻动的次数最多等痕迹。我爬上这个摇摇欲坠的梯子，刚从二层的地板上探出头，就看到了那几个警局的摄影师一直在说的东西。几个裸露的二十五瓦灯泡发出亮光，挂在坑洼不平的木地板上。灰泥墙上到处都是坑，露出里面的砖。我做了一个引体向上，撑起将近九十公斤的肉上到二层，手电筒发出暗淡的光。楼上有好几间小木屋，我每间都看了一眼，其中几间屋子的窗户正朝着鹅卵石铺就的中心庭院——这座房子的中庭是个天井，正是它的特色，而外墙上的窗户全都用砖砌上了。奇科走向我，眼睛亮亮的，他在一个房间里找到一双体操鞋，蓝白相间，十码，把整件事前后连了起来。

"这里可能是一座小型私人动物园，长官。我表哥的姨妈，温彻斯特公爵夫人让他建了一座，长官。很有意思。这间屋子可能是用来装食物的，长官。那些擦得很干净的木桶，长官，所有东西都非常干净。我好多个周末都在我表哥姨妈的动物园里帮忙——有一次，我们在那里办了个非常不错的家庭聚会。你要是也能在那儿就好了，你肯定会感兴趣的，长官。"奇科说话的声音越来越大，喉结也变得越来越凸出。

我打算做一件我曾听过的最困难的事，为了能做好，我找了个种玫瑰的人到楼下帮我,还找了个曾经在皇家围场工作过的人。我们这个团队绝对在动手能力上有优势。

"就跟我朋友的动物园一模一样,长官。"

当然,很多东西都能支持奇科的观点。我们身处的这间屋子破败得像个牢房,里面有个烧焦了的小炉子,烟道从墙里通向屋外。屋子的角落堆着几个老式的部队烹饪锅,地板擦得发白。我从那扇从未擦过的小窗户向外看,能看到楼下闪闪发亮的小院子和粗糙的灰泥墙,在金属壁灯的照射下坑洞毕现。

"这确实和我朋友的动物园一模一样,长官。"我点点头。只要跟奇科做了朋友,任谁都不再需要敌人了。

雨滴拍打着玻璃,另一架飞机穿过空中潮湿的云层。我努力看向飞机,但窗框限制了我的视野,我只能看到下面的斜坡。我沿着走廊走出去,穿过沉重的木门,走进最奇怪的一个房间。

这个房间算是这座房子里最大的了,有大约四十六平方米那么大,屋子中央摆了个巨大的金属水箱,体积约为九立方米。里面有大约四英尺高的水。地上粗糙地贴着防水布。"里面有东西!"奇科大喊,拿着花园里找到的一根小棍在水箱里四处乱捅。警察花了将近一个小时才把里面的碎片清理出来,是个录音机,水箱底部还沉着一套马具。

夏洛特街的两个摄影师和两个刑事调查局法医科的人在楼下走廊里,我决定把这地方留给他们几小时。

早起的鸟儿已经醒来,隐约可见一丝熹微又湿润的晨光,我给自己倒上一杯蓝山咖啡,上面挤了一坨奶油,带着爱丽丝发过来的一堆备忘录爬上了床,却依然抽空给了亚当五块钱,支持他的动物保护事业。在我看来,我也是个动物。

第二天早上洗澡时,我依旧很累。我选了件合身的深灰色条纹羊毛衫，搭配一件白衬衫和一条手帕，还有一条棕色领带，穿了双棕色的鞋子以增加点叛逆的感觉。哦，我得把那条棕色的裤子送去补补。

出租车上，我读着手里这份《舞台》。我们会定期在上面刊登一则含有加秘信息的广告，好让达尔比知道最近都发生了什么，这期上面是这么写的：

> 招聘巡演独角戏演员。中部地区城镇圣诞童话剧目招聘身材高大的男性演员及女性舞者（军队编号）。有意者请发送照片及详细信息。伦敦市中心最新表演已完成，急需脚本。请与瓦丽小姐电话联系。达尔比演艺公司。

爱丽丝负责与出外勤的达尔比联络，但我并不需要主密码本也能看出来，她对我有点意思。出租车转进苏格兰场，局长的办公室非常大，有个转角，皮椅子老旧油亮，面上却光洁雅致。墙上挂着一幅斯塔布斯的画，画着一个男人和一匹马，下面的篝火噼啪作响，潮湿的煤炭燃起火焰。透过一个个窗格，我能看到车辆驶过威斯敏斯特大桥，一艘又宽又短的黑色拖船在油腻的水中拖着一艘装满泥土的驳船逆流而上。我低头看见自行车道上有个穿着破雨衣的男人，已经浑身湿透，正努力把一辆扭曲变形的自行车塞进出租车后座。局长在跟我聊那栋房子的事。他身上有种指挥官式的苦大仇深，很难看出究竟是什么让他如此痛苦——如果真有什么让他痛苦万分的东西的话。他开始第三次历数他经历的不公——这些话从他嘴里说出来都有些讽刺——说夏洛特街警局总有源源不断的资金。我已经告诉他两次我的办公室就只有他写字台中间放脚的地方那么大，窗外视野也仅相当于一间稍微宽敞一些的熟食店。这次，我没有打断他，让他一直说了下去，他一边说我一边抽烟，一共抽了两支。现在，他放慢了速度，开始讲我们一分钱没花就建起了犯罪记录中心和法医实验室，还有搜查的权力，以及我对这些东西知道的有多少。如果他知道达尔比究竟干了多少事，肯定连桌子都掀了。我立刻决定，只要我们还在谈这次的违规举动，就不要让奇科参与进来。他太健谈了，说话也不太圆滑。但局长很快打破了我的幻想。

"跟你一起来的那个家伙，有点黑的那个，挺能讲的。"

我心头一凉。

"莫里吗？"我说，暗暗希冀着，"那是莫里中士，是个数据专家。他昨晚也去了。"

"不不不，是另一个年轻的，现在，呃，叫……"

我麻木地接过话头，"奇尔科特－奥克斯，菲利普·奇尔科特－奥克斯。"

"对，就是这个家伙，确实很迷人，就是他。"他第一次笑了笑，向我靠过来，做了个阴谋论的手势，"他跟我小儿子一起上学！"

路对面的酒吧刚刚开张，我喝了几杯杜邦内特酒加苦柠檬。我这是什么神仙机会，一边是共产党，一边是建制派，他们每一步都能料我之先。

14

水瓶座（1月20日—2月19日）让头脑支配心灵。无论是在家里还是在工作中，都要避免纷争。

周二是个最平常不过的夏日。我能听到邻居的那条大黑狗在叫，而他们也听得到我广播里的声音。我坐在垫子上整理信件，《时代》杂志社说我错过了这辈子最好的机会。我母亲的大姐希望我在日内瓦，我也希望我的姨妈在日内瓦。陆军部的一封信证实我的确退伍了，还告诉我，我不再受预备役训练承诺的约束，但在信息和文件上依然要遵守《秘密行动法案》。奶站告诉我，因为要过节了，所以得提前预订奶油，我这次订了点Chokko——大家最近都在订这个新出的巧克力饮品。

坐在办公室，我把上锁的"送达文件"柜打开，开始查看文件。有几封是与微缩胶片上化学战文件相关的，美国国防部似乎很确定，是英国海外航空公司在处理这些文件。我把这几封文件做了标记，放在特殊部门LAP那边。苏格兰场公共信息部的人对那座房子的事很体贴，但依然告诉我媒体已经得到了消息。爱丽丝说他们已经打了两次电话来，问我该说些什么。"告诉他，让他告诉媒体，高级法院大法官、内阁大臣和两个新闻界巨头正一起看'小电影'呢，他们要是不惹事，我们就不把这件事告诉独立电视新闻公司。"

"好的，长官。"爱丽丝说。

痕检部门送来了房子案的报告，我迅速浏览了一遍："地上有灰，地板上有污渍——可能是血迹，很久之前的血迹了，可能来自战时轰炸。"

还有大量指纹，大部分是我的，剩下的身份不明。他们正在收集指纹信息，重新勘查现场（继续在找到指纹的地方搜查）。

我三点钟得去见罗斯。既然现在我从达尔比手里接管了整个部门，每周就得去见他一次。我派人去买点三明治——菠萝奶油芝士的和火腿枇果酸辣酱。熟食店把这两个三明治和黑麦面包一起送了过来。我等了十分钟，无聊地把香菜种子一个个扔进烟灰缸，然后奇科来了，于是我扔了最后一轮，把所有种子都扔进去了。他在桌子上放了一卷十六毫米胶卷，然后走来走去四处攀谈。我大声咕哝了一句，对他点了点头，他终于走了。

我盯着手里的雀巢咖啡看了很长时间，并没想出什么特别的行动路线。对手可能传球失误了，但我并没发现防守上的不足，除非我面前的文件没什么用。在我看来，这份文件确实没什么用，我并不觉得这是需要我们处理的事，更无法把它跟杰伊联系起来。只有写小说的才能把经主角手的每条线索都搞成同一个案子的线索。现在我办公室里有六百多份文件，如果所有恶棍都能在同一时间被绳之以法，那么奥斯维辛集中营就会成为《哈姆雷特》的最后一幕。

我要继续用房子那边的线索糊弄人吗？不过又有什么线索呢？我决定探探罗斯的口风，看看他们打算怎么办。我叫了辆出租车，去了杰明街附近的一家酒吧。那是一家破破烂烂的店，一层有几个房间，到处都是红色的长绒毯，密不透风。房间里摆着一架锃亮的儿童用三角钢琴,还有一大篮极为美丽的鲜花,后面坐着个秃顶的人。他戴着副眼镜,系着兵团领带。他就是罗斯。他今天至少早到了半小时。我坐在他身边。我们俩每周的例会差不多要开十分钟,包括就内阁的陆军情报备忘录达成一致意见,还要商量我们两个部门工作重叠部分的资金安排。服务员给我上了一杯干雪莉酒,罗斯点了杯粉色杜松子酒。他看起来好像已经喝了几杯了,宽大的前额满是皱纹,有些苍白。他为什么喜欢这个地方呢?

他问我要烟。这不是他通常的作风,但我给他拿了几根,又给他点上一根。火柴点燃烟,好像镁光火焰一样明亮。萨米·戴维斯正在唱《盛开的爱》,温柔的帕克式萨克斯颤音让塑料花都微微颤动。长得像个哈巴狗的男酒保皮肤晒得黝黑,脖子上的领结有大豌豆那么大。他正拿着一块旧抹布擦烟灰缸——那个烟灰缸一尘不染,根本没人用过,他一边擦还一边偷喝着半品脱装的吉尼斯黑啤。罗斯开始说话。

"实话说,备忘录还没完全弄好呢,我手下的姑娘们今天下午就打出来。"

我决定不说"没关系"。有几次我提交数据晚了些,罗斯啰唆了半小时。罗斯看了我几眼,从口袋里掏出那支破旧的黑色烟斗。我刚递给他的那根烟,他抽了一半。他今天有点紧张,我想知道他还打不打算让他的人继续在那间"鬼屋"工作——有人这么称呼那个地方。我也知道,跟罗斯打交道,直截了当是行不通的。

"你还从来没光临过寒舍呢,是吧?"这语气可够阴阳怪气的。罗斯和我生活上有交集?光想想就觉得很滑稽。"我家现在可漂亮了,花园后面有三棵美丽的老栗子树,边上种着各种各样的玫瑰。六月里,树上会长出黄色的柔荑花序,树下是漂亮的多洛塔和芬得拉,这时候你就会觉得到乡下来真是不虚此行——当然,除了隔壁的房子有些糟心。我在一九三五年,不,一九三四年底买下这个地方时,建筑工人本来说砍掉这几棵栗子树的,他们说会把这个地方清理得干干净净。那时候这边真是乡下,方圆几英里内一栋房子都没有——我的意思是我们后面没有房子,隔壁还是有的。那时候也没有公交车,什么都没有。我跟你说,没有公交车对我影响可太大了。一九三五年夏天的时候我还在亚丁①,我太太,哦,你还没结婚,但我太太是个了不起的女人。那时候我那个花园还什么都不是。都是我太太劳心劳力。那时候我还只是个中尉呢。"

"罗斯,"我说,"多洛塔和芬得拉都是玫瑰的品种吧?"

"当然,"罗斯说,"不然你以为是什么?"

酒保目带问询地看着我,我歪了歪头,示意他可以上酒了,他立刻端了干雪莉酒和粉色杜松子酒过来。他花了很长时间清理我们面前的烟灰缸,罗斯说到他的房产经纪人的时候停了一会儿,然后又开始讲。

"一九三九年时我在SCRUBS②,有了机会打理这个花园,于是我栽上了金合欢,现在已经风景如画了。跟我们隔了六户的一栋三居室房子,一块地都没有,一块都没有,居然还卖六万五英镑。我当时就对我妻子说:'我们这个肯定得八万镑。的确,我们确实以这个价格拿下来了。一座独栋别墅这个价格非常棒了。'"罗斯喝了一大口粉红色的杜松子酒,然后说:"但实际上——"

---

①亚丁,也门人民共和国首都。
②详见附录。

我也想知道实际上怎么了,我得花多长时间才能听到这个"实际上"。

"实际上,我儿子在上学,正处于关键时刻——不可能在他身上削减开销吧,他再有十八个月就上大学了。所以实际上,这笔钱对我们来说是一笔巨款。你一直都有点,嗯,我觉得,有点像我。你去年说想调动时——嗯,我不想跟你说委员会里那些乱七八糟的说辞,你记得奥布莱恩吧,他甚至当着你的面都说过那些话。但我始终觉得你值得我坚持把你要过来。确实,要你过来是对的,你现在是我手里的王牌。"

罗斯的这番话实在让我有点不能理解。他说这些"坚持要你"的话,是想从我这儿得到什么?要我的钱?要我调走,还是要我手上达尔比的权力?这太不像他了,演技太拙劣。罗斯经手的事都有这个特点。他想要多少钱?五镑?五百镑?还是更多?我并不愿意听到罗斯这样捧着我讲话,但他已经给过我太多糖衣炮弹,所以我也不想缓和态度。但现在,他改变策略了。

"现在达尔比不在,你负责这摊事,嗯,有人说过,国防大臣的私人秘书对瑞士银行这件事非常满意。你里面有人?"他顿了顿,这是个问题,但我不想回答。他又继续说:"那你的人能打听到什么人或者什么密码吗?"他又顿了顿,我想起跟瑞士银行打交道时他给我带来的那些困难。他又说:"哦,我是不是不应该问这个。但现在重要的是,上面已经知道你了。我说实话,上面知道你,就意味着你不会像乔一号①之后我那样,被困在一个死胡同里进退两难。"

我喃喃地说:"这是个重要的死胡同。"

----
①乔一号,苏联第一颗氢弹,于一九四九年夏天引爆,详见附录。

"是的,你是这么想的,但不是所有人都这么想。坦白说,当时我在经济上有些捉襟见肘。现在,咱们聊聊《共和报》的事。"

我知道《共和报》,这是罗斯最喜欢的报纸。《共和报》是纳赛尔的喉舌,是埃及的官方新闻机构。罗斯在里面安插了线人。后来,开罗最知名的报纸《新闻报》和《金字塔报》国有化时,他安插进去的线人就拥有了更大的影响力。

通过这个线人,罗斯可以完整了解到苏联在近东地区的军事援助情况。

罗斯的人甚至在纳赛尔的政府里都有些关系,而且这个线人从来不退缩。但随着生活水平的提升,他觉得这项额外任务的报酬也应该提升。我能看出来,罗斯不太能接受因为几千英镑就失去他有史以来最好的线人,而我也从别人那儿听说,这个线人无法提供什么有用的消息了,可能美国人开出了罗斯能开出价钱的十倍吧。如果这个线人没了,罗斯无疑就会失去所有的关系网。

"你能在那边做很多事,但我只是没有钱,也没有人手去做。我能看到你的能力,毫无疑问,你的能力总有一天会被国防大臣知道。"

他坐在那里,提到国防大臣时表情虔诚,好像要写《圣经》第十一诫一样。

我打断了他的虔诚:"但我连个文件号都没有,信息都在你手里。"

"确实如此。现在咱们说点有用的。如果咱俩不认识,你肯定会花钱买我手里的信息,对吧?"他急匆匆说了下去,一点都没停顿,"你在这种事上比我有更多回旋余地,或者说,比我们这边有更多的回旋余地。那么，如果你开的价码合适，信息就是你的了。"他往后靠了靠，但并没有放松下来。

一开始我并没明白他是什么意思，于是我又仔细思考了一遍他刚才的话。

"你的意思是，"我说，"我们这边要花钱从你手里买下这些信息？"

他用烟斗敲了敲桌子腿。

"听起来有点奇怪，我知道，但老兄，这件事实际上就挺不正常。这不像那些朝九晚五的工作，也不是什么我会提供给其他人的信息，比如……"

"俄国人？"我说。

在过去那几分钟里，他脸上的表情基本没变，十分平静，但现在，他的表情像巴黎圣母院门口那个滴水兽一样僵硬，嘴里唾沫星子不断。"我本打算说'海军'，但既然你把话说得这么难听……你的朋友达尔比一定不会对我这个提议表现得如此'单纯'，可能我跟他聊聊会更好。"

他这话说得确实很好，让我觉得自己像个满口俄国人的疯子。他还提到了达尔比，暗中提醒我，我不过暂代达尔比的职务。最后还说我"单纯"。我是个成熟的现代特情人员，与中央情报局打的那六个月交道和两件有领尖纽扣的衬衫可以证明这点。

"罗斯，"我说，"咱们梳理一下。你急需一笔钱，为什么需要我不知道，但你想卖给我信息来换钱。不过你又不想把这些信息卖给真正需要的人，比如俄国人，因为这样做就不道德了，有点落井下石。于是你开始对咱们这边的人下手，想找个没受过专业教育的、没什么教养的、不知道这东西应该卖给谁的人。你找到了我，找到了一个你一直都不怎么喜欢的外人，先撩拨我的心，然后又打起我钱包的主意。你不在乎我会怎么处理这些信息，你关心的只有我可能会利用这些信息得到一个爵士称号，或者干脆把这个东西从后墙扔进苏联大使馆里。你敢把这些不属于你的东西卖给你不喜欢的人。不过，你有一点说对了。我们干的的确就是这样的事，这也是很多给你提供信息的人希望自己干的事。但他们不能干这行了，他们已经死透了，死在某个肮脏的小巷子里，而你连提都不会提到他们的故事。我办公室里有六百份非机密档案，这不是什么秘密。我现在唯一的兴趣就是回去看一份，就算我的名字根本没在国防大臣那里出现过。"我一口干了杯里的干雪莉酒，差点呛到——如果呛到肯定会影响我刚才这番话的效果。我把一英镑钞票扔在洒出来的酒上，头也不回地走了。李·柯尼兹[①]已经开始演奏《纽约的秋天》，我下楼的时候，听到罗斯开始抽他那支石楠烟斗。

[①] 李·柯尼兹（Lee Konitz，1927—2020），美国中音萨克斯手。

15

水瓶座（1月20日—2月19日）各种娱乐活动都将为家庭和工作的日常活动带来活力。

在伯里街上，又脏又旧的伦敦空气清新。像罗斯这样的人总是让我感到不快。如果我跟他这样的人交朋友，我会恨自己；但跟他这样的人共事时我又很享受，我对此感到内疚。

特拉法加广场上，阳光洒在一群群游客身上，洒在他们手里的鸽子粮和相机上。我躲开了几个衣衫褴褛的街头摄影师，在国家美术馆外坐公交车去古奇街。

走进办公室，爱丽丝正守在大门口。"凯特利一直在打电话。"她说。爱丽丝要是能做个头发再化个妆，也挺漂亮。她跟着我走进达尔比的办公室。"我说你五点会去陆军部的放映室，那边要放一些特殊的内容。"

我说好的，还说罗斯备忘录上的那些事很快就能结束，问她能不能处理一下。她说她权限不够，我没回答，她又说她会去看看，加上一些我们的内容。跟我说话时，她总是摆弄我桌上的钢笔、铅笔、文件盘和笔记本。她把这些东西排列整齐，仔细查看，把每支铅笔都削尖。

"总有一天，我进办公室时会发现桌子上空无一物。"

爱丽丝抬起头来,脸上是她听到别人讽刺她时的一贯表情。她觉得我这么说很愚蠢,但我不明白她为什么从来不告诉我,虽然我能从她的脸上看出她的想法。

"你看,爱丽丝,你筛选过那么多人,肯定能找到个合适的人来每天干这个活儿,除非你对我有意思,爱丽丝,是吧?"

她愣住了。

"我没开玩笑,爱丽丝,级别是会带来特权的。我的要求并不高,但我需要有人来准备情报备忘录,监测我的卡路里,给我缝裤子。"

为了证明我不是在开玩笑,我打了一份申请,上面写着"价值七百英镑以上的货物",然后写上:"额外人员需求,一名女性临时助理,职责已通过讨论,越快招到越好。"我把纸递给爱丽丝,她读了一遍,面不改色。她从我的"发出"文件筐里拿了几份文件,走到门口,转回身对我说:"不要在民用文具上使用军用命名方式,文件柜要上锁。"

"你衣服的接缝歪了,爱丽丝。"我说。她走了出去。

陆军部地下室里,浅绿色和奶白色的装潢十分单调,但方形的大空调被漆成了狂野的红色,让整个空间显得生动起来。我在楼底下面转角处转弯,发现一个面色阴沉的苏格兰军警警长站在放映室外面。卡斯威尔、莫里和罗斯正站在角落里说话。还有一个大块头平民和他们站在一起,黑色长发向后梳着。他戴着警卫装甲领带,上衣口袋里露出白色手帕的一个角。他面色红润,那种红几乎有些不自然,只要有机会,他就会微微抬头,露出一口均匀、完美又洁白的牙齿。手帕大小的屏幕边站着奇科,他明亮的眼睛正焦急地张望,看到有什么可以让他发笑的事他便哈哈大笑,从而证明他确实有幽默感。此时奇科正与一位上了年纪的少校交谈,那位少校身形瘦长,头上的六绺头发摆出了一个艺术造型。不过,既然有一位少校在,今天这个片子应该值得一看。

看起来罗斯应该是主持人,我到的时候,他对我点了点头,好像我已经好几周没见他了。他对着我们九个人(有两个罗斯的手下刚到)说:"各位,这件案子已经没有更多信息了,所以如果你们能认出任何东西——地点也好,什么都行,都很重要。"他对着门口说,"就这些人了,警长,没有别人了。"

"好的,长官。"我听到那位警长咕哝了一声。

"哦对了,"罗斯又转过来对我们说,"对不起各位,跟上周一样,这里不能吸烟。"

灯光暗了下来,我们开始看那些没有编辑过的十六毫米电影胶片,一共有几百英尺长。

有些镜头没对焦,有些曝光不足,不过大部分是在室内拍的,主角是一群男人。他们的年龄从三十岁到五十岁不等,穿着考究,胡子刮得干干净净的。很难确定这些人知不知道有人在拍他们。灯亮了,我们看起来都一脸茫然。我对罗斯说:"这东西从哪儿来的?我的意思是,这是什么?"

"坦白讲,"罗斯说——我在等他撒谎,"我们现在也不太确定这是什么,过几天可能还会有更多。"头发浓密的那个人点点头表示同意——所有满足于这个解释的人都很容易感到高兴。我确定他是罗斯的人,而我希望卡斯威尔和莫里不会如此轻率地做决定。我可不想加入罗斯这个部门之间的愚蠢的秘密活动,但考虑到他最近的动向,他还是知道得越少越好。

"还有其他问题吗?"罗斯问,好像他回答了第一个问题似的。大家都没说话，我抑制住鼓掌的冲动。我起身离开，从骑兵卫队大道那个口出去，门口那个看起来很高兴的胖守卫对我说："日安，先生。"我沿着白厅街走向苏格兰场。

一位年长的警察在入口处打电话。"二八四号房间？"他说，"是二八四号房间吗？请问送茶的推车在你那里吗？"

我在走廊上看到了凯特利，他在身边的那些警察中总显得有些格格不入。他头发柔顺，胡子花白，苍白的脸上沟壑纵横，让人第一眼看到总觉得他比实际年龄大许多。他戴着一副方框黑框眼镜，每次打算告诉你什么之前就会把眼镜拉下来挂在鼻子上，以强调他说的话。他拉下眼镜的时机和动作都很完美，我还从没见过他来不及拉下眼镜的时候。他下来接我，手里拿着一个约八英寸宽的胶片盒。

"我觉得你会同意我的说法，"他现在已经把眼镜半拉下来，从镜片后面盯着我，"你这趟来得绝对值得。"眼镜一瞬间落在它该在的位置，门廊在镜片中映出影子来。他把手里的盒子摇得哗啦作响，领着我走进他的办公室。苏格兰场地方不大，挤着很多间办公室。我关上门，凯特利从桌下掏出成堆的文件、档案和地图，几乎铺满了整个地板。

不知从哪里冒出来一个老太太，手里拿着一个湿漉漉的托盘，上面放着一杯浑浊的咖啡。我想告诉她有人给她打电话，但我克制住了这种冲动。凯特利拿起一支旧烟斗，最后，等我们俩走完英国人见面的那些流程，他靠在椅背上，对我说：

"那栋闹心的房子，"他一边笑着说，一边摩挲着胡子，"这些人，"凯特利总是把苏格兰场的人称为"这些人"，"这些人的工作做得很彻底，他们找到了指纹。通常情况下，除了谋杀案或叛国案之外，其他案子我们都会查过去五年的记录；这件案子，他们查了整整十八年的记录。"他顿了顿,"然后又做了所有那些特别检验,'犯罪现场'调查什么的,印度海员的收藏……"凯特利点了根火柴塞到烟斗里,深深吸了口气,"那些跳海的海员,那些渎圣的收藏。"他又顿了一顿,"什么都没有,法医检测了,什么都没有,"他敲了敲食指,"我们做了常规检查,旧血迹是O型血,但全国有百分之四十二的人都是O型血。"

"凯特利,"我打断他,"你的时间很宝贵,我的也是。这些我都知道了,你说重点。"

"流程:房间外部。"他又敲了敲中指。我意识到大事不好,我得把整件事听一遍了。让凯特利一句话就说到重点就好像不拿出药用脱脂棉就能把阿司匹林倒出来一样,是不可能的。他事无巨细地讲——什么在菜园里挖开了十八英寸的土,在地板、装饰板、灰泥墙和花园里用了矿井探测器,还列出了他们找到的书、氧气瓶、罐头食品和用螺栓固定在邮箱上的复杂无比的安全带。"直到这时,长官,直到这时我们才找到这个胶卷盒。我并不觉得有人把它藏起来了,实际上,我们一开始以为它是法医那帮人带过去的。"

这时我才意识到,凯特利指的是他手里的这盒胶卷。我伸出手,示意他把东西给我,但他没有。凯特利好不容易找到被迫听他说话的人,怎么能轻易放走呢。

"我们检查了所有设备,然后我觉得他们是不是搬了很多东西到车里,匆匆忙忙的——他们肯定是匆匆忙忙的。"我点头,凯特利站起身来给我演示,"就这样,手里抱着一大堆东西。"

"什么东西呢?"我问。我对凯特利的精神世界很感兴趣,这样的生活里,无论发生什么事都会让人感到一种解脱。

"啊,"凯特利歪头看着我,"啊!"他又说,看起来好像酒吧的酒保听到客人要点一杯橘子汽水一样。"这得你来告诉我了，长官，告诉我都是些什么东西。"

"咱们先假设是'瓶中船'吧。"我说。

"战舰吗，长官？"

"对，可能是核潜艇，海载导弹平台，可口可乐仓库船，又或是《生活》杂志彩色部分印刷机的驳船，或者运过滤器替换装的运输船，我们的观念里已经过时的油轮和冷冻甜甜圈的补给船，谁知道呢。"

"好的，长官。"凯特利假装他的烟斗已经熄灭，鼓起腮帮子使劲吹了吹，又脸颊一鼓一鼓地把烟斗吸燃。他抬起头，微微笑了笑，然后说："你可能会想听听这个，长官。"他打开胶卷盒，取出一卷四分之一英寸长的录音带。

"不过我得提前说清楚，长官，我并没说它们是从那栋房子的主人那儿来的。"

"它们？"我直勾勾地瞪着他，"你是说，这卷东西，你也给了陆军部的罗斯一份？"

我吓了凯特利一跳。不过，我并不怪他，他只是想让每个人都开心，但不怪他并不代表下次他还可以这样做。凯特利双眼通红，眼球来回转动。我们静静坐了大概三十秒，然后我说："听着，凯特利。罗斯手下的人都是部队的人。你看过、听过的所有事，有一点涉及平民的，都得上报到达尔比的部门——现在的情况下，就是上报给我，如果找不到我，就报给爱丽丝。如果我再发现你用任何方式把信息传递出去，凯特利——任何方式、任何信息——传递给未经授权的部门，你就去当个管文件的大头兵吧，或者我找个更糟糕的地方安置你也可以。凯特利，这些话我不会再说第二遍，但请你记住这点，就好像达摩克利斯之剑悬在头顶一样,永远记在心里。现在,咱们看看你在菜园子底下都发现了什么。还有,别再敲手指了!"

他用一个灰色的大型播放器放映胶片。声音不太好,就好像隔着墙,听墙那边零点五倍速播放《弥赛亚》一样。

"动物、蔬菜,或矿物?"我问。

"是人在说话,是人声。"

我听着简直像是猫叫,此起彼伏,让人毛骨悚然;又有点像羊叫、狗叫,或者不知道什么动物的嚎叫。这实在是太难听懂了,就跟很难把这盘带子的内容归类一样。"这个东西对我来说没什么用,"我对他说,"不过我还是会把它带走,研究一下,可能会研究出一些门道。"

凯特利把胶片放在盒子里给了我,安静地向我道别。

16

第二天早上,我没去办公室,而是乘坐一路公交车去了查令十字街,然后穿过苏活区。我想去买点杂货——咖啡、茄子、香肠、黑面包之类的东西。我不太喜欢熟食店里的姑娘新修的眉毛,看起来一惊一乍的,不过考虑到店里的顾客,她确实一直要一惊一乍。我决定去莱德尔咖啡馆里喝咖啡。那里的咖啡可能不太好喝,但芝士蛋糕很好吃,我也喜欢那里的顾客。

外面阳光明媚,显得店里有些阴暗。我踢了踢破旧的地毯,慢慢坐在一把摇摇晃晃的木制椅子上。两个科纳咖啡壶在咕嘟咕嘟地冒泡。

我的咖啡好了,我拿了一份《每日邮报》随意地看着。有可靠消息来源称,一部烂剧里的女主角可能要生孩子了。

一个年薪五百七十镑的警察在电影院外被持刀青年袭击,影院里是一位十九岁摇滚歌手的见面会,门票六百镑。

吉姆·沃克会为萨里队效力吗?上面有张吉姆·沃克的照片,还有六百个字,但并没说他到底是否会为萨里队效力。

温暖明媚的天气应该会持续几日,科隆和雅典已达年度最高温。

英国的电子产品依旧是世界第一。几家英国电子厂商表示。我为那些白白死去的树木唱一首安静的安魂曲。

我在那里坐了差不多半个小时，抽了支烟，思考着凯特利和罗斯的事，也在想比我聪明的人会如何处理奇科的事。莫里是所有这些人中，我最愿意与之建立私交的，不过他是偶然参与进来的。他既没有接受过审查，也没有进行过行动训练。我想起我的办公桌，在重要任务开始之前，总会要翻阅大量的垃圾和起始文件。需翻阅。桌子上堆满东西的画面萦绕在我的脑海中。

通常，上午我都会收到一份来自华盛顿的文件，是国务院美国陆军反情报部队特别行动部主任发来的。我每周会收到一份所谓"国家情报评估"提供的"摘要"，这份评估文件也会递交给总统。"摘要"的意思是，我得到的信息是他们想让我看到的信息。

除此之外，还有六张到八张国外报纸的翻译版本，包括《真理报》《人民日报》《红旗报》，可能还有一些南斯拉夫、拉脱维亚或匈牙利的报纸。

过去几天，我不堪重负，于是决定再逍遥一天。这是一个温暖的伦敦夏日，叶子绿得发黑，树木繁盛茂密。姑娘们穿着轻便的棉质裙子。我觉得放松又纯粹。我又点了一杯低因咖啡，若有所思地靠在椅背上。

一个姑娘走进莱德尔咖啡馆破败的门廊，像苏格兰皇家号列车一样开进我的生活——只不过没有那些蒸汽和噪声。她肤色黝黑，看起来平静又危险。她把头发别到耳后，眼睛瞪得大大的，显得有些孩子气。她站在那里，有一瞬间被阳光晃到了眼睛。

她毫不畏惧地缓慢环顾四周，感受着莱德尔咖啡馆里那些大嘴巴浪荡子的傲慢，然后走过来，坐在我这张塑料小圆桌旁，点了一杯黑咖啡和一个牛角面包。她的脸紧绷着，像一尊阿兹特克神的石膏像，她的眼睛软乎乎又毛茸茸、滴溜溜地转着，简直会让人错过她漂亮的鼻子和嘴巴。她头发粗黑，在头顶盘成一个髻，带着些许东方色彩。她啜饮着杯中的咖啡。

她穿着"黑色无袖小礼服"——在鸡尾酒会、葬礼和新婚之夜，姑娘们都会穿这种衣服。暗淡的颜色衬得她纤细的手臂愈发雪白，手指纤长，指甲很短，涂成裸粉色。我看着她整齐洁白的牙齿咬下牛角面包。她本可以是莫斯科夫剧院的首席，瑞典第一位女船长或某位流行歌手的经纪人。她没有做头发，没从包里掏出个镜子仔细照，也没有刷睫毛涂口红。她试探着开口跟我说话——典型的英国做派。她告诉我，她叫琼·托内森，是我的新助理。

爱丽丝这个老宝贝确实狡猾，她给了托内森小姐一份文件，里面全都是紧急事务，包括一份奇科发来的紧急通知，说他要"离开一天，下午茶的时候回电话"。这事很让人生气，但我不想在一天伊始就开始生气。

"再来杯咖啡？"

"黑咖啡，谢谢。"

"你来这儿之前在哪个部门工作？"

"我之前就在达尔比的部门工作——在澳门办公室。"

她一定是看出了我脸上的不自在，于是说："我觉得咱们可以不讨论达尔比的事，毕竟现在你是老大。"

"没必要，他只是暂时不在，至少我接到的通知是这样的。"

她笑了。她笑起来真好看。

"回到欧洲肯定感觉不太好吧，就算在天气还不错的夏日，肯定也会有这种感觉。我还记得之前在澳门时去过一家建在赌场里的餐厅。楼下的桌子上有个发光的牌子显示赌局的结果，女招待跟食客打赌，总赢。你去吃饭，牌子上结果一出来——消化不良了!"

她一边摇头一边笑。我喜欢坐在这里看她清澈的微笑。她让我觉得自己像个老板,但又没有对我过于谄媚。我从在澳门的记忆里隐约找到了她——也就是说,我记得她写的那些乱七八糟的文件和报告。

"我把调职文件带来了。"她说。

"我看看。"我开始认同爱丽丝对我的大致描述了。就算莱德尔咖啡馆并不是个好地方,她还是把那张浅绿色的调职卡递给了我。卡片大约有六英寸乘十英寸那么大,是个人事卡片,跟各大公司常用的类似,但在名字和地址之间,有一排不规则的矩形小孔。下面是个人信息。她二十六年前出生于开罗,父亲是挪威人,母亲是苏格兰人。她可能在物质上并不欠缺,因为她一九五一至一九五二年间在苏黎世上学,然后决定留在苏黎世。之前可能在瑞士为英国外交部门工作——这不是大使馆工作人员第一次进入我们这个部门了。她哥哥有挪威国籍,在横滨的一家航运公司工作,所以她很可能是先去了香港,然后才去的澳门,在旅游局做兼职工作——澳门是葡萄牙体制,卡片上每项下面都列满了条目。她会说挪威语、英语、葡萄牙语、德语和法语——这几门语言能流利读写,还会说普通话、日语和广东话——这几门语言能说一些,不会写。她的安全权限是七级,也就是说如果组织想调高她的安全权限,随时可以。

"这上面没说你会不会做针线活儿。"我说。

"确实没说。"她说。

"你会吗?"我问。

"会的。"

"缝裤子?"

"会的。"

"好的,你被录用了。"

我对她表示了感谢,把文件递回去。履历不错,人也不错,这是我的第一个美人间谍,当然我假设这是琼·托内森的卡片,也假设这个人就是琼·托内森。不过就算她不是,她也是我的第一个美人间谍。

她把文件放进随身的小包里。

"包里还有什么?"我问,"一把手柄上镶着珍珠的短管自动点二二口径枪?"

"没,不过我的吊带袜里确实有。这里是个闪光弹。"

"好的,"我说,"午餐想吃什么?"

在伦敦,如果你带着一个饥饿的美女吃饭,一定要去特蕾莎餐厅找马里奥。我们坐在一层的塑料葡萄藤下面。马里奥给我们端来金巴利苏打,告诉琼他可太讨厌我了。他贴在琼耳边说这句话,都快把她的耳朵咬掉了。不过琼很喜欢。

我们点了扁豆汤,琼告诉我这汤让她想起很多年前和父亲去西西里的情景。他们在那里有朋友,每年都会巧妙地安排三月十九日圣约瑟夫节去玩。

圣朱塞佩节那天,富人家会给整个村庄提供大量食物,还会开放庄园邀请大家来玩。盛大的宴会总是以这道扁豆汤配意大利面开席,但在圣约瑟夫节不能吃奶酪,所以人们会在菜肴上撒上烤面包屑、沙丁鱼和茴香。

"那些在烈日下的日子是我记忆里最美好的部分。"琼一边回忆一边说。

我们还点了鱿鱼和鸡肉,黄油和大蒜巧妙地藏在鸡肉里,一切开就香气扑鼻。琼吃了松饼,又喝了杯黑咖啡。她没提到这顿饭的热量，直到吃完饭都没抽一支烟。这都是她的优点，不过她也一定有些缺点。

马里奥觉得我面临巨大且重要的诱惑，于是拿了一瓶冰过的阿斯蒂气泡酒。他一次次地在琼的杯子里添满酒，然后拿着瓶子转身对着我扬了扬下巴——还可以吧？

那是肯定的。酒和琼让我感受到温和的欣喜。阳光穿过满是灰尘的栏杆洒在桌布上，照亮了琼的脸，她咧嘴一笑。我看着她的影子在清澈冰凉的酒杯里流转。外面，湿漉漉的卖鱼车边，司机正在与一名交警激烈争吵。路上堵成一条金属河流。两个人从路边几码远的出租车上下了车，继续往前走。驾驶室的玻璃只够让司机瞥上一眼，然后车流像按下了相机快门一样一起向前。

那两个人中，一个身材很像杰伊，另一个穿着达尔比会穿的鞋子。突然，我猛地醒过神。

17

水瓶座（1月20日—2月19日）本周情绪可能会有些混乱。抓住任何可能的机会，准备好改变计划。

文件柜上有一大束雏菊，地上铺着新地毯，窗户也是几个月来第一次打开。下面的街道上，几个大学生骑着摩托车呼啸而过。调度办公室里有一支煤矿铜管乐队，乐队里有把木琴，声波震得雏菊微微颤动。爱丽丝派琼出去跑腿，然后把琼·托内森真正的档案拿给了我。那是本厚厚的卷边书，用一条棕色的花边系在一起，上面有个蕾丝边的小金属密封扣，扣子上有个数字。

里面的内容跟调职文件上的基本一致，虽然并不是我们所有人都这样。她在苏黎世有生意，还跟一个叫梅休的男人有段恋情，这个男人与美国国务院有着千丝万缕的联系。文件里对她在横滨的哥哥表示担心，因为他参与了某些反核战活动，发表了一些声明，还给日本报纸写信，但现在看来，这些都是很正常的。她还有一个哥哥，一九四三年在德占挪威失踪了。最后的摘要页上写了挪威，后面还有个加号，这意味着她不应参与那些会让人怀疑她对挪威政府不忠的活动，建议让她从事与挪威合作的相关工作。这些都写得很清楚。

"我说，这份文件看起来是最新的？你还要不要查最新的数据什么的……"

我咕哝了一声:"我觉得可能没时间了。"我在接下来的很长一段时间都不想看到卡斯威尔了,但我暂时没精力把他调走。无论如何,只要他走了,莫里也会走,而我想留住现在拥有的唯一一位既有大脑又有肌肉的男性。

卡斯威尔走过来,拍了拍天鹅绒旧坐垫。"怎么样?"我问。我投降了。

他把那副嘎吱作响的骨头放到我的柳条椅上。

"非常好,非常合适。能做大量锻炼,还能呼吸新鲜空气,这就是健康的秘密。如果你不介意,我要说一句,你也应该运动运动。站起来活动活动,老兄。你看看你那黑眼圈,很重了!"他把食指放在发红的大眼睛下点了点。

门悄声无息地打开,爱丽丝进来取琼的文件。我已经习惯了当头儿的感觉,我的历史书、笔记和未付清的账单散落在部门唯一一间明亮干净的办公室里,这里堆几本,那里放一堆,我几乎已经忘了达尔比在这间办公室时它是多么干净整洁。不过爱丽丝不这样。她一直在整理文件,把东西藏在那些"达尔比先生会放的地方"。我找到了我之前玩的那个填字游戏,发现爱丽丝已经填完了,我填对了十个数列。"要是得了风湿可不好受。"卡斯威尔说。那些希腊的赞美诗一点都不对——我不知道我为什么会想到这个。"得擦白马油,"卡斯威尔还在说,"然后直接上床。"

我希望卡斯威尔不要说了,直接回家。他抽着烟,精神高度集中,强迫自己吐烟圈,但绝不会吐出三英寸远。爱丽丝看着卡斯威尔坐在椅子上,用肩胛骨摩擦雕着花纹的椅背。她和我一样,都知道他要继续待下去。她转着眼珠看向我,扔给我一个同情的眼神,但我假装没看到。

就在这时,奇科按下了按钮A。

外部电话响了,每个人都开始说话。

"你是哪里?是,你现在在哪儿?你在格兰瑟姆干什么?"

"让我跟他说,长官。是关于胶卷的事,他这几天都没申请胶卷,但这些东西今天就得发出去。"

"你在格兰瑟姆又没有公事,谁批准你出差的?哦?是吗?你不会觉得这次出差能报销吧。"

"我得提醒你,"卡斯威尔继续不管不顾地说,"莫里缺乏自我认同感,你要是不鼓励,他就什么也不是。我很欣赏你的作风,你工作细致,从来不轻易下结论。完整细致是统计工作的灵魂。"

"你觉得我在你戏剧一般的生活中扮演什么角色?"

"长官,我知道,长官,您是我的长官,但我看见……"

"这就对了,奇科,这就对了,你终于说对了一次。我是你的长官,但你并没把我当作你的长官,是吧?如果现在还是达尔比管事,你还会这样一言不发地走吗?你会吗?"

"我见过达尔比了,长官,我跟他说过话。我今天晚上又看见他了。"

卡斯威尔在桌子上铺开几张纸,说:"我今天带来的这些数字都是最简短、最可能的情况,我不想用那些细枝末节的信息占用你的时间。就像你常说的,你想要结果,而不是借口。如果想要这些数字更有说服力——我的意思是真正能说服人的那种——还有很多工作要做,在现在这个阶段,这些更像是在分析过程中的直觉。"

"你没必要去见达尔比。"

"这样说没有嫌疑的直属上级是不对的,长官。"

"爱丽丝，这件事你别管。"

"分析过程中的直觉也是直觉。"

"你无权越过我行动，这太卑鄙了，而且违反军人的职业道德。"

"你不该这么说——这点毋庸置疑。他不过是在履行职责而已。"

卡斯威尔还在滔滔不绝地讲："老兄，分析数据才是真正有趣之处，我一直这么说。分析数据是需要训练的，我知道你觉得有时候我的某些想法有点奇怪。我知道，不不不，你看，你是个行动派，佩特也是，确实是。"

"我认识这家伙，长官，在陆军部的录像里见过他。他是我表兄的一个朋友，化学超级棒。确实是这样，长官。我今晚还会去见达尔比，他觉得我应该在这儿待几天，长官。达尔比说不要告诉任何人，但我觉得你应该想知道我在哪儿，而且还有胶片申请，长官，我已经好几天没申请过了。"

卡斯威尔把他那堆统计结果收了起来，放在一个大文件夹里。"莫里会做所有的行动工作，打电话什么的。但我想对外说他来自伦敦警察厅特别调查局，你看行不行？我本来上周就想来找你，但莫里说手里没有几个数据，根本没办法展开调查。我们得检查医院、养老院、疗养院，还有精神病院，老兄——如果他们真是科学家的话，哈哈。但我想强调的是，这个数据确实很能让人信服。"

精神病院？卡斯威尔接下来要调查什么？我想。与此同时，电话里奇科还在说："我与达尔比谈过之后，明天再给您打电话，可以吗，长官？"

"琼来了，长官。"爱丽丝一边说，一边想把琼的机密档案藏在她那带着蓝色纽扣的淡紫色开襟羊毛衫下面。

"你好,我亲爱的姑娘。"

"不,别挂,我还没说完呢。"

"我这儿有点问题,爱丽丝,他们说得到早上才能弄好。"

"先坐我那儿吧,我那儿还挺舒服的。"

"他们明确说了是四点半,他们总是这样,给的时间越多,就越不靠谱。"

"长官,这个我表兄的朋友,是化学战的领军人之一,我想请示是否能跟他通话。"

"不会,我整天都坐着。"

"你怎么见到达尔比的?"

"我们在《舞台》上登广告之后,他找到了我。"

"你为什么没告诉我呢,爱丽丝?"

"我不太想搅和到你俩之间去。"

"不,我在跟爱丽丝说话。你和达尔比怎么见面?"

"我能不能让莫里继续行动,长官?他会小心谨慎,不会做什么出格的事。"

"他们有说早上什么时候来吗,琼?"

"不小心碰到的,在那个有点恐怖的小地方,就是他之前总跟你见面的地方。"

"我这辈子第一次来格兰瑟姆,连坐火车路过的时候都没下来过。"

"这么说我还高兴点儿,亲爱的。再过几年,你肯定也喜欢晒太阳。"

"得提醒他申请胶卷,先生,只有他知道该怎么申请。"

"不,如果我想要的话,有个椅子。"

"很显然,这是他经常跟你见面的地方。他是这么说的。"

"如果你想的话,我愿意跟你一起检查一遍结果。你一定会觉得很厉害的,开发一下新思路。"

"不,我非常清醒。"

"我要挂了,长官,已经快五点半了。"

"我吗,长官?不要,长官。你知道我从来不喝酒的。"

"好的,"我说,"奇科,我很欣赏你。明天这时候再给我打电话吧。如果我现在开始弄,应该能弄完你那个讨厌的申请。"

这个部门的声誉真是太需要卡斯威尔那些不切实际的计划了,当然也真的需要更多胶卷申请来维护。但我刚刚与奇科的通话真是显得我很好说话。我最终答应了他,是希望莫里能足够聪明,不要让他受到伤害。卡斯威尔拿着一大摞统计文件走了。这就是我的周三。我十点半处理完了胶卷申请,然后在菲茨罗伊酒馆喝了一杯,接着又回到办公室叫了辆车。我们的停车场里有很多出租车。出租车最不引人注意,车上蓝色的玻璃非常适合暗中观察。我过马路时,已经有一辆出租车停在路边。好像是琼或爱丽丝提前几分钟预测到我会在几点完成这些申请,这多少有点让人难以置信。我看了看出租车里面,没有人。我走到顶层时,从门缝里看到我办公室的灯是亮着的。我走的时候明明关了灯。我又走近了些,里面传来有人移动桌子上文件的声音。我能听到下面的街上有两个人在争吵。我把头靠近门锁,办公室里面的钟嘀嗒作响。我从爱丽丝的桌子上拿了一把大钢尺,发现自己在下意识地用手摩挲之前去赌场留下的疤痕。我轻柔而缓慢地拧开金属把手,一脚踹开门蹲下身,把钢尺举在脑后。

达尔比说:"你好。"然后给我倒了杯水。

达尔比穿着破破烂烂的粗花呢衣服;琼抱了一大捧雏菊站在

那里，在霓虹闪烁的灯光中投下灰色的剪影。达尔比靠在桌边，桌子上的台灯洒下大片灯光，洒在一大堆我永远也处理不完的非涉密文件上。昏暗的光线让他深邃的瞳仁更显幽黑，他神经质一样迅速的动作掩盖了他缓慢的反应。我意识到我闯进来时他并没有反应过来来人是我，他只是没反应过来。

我有太多事想问他了。我想知道，我是不是得立马拿上东西回到罗那边，也在犹豫是不是要告诉他我们很高兴听说格兰瑟姆那边的事。他给我倒了一大杯威士忌——这正是我现在最需要的——我浑身发抖。我双手捧着杯子，感激地喝了一小口。达尔比悠远的目光慢慢回到周围的东西上。我们对视着，大约过了两分钟，然后他用他那种低沉关切的声音说："你见过核弹爆炸吗？"我想从他那里要很多解释，但现在他的这个问题又增加了我的困惑。我摇了摇头。

"你马上就能见到了，"他说，"国防大臣特别要求我们参加美国的下一次核试验。美国国防部表示，他们有办法干扰地震仪，他们要把苏联的读数翻一番。我告诉他们，我们知道哪几名英国科学家在他们那儿，我们有科学家们的详细信息。"

"有几名，"我说，"如果卡斯威尔的结论是正确的，那么包括实验室助理在内共有五十名英国科学家在那边，我们掌握了其中十五人的信息。"

"是的，"达尔比暂时回过了神，"爱丽丝告诉我你和卡斯威尔做的那些工作了。你可以暂时把这些事都放一放，把卡斯威尔和他手下那个中士辞掉，我们现在超编了。"

达尔比可真是帮了我们大忙，他走了几个月，没通知我们就在大半夜突然回来，一回来就训人。

"这次核弹测试在周二，我也会去。你可以带一名助理。"

我不知道他是否清楚琼的事，也不知道如果他回来的话，我是否还有权保留这个助理。

"你想让奇科跟我们一起吗？"

"对，给他打电话。他可以去订票，搞定海关文件那些东西。"

"已经十一点十五分了，"我说，"你知道我在哪儿能找到他吗？"

"我怎么会知道？这几周谁负责这里？你有他的电话吧？我都好几周没见过他了。"

"他在格兰瑟姆。"我小声说。

"谁让他去的？去干吗？"

我不知道达尔比为什么会这么问，但我决定不说实话。"有份文件要送，但没有安全等级够高的送件人员，他差不多明天就回来了。"

"哦，那不带他了，让爱丽丝去搞定吧。"

我点了点头，第一次开始怀疑是不是有什么不同寻常的事发生，从现在起，我得谨慎一点。

第二天早上，我去办了件私事，每两个月我都得花一个小时去做这件事。我去莱斯特广场附近的一个地方拿一个沉重的马尼拉信封，检查过里面的东西，然后又把它寄了回去。

18

水瓶座（1月20日—2月19日）你将有机会发展新的兴趣，但旧日友谊不应被遗忘。如果身处恋爱关系之中，那么恋爱关系会有令人激动的发展。

托克维环礁就像是蓝色桌布上一堆吃早餐时掉落的面包屑，每个岛都有自己的绿色小海湾，与湛蓝色的广阔太平洋分庭抗礼。太平洋的潮水愤怒地击打着礁石，拍打在自一九四四年至今触礁沉没的船只残骸上，散成白色的泡沫。铺着布满刺的铁丝网的海滩上，坦克登陆艇张开没牙的大嘴。到处都是锈迹斑斑的苏式坦克和履带车，有的坏了，有的干脆裂开了，都摊在亘古不变的天空下面。随着高度下降，弹药箱和破碎的板条箱映入眼帘。巨大的直升机把我们从航母上送到这里。一小时之前，我们还在享受沁凉的橙汁、玉米片和枫糖浆华夫饼；而现在，直升机划过水面，俯冲到名为"实验室场地"的跑道上，这条跑道十周前还不存在。我们下飞机时，一辆漆成白色的吉普车向我们疾驰而来，里面的四名空警穿着短裤（美军的短裤总是看起来不大对劲），卡其色衬衫领口敞开着，侧臂是白色的，还戴着交叉背带，后胸上有一块写有自己名字的皮质姓名条。

"实验室场地"——如果用美国人不同寻常的缩略方式，这个地方该叫"实验场",铺满了整座岛,而这座岛是整个环礁几百座岛屿中的一个。美国人九十天内在岛上建了个机场,能够起降有人驾驶的飞机,也能起降无人机;还建了两个运动场、两座电影院、一座教堂、一间服装店、几家供军官和士兵娱乐的海滩俱乐部、一座图书馆和几家小商店;还为指挥官建造了巨大的宿舍,还有维修中心、登陆码头、食堂、药房、一家军人服务社、一间美妙的现代洗衣房,还建了座发电厂。在实验期间,有人告诉我们岛上有十个联盟,共有九十支棒球队。电话交换机每天可以处理六千多通电话,唯一一家餐厅每天能提供九千多份餐食,岛上还有二十四小时运行的电台和公交车——我真希望伦敦也能这样。达尔比、琼和我带着塑料徽章,上面有我们的照片和身份,还印着个大大的字母"Q"。这个徽章甚至能让我们进入秘密实验区域。

前几个小时我们都在一位陆军少校的陪同下四处逛,他对这些设施的规格大小了若指掌。他对我们解释说,要引爆的核弹是"部分临界弹","如果足够的铀汇聚在一起(到达临界质量),就会爆炸。但如果密度增大,更小质量的核弹也可能产生同样效果。因此,高强度爆炸物被放置在一个含有铀235或钚的小球体周围。这意味着只需要临界质量的一小部分,因此叫作'部分临界弹'。"

少校看向我们,等待着预料中的掌声,接下来继续解释它是怎么不用氚也无须冷藏,从而降低核弹成本并使其更易生产。他把我们留在那个"部分临界弹"的地方,但我们让他继续往前走。

我们飞到要进行引爆实验的岛。整座岛上都是各种各样的仪器,在热带地区明媚的阳光下闪耀。少校把这些仪器指给我们看。这位少校个头不高，体格敦实，戴着无框眼镜，下巴上的胡茬泛蓝，白色的头盔内衬上写了一个字母"Q"，好像《鹅妈妈童谣》里的矮胖子——但可能我们都很像。那边有光电池、光倍增器、离子室、质谱仪和射线光谱仪。沙地周边都是机器，还有几十名工程师，而中间像神祇一样矗立的就是发射塔。那是一座二百英尺高的红色金属塔，塔底周围贴满了巨大的告示，上面写着"危险"，下面写着"极易爆炸"——不那么美国的措辞。

热带地区的太阳落山时闪烁着光芒。我们沿着第三街区铺设的硬纸板走廊向前走。这是这天的第三场会议，冰水在我胃里翻涌，就像小文件箱里乱七八糟的文件——我的文件箱就这样。我们提前到达了会场，每个人都站在那儿互相介绍，聊一些老掉牙的话题——什么孩子的家长会，离婚去哪里比较好之类。我看见了不少熟悉的面孔，有海军情报局的、国务院情报部的，还有很多独立美国情报部门的。站在角落里的三个人是来自美国联邦调查局的年轻大学生——那是美国情报组织食物链的最低端，而这个排位不是没有理由的。

百叶窗边有几位我记得是在中央情报局工作过的上校，他们看起来赚得更多了，头发更少了，肚子也更大了。我注意到，外号叫"下一个"的亨德森已经晋升少校了——他算是我认识的最聪明的情报人员。他的助理巴尼·巴恩斯中尉今天没和他在一起——我倒是希望巴尼也来了。巴尼和亨德森不怎么爱说话，总让你觉得你是人群焦点；而几个小时之后，你自己也信了。亨德森跟我打了个招呼，达尔比正与多纳休上校聊得火热。琼从她包里那堆粉底、眼影和眉笔中掏出速记本和铅笔。我还没来得及去找亨德森，美国情报部门的后勤之王、主席贝特斯比就轻轻咳了几声。他觉得他已经留了足够的时间等迟到的人，于是开始准备开会,拯救我们于尴尬的聊天之中。所有人坐下来,十四个人围着长长的会议桌,每个人面前摆了几张白纸、一支圆珠笔,一盒产自辛辛那提的火柴和一个干净的水杯。桌子中间有四个塑料罐,里面装满了美国冷水,还用真空瓶塞封了口,看起来冷冰冰的。我们都等着贝特斯比开场。

"我们今天都很累了,所以不会……能不能找个人来修修这该死的风扇?"

有人静悄悄地走到门口,和外面的空警低声交谈着。我们所有人都努力想同时听清他们俩说的话。一顶白色塑料头盔在门口晃了一圈,想确认一下这个人声鼎沸的屋子里是不是真的没有风扇。贝特斯比看到了他。

"修修风扇,好吗?"他大声对那人说,然后又转向我们,"今天就是想达成一项小协议。我猜你们已经都认识彼此了。"这句话是想让在场穿着干净整洁的美国大兵礼貌地展示出露出三十二颗牙的笑容。我身上穿着快干衬衫,此时不安地扭动了一下,布料在腋窝那里堆出了一个包。

带我们四处参观的那位少校走到黑板前画了一个圈,在里面写下"铀235(或钚)"。他用粉笔点了点那个圆圈,说:"用铀235子弹击中这个,会得到裂变——是个自维持反应。"在黑板右边他又写下:一九四五年七月十六日。

"用同样的原理,我们又做出了'小男孩'核弹,就是投在广岛的那枚。"少校又在刚才那行日期下面写下:一九四五年八月六日。"接下来是'胖子',就是投在长崎的那枚。"然后他写下了八月九日,紧接着又画了个圈。"这个,"他用粉笔侧面把圆圈描得很厚,"使用中心中空的钚做的,我们让它向心聚爆,就是说,在它周围造成巨大爆炸,像爆炸的气球那样坍缩。"他又在这个圆圈中心写下临界质量,"这是个临界质量,懂吧?"他又写下:八月二十八／二十九日?然后转身面对我们。"我们现在还不能确定爆炸的具体日期。"我敢打赌罗斯会告诉你的,我想,我有了种感同身受的自豪感。少校继续说:"我们在埃尼威托克岛①建造了爆炸试验场。"他又在那串日期下面写下:一九五二年十一月一日。

他又画了个圈,在里面写下"氘"。"它也叫重氢,"他一边说,一边轻轻敲着"氘"这个字。在第一个圆圈旁边,他又画了两个圈。他避开中间那个圆,在第三个圆圈里写下"氚"。"氚也被称为超重氢。"他说,又点了点这个字,"那么,氢气爆炸会发生什么呢?这两种物质会合为一体,这就是核聚变核弹,能在重氢和超重氢之间产生连锁反应。那么,触发什么能加热它们?"他转身把答案写在了中心圆圈里。一位上校接话说:"超级超重氢。"少校转过身来笑了。我是一点都不想出这个风头。

少校用粉笔画了一条线,把之前画的圆和中心这个圆连了起来。"触发这个反应的就是原子弹,让它变成'裂变—聚变'装置。不过在这个更大的核弹里,我们用了另一种物质——铀238。铀235很贵,铀238便宜些,但需要更多起爆能量才能引爆。先用一层铀238把原子弹围上,"他画了个图,"但这往往会带来很多放射性坠尘,也会释放更多能量。现在你能在这儿看到所有这些核弹,包括苏联的氢弹……"他又写下:一九五三年八月十二日,"这些核弹都有一个标准的初始原子弹核,被称为'裂变—聚变—裂变弹'——能跟上吧?"

少校用粉笔在空气中点了点,好像医学生第一次用体温计一

---

①北太平洋马尔绍群岛的一个荒岛,美军在撤走当地居民后,曾在一九四八年到一九五四年间将其用于原子弹试验场。

样。"现在就到我们这儿的小家伙了。这次我们使用了标准的铀238，但这次，"他点了点那个避不开的安全中心，"这里我们用了一个全新的触发装置。触发装置的唯一目的就是加热，对吧？如果我们在这儿放一枚超大号的TNT炸药，然后加热到足够的温度来引爆核弹，对吧？"他在中间那个圈里写上TNT，"然后这就是个'高爆炸性聚合反应堆'。"他又在TNT下面写上高爆聚合，"目前我们还没做到这步，不过其他人也没做到——实际上，这步基本不太可能达成。差不多所有小国都成立了实验室搞这个，但他们要是能搞成，核弹早就一毛钱做一打了。"他又把TNT擦掉，点了点那块空白的地方，"那么我们在这儿放什么呢？我跟你们说，什么都没放。"他停下来，看着我们各式各样的惊讶神情，"是的，我们什么都没放，但在这里，我们放了一些东西。"他在黑板的边缘画了一个小小的矩形（他可以随便画点什么的，这个人真是），又在矩形里面写下"SVMF"，"这是超电压微闪存机制，这种机制能在百万分之一微秒内产生足够的电压来触发系统，于是，大家能看到，能量就被带入到核弹里。"他用粉笔咯吱咯吱地画了一条长长的线，把核弹同这个机制联系起来，"用什么代入呢？用这条脐带式管缆。不用原子弹触发，就不会有放射性坠尘。这将是有史以来第一枚完全干净的核弹。"

少校又仔细地挑了根新粉笔。我偷偷看了眼表，已经晚上六点十分了。"那么接下来的问题就是大小，"他说，"我们的这枚核弹有多大呢？有五百万吨（当量）①，能够摧毁整座城市，让'小男孩'也相形见绌。我们预计，这枚核弹将造成二级破坏，也就是说，方圆三十五英内的一切都将燃烧殆尽，所有金属和砖

---

①爆炸威力约为广岛炸弹的两千五百倍。

石结构都将不复存在。"桌子另一头有人说:"三十五英里是直径吗?"少校说:"不,是半径。"提问的人轻轻吹了个口哨,我猜是有人要求他这样问的,但就算不强调,这个打击半径也足够惊人了。少校继续说:"就打击范围而言,相当于在伯纳利奥引爆一枚炸弹,波及范围可以达到圣达菲和洛斯卢纳斯①。"更多人发出惊呼。"或者再举个例子,这个范围就相当于从萨克拉门托到红杉城,包含了里面所有的喜来登大酒店。"这算是个笑话,每个人都笑了。少校很享受,他讲了这么久,没一个人睡着。"为了更好理解,大家可以想象从南海岸到雷丁②的距离。"他看向我,我说:"如果你觉得无所谓,我更愿意去想圣达菲和洛斯卢纳斯。"

少校对我微微一笑。"确实,长官。我们得给这个小家伙选个足够大的地方,我们每天往返于这里和发射岛之间,并不是为了坐船玩,是吧?"我说确实,我没意见。

接下来,贝特斯比站起身,少校收起他的讲稿,点了一只双头雪茄,坐了下来。一名中尉教务长拿着一台小型空气压缩机进来,在黑板上喷上水,再把黑板彻底擦干净。最后,有其他人上来讲了讲判断爆炸大小的探测办法,还讲了他们打算如何干扰苏联的探测设备,比如检测电离层电荷变化的雷达及记录空气和声波并产生微气压的气压计,和爆炸时从无线能量波中检测到的无线电信号。通过分析放射性坠尘残留来寻找核弹制造方式的探测系统本来是最标准也最可靠的系统,但这次并没有保留这个系统,因为这枚核弹是"干净"的核弹。

---

①新墨西哥州洛斯阿拉莫斯附近的城镇,色情产业和饮食都很出名,很多人都喜欢去那里度假。
②雷丁,英国东南部城市。

接下来，贝特斯比给我们讲了安保要求、指挥层安排、可能的引爆时机，还给我们展示了些漂亮的图表，然后结束了大会并开启分会场。我打算和亨德森、多洛博夫斯基中尉以及琼一起去分会场，但达尔比和贝特斯比的助手秘密会面去了。亨德森说我们不妨去他的住处待会儿，家里的风扇能正常工作，还有一瓶苏格兰威士忌。桌子的另一头，几个大胡子男人点着火柴，正急匆匆地销毁刚才记的笔记。

亨德森在海边的营地里有个小窝。锡制的柜子里拴着制服，窗台上有个旧空调御寒。军用书桌上有几本书：德语语法，卡尔·切斯曼写的《神断法》，两本平装版西部小说，还有一本《熔炉安装指南——世纪笑话》。窗台上放着一瓶苏格兰威士忌，一瓶杜松子酒，几瓶歌中歌混合酒，一只杯子里装有十几支磨尖的铅笔和一把电动剃须刀。

从窗户往外一英里能看到海滩，另一侧还能看到另一片海滩。两片海滩上满是碎片残渣，一个简陋的码头歪七扭八地伸进水里。太阳像个深红色的火球，好像是我们在北边几英里的陶尔岛上创造出来的一样。

亨德森给我们倒了一大杯黑标约翰尼·沃克威士忌，甚至记得去冰。

"事情就是这样，"他说，"你和这位年轻女士决定用公款来晒太阳？"他等着我回答。

我说："手上的悬案太多了，我都成为悬案专家了，谁手上有没破的案子都拿过来找我。"

"你都能解决？"

"不能，我只能记录在案。"

亨德森又给我倒了杯酒，看着那个长着黑眼睛的小中尉，然后说:"我希望你这次带了个大号文件袋。"他坐在床上,打开公文包。我注意到里面有个钢制衬里。"还没人能把这件事完整地给你讲明白,因为我们也还没弄明白。但我们现在遇到了困难。从中央情报局东侧大楼那个EW192号房里得到的信息,我们一字不差地记录在了文件里,一字不差。实验室里刚出结果,世界的另一边就知道了。"

中央情报局在每个房间的编号前面加了一个前缀来说明其在整栋大楼中的位置。位于东侧的EW192号房是个大套间,用来处理外国政府核心部门的信息。它只处理特工从外国的最高级别官员那里得到的绝密信息。这一定是美国核验信息泄密的最佳方式。

"结论是从实验室得出的?那就应该是严格的科学结论了?"

亨德森挖了挖鼻孔说:"目前看来是这样的。"

琼在非军用柳条椅里坐得舒舒服服,脸上是我熟悉的那种安静、沉着、看着不怎么聪明的神情,这就意味着她把大部分谈话都记了下来。现在,她慢慢回过了神。

"你说'目前',那就是说会随着时间而增加。增加速度有多快?"

"是在增加,而且速度快到整个部门都在担心——我能这样说吗?"这不是个问句。

琼问:"你们什么时候首次怀疑有多处泄露的?是多处泄露吗?"

"多处泄露?要我说简直是无孔不漏。有好几个学科,涉及范围非常广泛,几乎所有大学、所有实验室都有渠道了解。"

黑眼睛的多洛博夫斯基从冰箱里又取了些冰。亨德森拿出一大盒香烟,说服琼试一根。他给自己和琼都点上,多洛博夫斯基又给我们加了些冰和威士忌。

"第一批泄露的，"亨德森若有所思似的自言自语，"是的。"

多洛博夫斯基背靠在椅子上，我突然意识到，他的权限比亨德森高，这就是为什么他出去时亨德森什么都没说。多洛博夫斯基的出现，是为了确保琼和我离开时，知道的都是我们该知道的。我不会因此责怪任何人，毕竟我们也没有告诉美国人我们有同样的问题。实际上，天知道达尔比为了来这里编了什么荒唐的故事。亨德森目带防备地盯着虚空，轻轻吹着烟灰。

"现在开这些国际会议，确实有点困难。"多洛博夫斯基终于开口回答。他声音低沉，好像从远处传来一样。"科学家们的术语都是同一套，无论如何，科学发现前后的时间也不太多。我们觉得，过去这八个月有效掩盖了一开始的信息泄露。在这之前，这个东西可能零零散散出现；但现在，整个科研体系都在研究它——甚至非军用项目也在研究。"

能看出来，非军用项目也在研究这点是他最在意的——这不啻暗箭伤人。

我说我不介意这件事到底多大，但现在我得走了，可能换个时间咱们再谈。我们避而不谈英国是否也有信息泄露的问题，以此来说服他们我们也不知道发生了什么。这并不简单。亨德森把我们送到白色的小篱笆前，白色的篱笆实在是太美式了，好像还在新泽西一样。亨德森明天就回美国了，我请他带我问候巴尼，他说他会的，还问我有没有带够烟。我们握手道别。那天的亨德森就是我印象里的亨德森，还有些头发给理发师修剪，肚子里有很多故事可供城里的每个酒保自由发挥。我记得他拿着旧相机，拦住看见的每个漂亮姑娘，说他是《生活》杂志的，希望她们不要因为没人引荐就贸然搭讪而觉得他很粗鲁。他用那台旧相机拍的照片可能是"咱们来拍个清新脱俗的镜头,万一这周要换封面呢"。我甚至觉得亨德森根本就不知道电影是怎么拍的。镇上的每个人都知道亨德森总能讲几句笑话,赚点儿小钱。

"真抱歉,"亨德森说,"我这儿没有雪莉酒。我知道你不喜欢在晚饭前喝威士忌。"他用优雅的非军用手工意大利皮鞋踢了一脚沙子。我知道,亨德森知道我看出黑眼睛的身份了。

我像我们以前开玩笑时那样给了他两拳。"没关系的,你回头去伦敦,咱俩好好喝一场。"他高兴了一些。和琼说再见时,我又在他脸上看到了他搭讪姑娘时的样子。太阳快下山了,有只鸟在被烈日晒得焦黑的棕榈树上跳来跳去。海浪翻涌上来又落下去浸入海滩,鹅卵石变得愈发光滑。琼和我默默穿过沙滩,太阳落山,映红了海滩上的沙子,把天空染成紫色。琼很美丽,海风穿过她的头发。我握着她的手。

半英里外,军官俱乐部里的自动点唱机传出沙哑的歌声,摩擦着丝滑的夜空,白日的忙碌时光已变成无关紧要的闲聊,在马提尼的润滑下爆出阵阵笑声。远处的角落里,烤炉发出噼啪的声响,像一千只被关起来的小猫咪,明亮的火焰燃烧跃动。一个白衣师傅在烤炉前大展身手,照料着厚厚的美国牛肉,给牛肉片裹上罐子上写着"烧烤酱"的东西。

穿着白色夹克、脸庞红润的男孩在角落里给我们找了一张桌子,桌子上铺着小格子桌布。点唱机里传来艾灵顿公爵的老歌,肯定是像我这种老歌迷点的。基安蒂酒瓶里烛光闪烁,光影在琼苍白平滑的脸颊上跳动。我想知道法国有多少美国军官俱乐部有太平洋风格的装饰。外面,夜清朗又暖和。

"我喜欢你的朋友,"男人的友情总是让女人有点好奇又有点害怕,"虽然他看起来有点冷漠……"

"继续,"我说,"说下去。"

"我不知道该说什么。"

"你知道,说吧,有些其他意见是好事。"蜡烛突然被拿走,烛光在琼的脸上划过。我们一起转头,看见达尔比点了根雪茄,深深吸了一口。达尔比换上了件红色的夏威夷衬衫,上面有蓝色和黄色的大花;还换了一条轻便的裤子,打理了头发。达尔比确实有一种魅力,或者说一种本事,让他很容易融入身边的群体,他现在就跟身边所有穿成这样的美国人看起来没有任何不同。

"你看起来就是个当地人。"

他叼着雪茄,没有回答,然后把雪茄放在烟灰缸上——这就是要坐下来的意思。达尔比真是太愿意搞这些暗示了。他漫不经心地四处看了看,然后把注意力转移回我们身上。

"你们确定我不会打扰吗?"他一边说,一边坐在琼身边的椅子上。

"琼刚要说说她对亨德森的看法。"

"我也很想听听。"达尔比说,明亮的小眼睛仔细打量着菜单。他这么做总让我感到毛骨悚然。他转过眼,认真看向某个东西或某张纸的样子总显得神神秘秘的,琼也是一样。我不知道我是不是也这样,我想知道罗斯在文件那件事上是否已经搞定了他。

"他看起来吓坏了。"我观察着达尔比,他的目光盯着菜单的同一个位置一动不动。他在听些什么。

隔壁桌传来响亮的美国口音。"我说那是我妻子的私人行李,你把你的东西挪进行李室去……"

"吓坏了?你的意思是被我吓的吗?"我跟达尔比在一起时

总得说个不停,我真希望琼能插上一两句。她对亨德森一无所知。亨德森曾经去过韩国,故意暴露让自己被捕,就是为了进战俘营找人合作。他回华盛顿时身上有三处刀伤,还患上了肺结核,但带回来很多份前案犯的档案,都是军事法庭的热门人物。在那之后很久,亨德森都只是个上尉。囚犯也有朋友,他们的朋友还有朋友。但他害怕吗?那可是亨德森啊,是中央情报局唯一一个有黑人助手的人——他的助手就是巴尼·巴恩斯。留下这个助手让他几乎变成了局里的众矢之的吗?琼只是不知道亨德森是个什么样的人。他可太狡猾了。二十年过去了,亨德森终于晋升为少校,上面还派了一位少校去听他讲那些故事。

"不,"琼说,"我也不是说他害怕那位看起来挺温和的同事。我不是说他在怕什么东西,只是他传递出一种恐惧感。他一直在看你,好像想救你离开什么火坑,或者是出于什么原因想永远记住你——像是最后的道别似的。"

"所以你觉得他是……他身边有个强壮的人,"我对达尔比说,"你手下的人也有吗?或者说,他军衔够高,值得信任?"

达尔比眼睛都没离开菜单。"我觉得你在亨德森这件事上太偏执了。他当初做了很多蠢事,上面很担心他的情况。我个人的看法是:亨德森身边的警员至少征得了他的同意,或者说这就是亨德森的意图。他们不想让这消息传播得太广,他们这样做,就是既想阻止信息传播,又不会冒犯到老朋友。"

"是的,"我说,"我都能听到迈克恩整晚不睡觉,就担心我和亨德森是不是闹翻了。"

"哦,我能理解这点,"琼说,"就算麻烦一点,但如果珍贵的关系没有丢失,那就是值得的。"

"我还是不信。亨德森结束询问时并没有任何问题。他这辈子就是在不停说'不'。"

"这倒是真的,"达尔比说,"如果他少说几个'不',现在就是个中将了。"

我想知道,这是否意味着,罗斯说要给达尔比《共和报》那份文件时他明确答应了?我试图与达尔比对视,但如果我的目光算是一种暗示,达尔比就没有对此进行任何确认。达尔比把所有注意力都放在找个服务员上,他也确实找到了。

"来吧,老兄,要点什么?"年轻又健壮的部队服务员把手轻轻放在桌面上。"今天的大脊骨牛排非常不错,龙虾沙拉用的是新鲜龙虾,直接从美国本土冷链运输到这里。好的,三份大脊骨牛排,一份一分熟,两份五分熟。开胃酒来点什么?柯林斯?罗伯罗伊还是薄荷朱莉普?要不要来杯今日特调?——今天有'曼哈顿计划',还有'托奎弯'。"

"你不会骗我的,是吧?"我问。

"绝对不会,"年轻的服务员说,"这两个都很不错,我们还有一种特调,叫'美元'①,还有一种……"

"现代生活的复杂性已经够多了,"达尔比说,"我们就简简单单来点杜松子酒调苦艾酒的那个——叫什么来着?哦,马提尼。"

服务员挤出一条路回到人群当中,抽烟去了。主跑道上传来飞机起飞的震动声,我知道风向已经转向东南。有那么一两个女军官被说服去跳舞,过上一会儿,几个平民女秘书就会屈尊上去转几个圈。

笑声更大了,服务员用胳膊肘灵活地保护着我们桌的这几杯

---

①详见附录。

马提尼。达尔比在座位上转了个身，随意打量着整个房间。服务员把几个沉甸甸的大玻璃杯放在桌上，巨大的绿橄榄像眼睛一样滚来滚去。"可以付一下酒钱吗，几位？"

我打开钱包，伸手去拿里面新的美元。"一点二五美元。"付钱时，我的手指碰到了安全卡的塑料边。

我小口喝着这杯冰饮。尽管有空调，俱乐部里还是很热。现在，舞池里人愈发多了，我悠闲地看着一个穿着半透明雪纺礼服的黑人女孩。她在教我一些亚瑟·莫里做梦也想不到的事。她的舞伴比她矮了几英寸，她俯身向前听他说话时，我越过她看到了巴尼·巴恩斯。

我从亨德森的话里推断出巴尼还在美国，但在这种小岛上，你不可能看不到巴尼这样的人。音乐声已经停止，舞池里的人也渐渐走了。巴尼拿着一个手提包，跟他在一起的那个女孩脱下了红金相间的真丝外套。那个脸庞红润的男服务员从他的手臂上接过外套，把他们俩带入座位，桌边的墙上挂着一幅巨大的地图壁画，画上有圆滚滚的小天使对着金色的大帆船吹气。

"巴尼·巴恩斯是亨德森的朋友，我必须得见见他。"琼向我挑了挑修剪整齐的眉毛，盯着一本发廊画册的边缘，画册上印着鎏金的图坦卡蒙陵墓的照片。

尽管我一次都没看见他朝着那个方向看，达尔比却解释道："那个穿着制服的中尉，坐在澳大利亚下面的那个。"

"我不知道他是个黑人，"琼说，"你是说那个剃了平头的高个子黑人吗？和统计局那个上尉坐在一起的那个？"

统计局，我想。这个岛上有很多统计局的人。我开始怀疑卡斯威尔是不是没查到任何有效信息，那些数字是不是确实没什么联系。"你认识她吗？"我问琼。

"去年在东京大使馆,她几乎参加了每一场宴会,几乎每个人都要嫁一遍。"

"我给你拿碟牛奶?"

"但这确实是真的,如果你真当他是朋友,就应该告诉他。"琼说。

"听着琼,这么多年来,巴尼一直没出过什么差错,从来不需要我说这种话来帮助他,所以你别管这事。"

"牛排怎么还没上?"达尔比问。

"嘿,欢迎回到人类世界,"我说,"我还以为我们得把你扔在这儿,等着接亨德森中将的号令呢。"

"我们边上的桌子已经走了两拨人,我们还在这儿喝这难喝的杜松子酒呢。这酒也太难喝了,别是采购部哪个贪婪的下士在小窝棚里自己蒸馏出来的吧。"

"别太激动。"琼说。一下班,她就能变成生活中那种很有掌控欲的女人,却也不会让人感到不适。"你知道的,等吃完饭之后,除了跟服务员争论这款白兰地不是你在城堡里喝惯的那款,你什么都做不了。"

"如果我遇见比你俩更会挖苦人的一对,我肯定'嗖'地就跑了。"

"穿着夏威夷衬衫的人可不能这么说。"我对达尔比说。

"尤其是不能从百分之九十都被雪茄烟占据的嘴里说出来。"琼说。

"但既然服务员还是不上牛排,我就去找巴尼聊聊——聊聊统计局的事。"

"你就老老实实坐着,我吃上饭之前别出去闲聊。"我现在已经很了解达尔比,能从他的声音里听出他的情绪。他不是在开玩笑，也从来都不喜欢我们跟他开玩笑。为了让他高兴，你得听他说这一天里遇见的每件倒霉事，同情他的遭遇，然后离开，去解决他遇见的问题。按照达尔比的想法，我现在应该站在厨房里，确保他要吃的沙拉酱里放的是品质最佳的发酵醋。让长官的日常顺利进行并不需要太多时间，只需要多说两句"好的长官"，知道"不行"是绝对不能说的，就很简单了。长官总是对你花费毕生时间完善的东西表示怀疑，总是忘记核查他一拍脑袋就得出的某些结论。处理这样的事花费的时间不多，也就比我以为的多花了百分之九十八点五吧。

"我马上回来。"说着，我起身慢慢走过一个红着脸的上校。他在对服务员说："你只需要告诉你的长官，说这位女士说这些卡蒙贝尔奶酪都没熟，她知道她在说什么。是的先生，只要是我付这顿饭钱，我就不打算再跟你争论下去……"

我没有回头看达尔比，但我想象着琼正在用某种方式安慰着他。

餐厅的一端摆着一个长吧台，灯的位置很低，光线照在一排排酒瓶上，微微闪烁。吧台那边摆了一台大号咖啡机，就算是完成巴黎风的装潢了。咖啡机静静地放在吧台上。吧台后面，瓶子之间的空隙放着饰有锯齿边的木板条，上面有用撒克逊文字写的笑话，其中一句是："朝天花板吐痰吧，任何一个傻子都能往地上吐痰"。这排酒瓶子下面站着一群人，我从他们中间慢慢穿过去。一位古铜色肌肤的年轻飞行员正在吧台上变魔术，道具是一杯水和五十根火柴。我猜他的目的可能是把这些水和火柴分给毫无防备的同事们。我加快了脚步，巴尼现在正在给那个金发女郎点烟。我走过手帕大小的舞池，巨大的自动点唱机像猴屁股一样通红，开场灯光撕开烟雾。一个穿着夏威夷衬衫的胖子大笑着，慢吞吞地向我走来，拳头随着音乐挥舞，脸上汗如雨下。我赶忙躲闪，穿过舞池。离得近了，我才发现巴尼比我上次见到他的时候老了很多，头顶都有些秃了。

巴尼看见我走过来，对我灿烂地笑了笑。他立刻对那个金发女郎说了句什么，女郎点了点头。我偷偷笑了笑，巴尼刚刚肯定在说什么——如果有人问你，你就说你是我的助理，我们会工作到很晚，在确认最后几个细节之类的话。

我真是个英国人，没法对我真正喜欢的人加以赞美，但我真的很喜欢巴尼。

巴尼对面的金发女郎微微倾身，脸贴在桌布上，食指轻轻抚摸着脚跟来放松。一绺头发从她盘起的发髻中溜了出来，紧紧贴在脖子上。巴尼急切地看着我的脸。

"原来是我喜欢的小白脸。"巴尼说。

"老兄，张口就胡说。"

"那该怎么说？"他那张棕色的大脸上露出笑容，显得明亮了一些。整洁的制服衬衫上印着工程师中尉的标识，塑封的白色卡片上有他的两张照片，还有一个大大的粉色字母"Q"。卡片上说，他现在是李·蒙哥马利中尉，我还从中辨认出"电力"两个字。巴尼站起身来，十分高大，显得我很矮。

"刚吃完，"他把钞票压到烟灰缸下面，"得走了，去喝两杯，晚上总得喝两杯。"

服务员帮金发女郎穿上真丝外套，巴尼在桌边走来走去，系上领带，大手搓着自己的屁股。

"我那天在加拿大见到了你的一个老朋友。我们谈到那次在多伦多国王街那个酒吧里花了多少钱，他提醒了我你原来经常唱的那首歌。"

"纳特？"我问。

"就是他，"巴尼点头，"纳特·古德里奇。你之前经常唱的那首歌是什么来着？歌词怎么唱得来着？哦，我想起来了！'第一个登上山峰，独自一人登上山峰。'"

我说："确实，我之前喜欢唱。"我说了好几遍，巴尼也开心地说了好几遍，"可能很快我们就能真的出去玩了。当时你在大使馆边上的酒吧里都喝了什么来着？还记得你当时起名叫作$E=mc^2$的伏特加吗？哦，老兄，那酒真不错，也真要命。不过今晚不能出去玩，兄弟，至少这几天不行。我差不多一天就得走了，必须走。"

和他一起的金发女郎百无聊赖地听着，已经有点不耐烦了。我觉得她是饿了。酒吧里突然传来一阵笑声，我猜是其中一个飞行员喝光了一杯水。这是那令人困惑的一天中我唯一猜对的事，因为比我会喝下修士酒掺伏特加更不可能的，就是我会唱歌。我根本没有跟巴尼一起去过多伦多，我也不认识什么叫纳特的，而我觉得，巴尼也不认识什么古德里奇。

19

水瓶座（1月20日—2月19日）一起工作的同事似乎会误解你的意图，但不要担心，看看事情乐观的一面。

脚下的沙子晒得滚烫，热气迅速传回皮肤表面。发射塔的梁柱漆得通红，在这片荒芜的土地上显得十分鲜艳。漆黑光滑的电缆和管线在发射塔下蜿蜒而过，就好像中药盒里的蛇。五十码外，一个二十英尺高的电子栅栏围在塔边，边上有带戴着白头盔的警察守卫，还配了拴着短绳、喘着粗气的阿尔萨斯牧羊犬。一辆白色的水陆两用吉普车停在唯一一扇大门边上。车的遮阳棚经过改装，能伸出一挺半英寸口径的机关枪。司机坐在那里，双手紧握着方向盘，下巴靠在拇指背上。他的头盔上涂了黑色和黄色的条纹，两英寸宽，证明他有入内许可证，看起来很像丹尼·凯耶[①]。

半英里外的平坦沙滩上，我能看到几个闪闪发光的黑色小东西自动调整着摄像头，不过在这个距离什么也拍不到。一声平滑的声响过后，一架三人电梯像断头台上的刀片一样精准地从塔上降落，在弹簧垫上轻轻摆动。我的向导是个小个子平民，脸上和

[①] 丹尼·凯耶（Danny Kaye,1911—1987），美国演员，主要代表作品为《夜行者》。

手上的皮肤都很粗糙,却有着我见过的最蓝的眼睛。他的白衬衫上有几处小补丁,恰是贤惠妻子的针脚,也是收入欠奉的证明。他一只手背上有一个已褪色的锚样图案的文身,上面的名字已被抹去。他手上长着浓密的白色汗毛,普通的金色图样透过汗毛在阳光下熠熠闪光。

"这里有水银计量表,"我敲了敲旧皮包,"最好不要靠近冰箱。"我抬头看了看两三个平台,那里的管道更厚,也更多。我指了指,"冷藏室可能会让里面的水银发生反应。"我又向上看了看。他看着我徽章上的字:维克斯·阿姆斯特朗工程公司,波澜不惊地点点头。

"别让任何人碰。"我说完,他点点头。我拉开电梯门进去,又拉了一下小把手,我们一动不动地站在那里,互相看着对方。马达按惯性嗒嗒地转着,"我很快就下来。"我说了句话,而不是一言不发继续站着。他缓慢地用力点了点头,就好像我是个不太聪明的孩子或是个外国人。电梯升了上去,越升越快,红色梁柱将又白又热的沙子切成蒙德里安画里的形状,在我眼前跑得飞快。铁丝屋顶把深蓝色的天空切成一百个矩形,油腻的钢缆从我身边落下。我刚在台子上站稳准备扫一眼,它们就落了下去。我向上升了二百英尺,栅栏围成的圆圈在我脚下好像一个呼啦圈。我看到那辆白色的警车懒洋洋地绕着塔楼慢慢开着,轮子轧在爆炸中会变成玻璃的沙子上。

突然,马达停止了转动,我悬在空中,好像一只关在弹簧笼子里的虎皮鹦鹉。我拉开大门,走到最顶层的平台上。在这里,我能看到整个岛。往南看,"实验室场地"清晰的跑道与周围不规则的自然地貌形成了奇怪对比。一架B52飞机从机场起飞,内载的大量燃料让它能对抗地心引力,跨越太平洋。几座岩石小岛在海浪中若隐若现。在我脚下,机器错综复杂。我站在万物顶端,看着这个环礁,这个花了数百万美元打造的城市,这个二十世纪各类成就的巅峰,这个让整个半球仇恨不已的焦点,这就是为什么利兹市里开超市的店主买不起第三辆车,越南的农民买不起第三碗米饭。

因为所有这些东西,发射塔一般被称为"山";正因为它被称为"山",所以我在顶上碰见巴尼时一点都不惊讶。

巴尼穿一身白色超轻工作服,胳膊上有军士长的条纹徽章,手里拿着一把装了消音器的三十二号手枪。只是这把枪碰巧指向了我。

"我最好没看错你,小白脸。"他说。

"你最好没看错,黑老兄。现在把枪放下,告诉我你想干什么。"

"我确实没看错。"

"你是个好人。"

"别骗我,我能把脖子伸出来,但也能缩回去,快得很。我们曾经很了解对方,但人总是会变的,我只是得看看,你变了没有。"

"可能吧。"

我们俩沉默了好一阵。我不知道巴尼在说些什么,也不知道巴尼为什么要说这些。我都说出心里话了。我说:"一天早上你醒来,发现你一生的朋友都变了。不久前,他们已经变成了你曾经鄙视的那种人,然后你就开始担心自己。"

"是的,"巴尼说,"而且他们也不再对这些混蛋感兴趣了。"

"但我感兴趣。"

"那是因为你不知道你什么时候会变。"

"可能是吧,但我从不会引诱人们来当警察以证明这点。"他没有笑,可能我这个笑话讲得不好。

他说:"所以我变了,所以我是个疯子。听着,小白脸,你知道这座岛上最抢手的东西是什么吗……"

"我不是正站在上面呢吗?!"我说。

"不,除非你能站在自己的脖子上。你知道吗,这座岛上最抢手的就是你。你被窃听了,被困在了这里,被包围了。'朋友们'①说你叛变了,你叛变了吗?哪怕一点点?你有没有告诉他们那些他们已经知道的旧信息,然后为某栋乡间别墅付了首付?告诉我。"

"告诉你?"我说,"告诉你吗?所以半路抛弃我的朋友让你在这个炸弹平台上拿枪指着我?为了让我在还没死之前赶紧告诉你?你疯了吧!"

"我疯了吗?你疯了吧!我们俩之间可能有一个人疯了吧,但我们俩比这座岛上的人都聪明的概率也太小了。"巴尼那张闪闪发光的脸离我只有三英寸。一分钟过去了,我们谁都没说话。我脑中想到了飞溅的海浪,想到那个小向导还在下面,他摘下头盔,正用一块白手帕擦着额头。"如果有人知道我跟你说过话,我就死定了。为什么你会觉得他们派去跟着亨德森的人就一定可靠,那个金发的母牛一定会跟着我?你只要说句什么,我就完蛋了!"

"那你为什么不干脆揭发我呢?"我问。

"我不知道为什么,可能是因为在这个行业里干了这么多年,人都变得自负了,总觉得自己的想法是对的。"

---

①这里指军情五处。

"谢谢。"这句话说的似乎很无力。我们站在那里对视,巴尼走到电梯前,把一只手套塞进把手里,这样电梯就无法被地面上的人控制。巴尼平静地说:"我是这里唯一给你机会的人,唯一一个。"他顿了顿,"就连那个女孩也将信将疑。"他拍了拍手,"别管我是怎么知道的,反正我知道了;但从另一方面讲,我也见过几个被解雇的黑人。若是我知道有人采取一致行动对付一个并不知道有人在背后针对自己的人,我就很难相信别人,毕竟出事之后再研究到底是谁犯了错误,就太晚了。"

我开始说话。我不知道我是该与他争论,该谢谢他,还是该道歉,但他挥动着粉红色的大手。

"别谢我,亨德森没有我这样的机会。你该谢的是我的中士。他在外面,坐在一辆发电机卡车上,假装是我。我们就赌对你们这些小白脸来说,我们黑人长得都一样。"巴尼咧了咧嘴,却没有笑意,"他得到的所有东西,都是镜花水月。"

"等等——我想想。"我说。

"你没时间了,朋友。忘了你见过我,赶快走吧,尤其要忘了我说的这些。"

我的大脑是一团糨糊,无法思考,也可能一直在思考。巴尼从他的那辆小车上下来。但我知道巴尼是对的,这些让人困惑的事都是假的,这才说得通。

"可不能让别人看见我们在这儿,我得把鞋子系上。"

"枪给我好吗,巴尼?"

"枪,老兄。你可别走火伤着自己。你如果想好了,就赶紧开口,说完了就有飞机送你走。"

"枪,给我。"

"好吧,你就当个傻子吧。"巴尼把枪扔给了我,把给我准备好的一个小金属卷轴也扔给了我。我卷起裤腿，用这个卷轴把枪插在右腿外侧。我放下裤腿时，巴尼递来一条深蓝色的薄帆布腰带。腰带大约五英寸宽，跟走私黄金的那些人用的一样。我解开裤子，把沉甸甸的腰带系在衬衫下面——腰带上都是自动弹夹。巴尼拿回手套，从平台的边缘爬下去。他从狭窄的梯子上跳下去，脖子和我的脚齐平，停了下来。我猜他在想，我是否会踢他一脚，把他踢到外太空里去。他若有所思地盯着我的鞋尖，轻轻挥了挥拳头以作告别。他抬起头时，我发现我的脑海里想起了很多细节。我记得他宽阔英俊的脸庞，就好像我们都记得牙医眼镜上的铆钉一样。

"换新老板了可别哭啊，小白脸。"

"达尔比信了，是吧？"我在脑海中回放着达尔比的话语和态度。

"他满嘴谎话，兄弟。"

我把鞋底悬在巴尼头顶。"滚吧，你个混蛋。"我说。

"同样的话回敬给你，"巴尼说，"试试找找上面的人。"

下去似乎比上来快。那个长着白汗毛的小家伙把我的旧皮包放在了避光处。我拿起旧皮包，我们一起向大门走去。一辆卡车停在门口，司机下了车，让警察把车开上去。在车里，司机认真地与炮手说话。我觉得他们是在讨论是否下次绕着塔逆时针转。我们给他们看了我们的通行卡，但他们似乎并不知道这座岛上最抢手的东西正在他们附近晃荡。我们让一辆新雪佛兰停在大门口，一路开回混乱的地面。

"计量表里没有水银。"老人用沙哑的声音说。

我没跟他争辩，我太饿了。不管怎样，氢弹塔里也没有冷藏室，谁在乎呢。

所以琼"将信将疑"。我记得她昨晚的样子，头发闪闪发光，眼睛里充满了对巴尼被明显冷落的安慰。我记得她说："他想让你知道，他是听命于人的，这就是为什么他说他吃完了。他知道你不会信。如果他是你口中说的那种冷酷的性格，他肯定能想出一个离开餐馆的借口的。"我很想相信这番话。我还记得琼反驳了达尔比，而不是同意达尔比的观点以博一个好印象。话说回来，可能他们俩已经在我身上达成了某种协议，就是我在的时候由她出面泼达尔比冷水，好软化我的态度。我记得我们跳舞时她头发的气味和她身体的温度，也记得我们假装说悄悄话以惹怒达尔比；我记得她对亨德森和巴尼的关心，记得她的红指甲放在我的手背上，她问我能不能理解他们的职位，能不能听懂他们说的话。我记得，我可是一点该死的正经事也没跟她说。

军官食堂是行政大楼附近的一幢大型综合建筑。正面的外墙上用花骨朵拼成一个建筑机构徽章的形状。我走进去，一股烤鸡的热气扑面而来。

里面的一切都平静而沉稳。长长的白色脆漆桌子，一桶桶冰水发出宛如木琴的高音尾音。不锈钢碰撞的声音，男性低沉的严肃语调，空调设备的咕噜声——这才是现实，这才是现实世界，窗外的场景不是，窗外是一个童话。

维希冷汤含有丰富的奶油，韭菜的浓烈味道也变得温厚淳朴，汤是冷的，但不油腻。泛着血色的牛排很鲜嫩，炭烤的外皮焦黑，内里汁水丰富，还配了芦笋尖和薯条。咖啡搭配草莓酥饼一起端了上来。我一扫而光，喝了淡咖啡，然后抽了根烟，才觉得回了魂。毒死我，似乎不是处理我叛逃的好方法。

20

水瓶座（1月20日—2月19日）朋友的行为可能看起来很奇怪，但记住，你的情绪可能会影响他们。

军官食堂是一座低矮的建筑，只有一层，里面所有的东西都是预制的，就跟托克维环礁上的其他东西一样。我穿过食堂，外面晾着上了浆的衬衫。我穿过这片衬衫，又走过剪着同款短发的人群。几句德语和匈牙利语夹在短促快速的哈佛口音中，就像网兜的细丝，那些拖着长元音的男人们好像在橡树岭待了一辈子一样。我慢慢地走，一边听一边敲着手指。我走进休息室，没有人盯着我，休息室破旧的支架上挂着花朵形状的塑料装饰，观感不佳。我看见琼在窗边，昨晚我在酒吧里见过的那群机组人员正向她走去。我知道他们是空军一等兵，还是领队轰炸机的空勤组，在轰炸和导航方面成绩很好。进入领队轰炸机的空勤组之后，军衔会升一级，所以这些人基本都是少校或者中校。他们每两年参加一次考试，其中一次会要求他们记住一份完整的目标敌人信息。如果没通过考试，军衔就降回原级。一九四四年时，这个过程还非常复杂；但现在，驾驶这些有八个引擎的B52S以时速六百英里起飞前，会通过对讲机做三十分钟检查——这可太重要了！找到加油机，还希望机组人员同样擅长导航；想一边在飞行中加油,一边在离加油机三英尺远的地方以失速速度飞行,然后在一个只在照片上见过的城镇上空投下一枚热核弹,这一切动作都是对数学能力、操作灵巧和记忆力的考验,也是对长官的判断是否完全信任的考验。有爆炸或导弹发射时,经常有飞机穿越苏联领空。领队轰炸机的空勤会在空中观察并学习。这些三人机组成员必须记住哪些苏联地面目标是有价值的"情报序列"。琼从他们口中听到这些信息的概率很小,但我还是在几把椅子外坐下,忙着处理一些之前没有检查过的账目和订单,都是爱丽丝在最后趁我不注意时塞进我行李箱里的。琼现在做的事是男性特工得经过训练才能完成的,但女性特工自然而然就能完成。她只需要站在那儿,让对话自然发展,听别人讲,必要时引导对话方向。我希望她不会露出平日里全神贯注时的那种奇怪眼神,这些人可不会错过这个表情。他们为了在她面前说上几句话,可以算得上争先恐后。

"是的,长官。"一个三十八岁左右的秃头男人说。他的眼睛非常小,但下巴肌肉发达,晒得黝黑。

"但对我来说,纽约只是一座城市。我喜欢旅行,真的喜欢。但纽约确实无可匹敌。"

"纽约,我也挺喜欢,就是有点像芝加哥。新奥尔良嘛,就是——有座城市!终于有座城市了!"

"那么你从没去过法国巴黎了?"

"巴黎嘛!我在巴黎住了六个月。巴黎可是这个地球上最后一个女人能屈服于男人的地方了。"

"说到这个,那得是印度。你知道在阿富汗,买一头骆驼比娶个妻子还贵吗?有个老家伙在附近骑着骆驼,我看见了他,知道他会说一点英文,就在他身边停了下来。'你怎么不载你妻子一程，查斯？'我说——我们都叫他查斯。'没有，机场附近有雷区。'他说。'那你就让她走过去的？'听我这么问，他说：'是啊，这头骆驼可贵呢。'你能信吗？他说这头骆驼可贵呢！"

一个高大的金发少校往杯子里倒了点冰水。"还是法国人了解女人……"

"你怎么知道他这么做是最糟糕的？"琼微微抬眼说。

"阿拉斯加，那是最大的州。你随便问一个德州人，都会这么说。"那个秃头一边说一边笑。

"那就得用德州人的标准回答——石油！"

高个子少校举起酒杯，"你看这杯酒？要是想测测这只杯子里有多少酒，你会把冰的体积也算进去吗？"他顿了顿，"当然不会了。但阿拉斯加人就会，他们那边全是冰。"

所有人都大笑起来。休息室的门突然开了，他们的谈笑被打断。一个胖胖的少校疑惑地打量着房间，墨镜把他那张大脸一分为二。他身边跟着一个衣着整齐的陆军女秘书，穿着卡其布衬衫和休闲裤，很修身，甚至有点小。她在这些男性赤裸裸的目光下不安地扭动着。新来的人想打破由他营造的尴尬境地，于是开口问有没有人见过他的领航员。没有人说话，大家不甚友好的笑容清晰地表示了大家对他的态度。他在门口尴尬地转过身去，有人殷勤地说："替我问候您的妻子和孩子们。"

那个秃头趁着没人说话的空隙又继续说："我爸爸常说苏格兰威士忌只能单独喝，要是加点黑麦汁再加点水，就是波本威士忌了，劲太大，后劲太足。"他大笑起来，"确实后劲很足啊。"他又说了一遍。

"我喜欢德国，我喜欢德国的食物，也喜欢在德国喝酒。我还喜欢德国的姑娘们。"

"我在斯堪的纳维亚住。"

"那儿不一样,斯堪的纳维亚可不一样。"

"我在斯堪的纳维亚北部的一座大城市里上学。"琼插了一句话,这是一个敏锐的特工必备的修养,说的也是特工该说的真话。

"纳尔维克,"秃头说,"我太了解纳尔维克了。去年的这个时候,我几乎走遍了纳尔维克所有的酒吧。是纳尔维克吧?"他问琼。

琼点点头。

"有多少个?三个?"高个子少校说。

我终于用打字机完成了缩进格式,做完了录音带和其他那些乱七八糟的日常工作,这时候那几位飞行员已经说着"加油""回见""到时候见"离开了。琼走到我身后,摸了摸我的头顶。我实在没想到她会在公共场合与我有身体接触,我几乎像看见她在公共场合脱衣服一样震惊。她走到我对面坐下,我重新评判了她的态度。她非常急于让我知道,想打消我的疑虑。

可正是她想让我安心的举动让我起了疑心——也许她就是我的多洛博夫斯基呢。她递给我一根尝起来像去油漆那类东西的薄荷醇香烟。我没接。

她说:"驾驶 B52 飞机的空勤组在挪威的博多港外面和赫拉特附近的新机场工作。"她用一个小银质打火机慢慢点燃了香烟,"要我说,他们的目标估计是巴尔卡奇湖西南部的发射场,还有在博比建造的新姆利亚东部的水下核潜艇港口。你可能在那两架飞机上看见过改装过的炸弹舱了。"

我点点头。

"机组人员中,有两名是前海军的投弹手,可能还有什么通过水压操作的延时装置。"她把下巴抬到老高,用一种异常夸张的方式垂直于天花板吐出一口烟。不知道她从哪儿弄来一件美国陆军妇女队的夏装。和达尔比一样,她无论穿什么都很好看。她等着我夸她,像个小孩子,又像装腔作势准备朗诵的人。太平洋的阳光把她的脸庞晒成了深金色,显得嘴唇更加娇艳。她在那儿坐了很长时间,研究手上的指甲油涂得是否平整,然后头也不抬地问:"你去过吉尔福德了?"

我只是点了点头。

"第一周都是一些体能锻炼和智力测试,你几乎只是坐在那儿等着别人提问,要么就是有人劝你离开,别再待一周了;第二周你就得去听别人讲牢房建设和用度削减了。"

我知道,她知道事情并不像其他人说的那样。我希望休息室里没有窃听器。我没有阻止她说下去。

"爱丽丝是我唯一的正式联络人,她之后才是你,我的永久联络人。我觉得……"她顿了一顿,"自那之后,我就再没有像那样联络过谁。"

我坐在那儿,什么也没说。

"我现在的工作比在澳门的工作复杂,我觉得可能也比那时重要。"琼平静地说,"我本来没觉得我能做这个。"她向后靠了靠,"但我现在适应得挺好。不过,如果考虑到个人情况的话,我有个限制性条件:那就是,我是个女人。我无法轻易改变效忠对象,我一个人也不可能满足得了一群人的需求。"

"你可能对工作存在很大的误解。"我说。说这话更多是为了争取时间,其实没什么意义。

"我不这么认为,我来告诉你为什么,"她说,"如果你接下来的一个小时有空的话。"

我确实有空。我跟着她出去，穿过停车场。她爬上一辆福特敞篷车的驾驶座，金属和皮革在烈日的炙烤下散发出令人作呕的气味。驾驶座一侧的遮阳板上有一个涂了灰色油漆的金属盒子，比一盒十二支装的香烟大不了多少，其中一面有个孔。这个东西其实是个无线电收监控器，能将监测到的对话发到三英里外的接收器上，然后通过罗盘定位显示信号来源车辆的所处方位和行进路线。托克维的所有汽车上都强制要求安装这个设备。它由两块磁铁吸在遮阳板上，我把它扯下来，扔进路边停着的一辆粉红色雪佛兰的后座最里面。我希望没有人费劲去检查我们这台的调频。不过就算他们过来检查，我们也只是食堂停车场里一辆安静的车而已。

琼踩下离合器，一把将方向盘打到底，轮胎在碎石路面上发出刺耳的噪声。我们谁也没说话，直到开了一英里后，我们才停下车，把敞篷车车顶折起来。我仔细看了看挡风玻璃和车门顶部。

"我觉得现在应该安全了，但还是得小心——你开辆敞篷车来还是很聪明的。"我说。

"我用一瓶四盎司的 Arpège 香水才换来这辆车。"

"给你报销。"我说。

接下来一英里的路况很好，除了几辆警用吉普车之外，没什么其他的车。琼把油门踩到底，自动换挡时，我能听到变速箱发出的细微噪音。我们一直向前开，直到脚下的路蒸腾起热气，呼啸的风声穿过车头大灯，吹得耳膜嗡嗡作响。小虫子撞到挡风玻璃上，留下丑陋的斑点。琼向后仰着头，自信地握着方向盘，这在女司机中很不常见。海岸从旁边飞速掠过，车子终于开始减速了。我能感觉到她的脚从油门上抬了起来。她对距离判断得很准，几乎没有猛踩刹车的情况。我们没有沿着弯曲的道路驶向岛内行政中心，而是转向右边。宽敞的汽车颠簸着驶入软泥路面，轮胎接触到粗糙土壤时，蓝色的大鼻子前盖抬起来一些。现在车子开得慢多了，花了将近一小时才到达我们看到的那处灌木丛——得从硬路面上走上小路才能到达。琼把车停在灌木丛边，熄了火。我们已经离开了行政中心、食堂和宿舍所在的区域。这边是岛上的背风面，盛行风吹不到，于是有茂密的植被，间或还能看见锋利的火山岩层。芥末黄色的锥形大花到处都是，厚实的花瓣已慢慢合上。

太阳已经快要下山，棕榈树尖尖的叶子划破了低沉的蓝天。琼从前座杂物箱里拿出了一支裹着橡胶的手电筒，我们沿着这条路继续往前走。穿过灌木丛，能听到一千只昆虫在湿热的空气中扑腾的声音，好像便宜手表发出的沙沙声。

"我不是非要打探什么，"我说，"但咱们这是干什么来了？"她没说话，但我总觉得她跟我一样并不知道。

"昨晚我和达尔比一起来的。他带我来这儿，这样要是有人看见我们没在车里，就可以说我们俩是来做些成人运动。要不我先回去，你接着往前走，行吧？"

我说："行。"不然我还能说什么呢？我们沉默着往前走。

然后她说："昨晚我被留在了车里。现在我想看看我错过了什么。"

我帮她绕过一截锈迹斑斑的铁丝网。我们已经离开了小路，车也藏得很好，除非有人非常仔细地找，否则找不到。右边远离新建路面的海岸线上到处散落着二战废墟，破碎的登陆艇上布满金色锈斑。远处裂开了几个长方形的洞，似乎有人曾试过用刀切割金属，却又发现卖不上好价所以放弃了。离我最近的是一艘前部烧焦的坦克登陆艇。高温烧弯了铁门，就好像孩子一脚踩在锡质的玩具上。吃水线以下，肥沃潮湿的绿植忙着随波摇晃，拍打着清澈的水流。这里的土地高低不平，为防守提供了天然条件，于是日本工程师把防御工事与地形整合起来。他们整合得很好，好到直到我看到琼站在某个像门廊似的地方，才发现这里其实是一座日本碉堡。这一座碉堡有差不多二十五英尺高，用树干和钢梁支撑。风雨侵蚀了劣质水泥，植物长得漫山遍野。碉堡入口就算对于一个日本人来说也很矮，朵朵齐腰高的暗红色大花沿着木头上烧焦的痕迹开放，就好像从这些碳化了的木材中获取了什么特殊营养。

琼的胶底鞋在沙地上留下脚印，我还在潮湿的地面上发现了达尔比的脚印。他的脚印更深，尤其是在脚跟的地方。

"是不是重了——"我说。

"他拿着盒子让总重量变重了吗？确实，看起来重了些。你怎么知道？"

"我觉得他不是来看风景的，而且一定是有什么吸引了他的注意力，他才没注意到你跟着他。"

我爬上锁了一半的入口时，她站在一边。"他让我在车里等，但我很好奇，就跟着他来了，但我禹得很远。"我们进入碉堡之后，她的声音变了，有了回声。这座碉堡确实制作精良。直到二战后期，这里都是准备精良的外围岛屿基地之一。我们穿过入口，里面是一条狭窄的平缓斜坡，随后进入一个大约十二平方英尺的漆黑小屋。空气冰冷又潮湿，我们默默站在那里，听着岸上均匀的嘎吱声、嗖嗖声，还有昆虫刺耳的吱吱声。我摘下墨镜，眼前的景象慢慢清晰起来。

房间里到处摆放着橄榄色的金属盒子，上面可以依稀看到"工厂"字样和几个数字。角落里透进几缕阳光，露出一些破烂的木箱、大号金属担架和一些腐烂的皮带。头顶上搭建了一个平台，扩大了碉堡的宽度，为机枪手和步枪兵提供了空间。琼打着开电筒，在墙上投下黄色的椭圆形光斑，照在差不多在入口顶部的一个地方。她之前看到达尔比的手电恰好照到过那个点。我挪动了几个绿色的盒子，向前走了一步，盒子原来是打包在一起的，底部的油漆还很新鲜，上面写着：5毫米口径机关枪，美军，80770/GH/CIN/1942。我又挪了一个盒子摞在第一个上，一只十五英寸长、颜色鲜艳的蜥蜴从我脚下"嗖"地跑过。我爬上平台，慢慢沿着摇摇欲坠的土架子前进。走近我才发现，上面的沙子几乎是黑色的，散发着死亡的恶臭，也充斥着在这上面活着的东西的气味。

　　上面几乎直不起身，我手脚并用，慢慢向前爬。明亮的日光透过狭窄的缝隙照亮了我的眼睛，我可以看到一小段海滩。最大的灰色登陆艇正对着我，从这个角度还能看到一辆被烧毁的坦克挤进敞开的门里，就好像烤乳猪嘴里压扁的橙子。一只红黄相间的蝴蝶从缝隙飞进来，穿过白垩柱似的光柱。我慢慢走向角落，那里更加阴暗，也更加潮湿。琼把亮着的手电筒扔给了我，光束画出一道奇怪的抛物线。我拿着手电筒，想看看上面厚厚的木屋顶上有什么。之前，应该是火焰喷射器把内部汽油倒进燃着点，部分天花板随后倒塌，木头支架被烧焦了，在我手下只剩下一些金属部件，之前应该是一架用螺栓固定的机枪。我看不到最近有人来过这里的痕迹。我把手电筒向左移了一点，那边有个板条箱，上面写着："哈里·雅各布森，一九四四年，十二月二十四日，奥克兰，加州大学，美利坚合众国"。箱子是空的。琼说要不试试下面放着的盒子，我很高兴我听了她的建议。下面的盒子是个新的硬纸板箱，上面写着"一般食品，一包重一磅的冷冻蔓越莓"。这行字下面印着一个小号的纯度证书还有一长串序列号。箱子里面有一根全新的短模式七英寸阴极射线管,大约十几个晶体管,一个白色信封和一个黄色的垃圾袋,里面装着一支新上了油的长口径机关枪。没有蔓越莓。我打开信封,里面有一张大约两英寸乘六英寸的小纸条,上面写着差不多五十个字,包括一个非常低频率的无线电波形,一个指南针轴承和几个对我来说难度过高的数学符号。我举起来让琼看看,她看了一眼然后说:"你会俄语吗?"

我摇摇头。

"是一些关于——"

我打断了她,"没事,"我说,"就算我看不懂,也知道俄语的'中子弹'怎么说。"

"你打算怎么办?"她问。

我拿着这张纸,捏着边缘小心翼翼地放回了蔓越莓盒子里。我烧了信封,用膝盖把灰磨碎,然后说:"我们走吧。"

我们爬下陡坡,到达海滩。夕阳像一个巨大的洋红色圆盘,染色的云彩一条一条地横在天空中,在苍白的夜空撕开一道道金色的口子。我想远离某些东西——我不知道那是什么。于是我们沿着海边走着,绕开装满了死尸、可乐和创可贴的箱子。

"为什么会有人,"琼不愿意说是达尔比,"拿一根阴极射线管上来呢?"

"他不想让别人知道他不愿错过'马车队'。"

琼的嘴唇都没有动一下。

"我不想瞎猜,"我说,"但如果你能告诉我他是怎么说我的,整件事可能会简单一些。"

"这件事容易——他说'朋友'的部门确定你是为克格勃工

作的。他们直接告诉了中情局,大家都很生气。达尔比说他不确定,但中情局十分相信,因为你很久之前杀过他们几个海军的人。"

"达尔比说,不是他投诉的吗?"我问。

"不是,他说某个部门给你的安全权限比他现在的都高——当然这是因为他的离开造成的,但他对此似乎不大高兴。"

她顿了顿,然后带着歉意问:"你真的杀了那些人吗?"

"是的,"我的语气有点狠毒,"我确实杀了他们,然后我手上一共就有了三条人命,还不算战场上杀的。如果算上战场上的……"

"你不必解释。"琼说。

"其实,这事是个错误。任何人都无能为力,这事从头到尾就不对。他们想让我干什么?给杰克·肯尼迪写信说我不是故意的?"

琼说:"他们似乎认为要等等看,看你是否会在行动之前联系什么人。他想知道卡斯威尔是不是和你一伙的,还发报说要把卡斯威尔和莫里隔离起来。"

"太晚了,"我说,"我们来这儿之前,他俩已经逼我给他们放假了。"

"这么做可能会让达尔比相信吧。"琼说。太阳在她身后落下,她看起来漂亮极了,我真希望我多长几个脑子来想这个。

"相信卡斯威尔是我的联络人?"我若有所思地说,"可能吧。但我敢说,他可能更觉得你是我的联络人。"

"我才不是你的联络人。"她听起来似乎有一丝不确定。

"我知道。如果我真的为克格勃工作,我会做得更隐蔽、更聪明,不会被怀疑的。我会在到达这里之前就知道我的联络人是谁，不会确认你是不是了。但因为我并不为克格勃工作，也没有什么联络人，所以你也不是。"琼估计一只脚踩进了水里，笑得像个孩子。太阳在她的头后面，就好像斯肯索普壁炉开着的门。海里吹过来的微风把她的衣服吹得紧紧贴在身上，就像劣质香水的香味在皮肤上久久不散。我把思绪拉回现实之中。她说："看来我没有像你在吉尔福德时那样听得那么仔细。"

一条水箱轨道像巨大的毛毛虫一样半露出水面，海浪在繁复交织的铸件中飞溅开来。在我们身后，B61，那辆丢了一条履带的坦克，头朝下躺在闪闪发光的泡沫里。海水在它身边绕成一个巨大的半圆，一次又一次地拍打着巨大的金属舱体，好像在不知疲倦地嘲笑它。琼停下脚步转头看我，她金色的脸上挂着一缕黑色的头发，像精致瓷器上的裂痕。我必须集中精力。

"就算你是克格勃，但那些认为你是克格勃的人肯定想做点什么来阻止你。他们会做什么呢？"

"会是一些我们现在不敢想的事吧。"我说。

"但假如这样的事发生了，就得开始想了。"

"确实，"我说，"得想想了。"

琼的声音有些哑了，有点尖利，但带着一丝沙哑。我意识到她肯定用了很多个晚上来思考到底该拿我怎么办，至少我欠她的足够让我对她说真话。

我说："如果他们在伦敦中央刑事法院没有给我免费法律援助，那就让他们把回忆录卖给《星期日电讯报》吧——如果你是这个意思的话。"

"不，我不是这个意思，"她说，"只有杀人犯才会这样做。"她顿了顿，"所以到底发生了什么？"

"我不知道，"我说，"我之前从没遇见过这样的事。我觉得可能是类似上了贼船就下不来的意思吧。"

浪花轰隆隆地拍击着暗礁，震得我们脚下的沙子都在颤动。

"天凉了，"她说，"我们回车里吧。"

21

水瓶座（1月20日—2月19日）你的个人计划可能会延误，但你要谨慎。你善意的举动可能会让人误解。

接下来的两天我都紧绷着根弦。随着引爆时间临近，岛上的生活陷入了疯狂但有序的混乱中。从我观察到的来看，我观察员的角色迄今没什么变化——这是好事——但不幸的是还得参加那些枯燥至极的会议。琼和我几乎没什么机会在不被人听到或录音的情况下说话。我们决定表现得十分疏远，这意味着她有可能不受牵连——但我心里那种强烈的交流意愿，是任何一个想解雇自己秘书的男人都不会有的。我看见她在长长的灰色纤维板走廊里等待签字或领取文件。她站定不动时，光滑的躯体会在薄薄的夏装下慢慢地、无意识地动来动去，让我想起周三早上我在床单上发现的那枚圆圆的、小巧的金耳环。

很多次，我连借口都懒得找，故意在狭窄的走廊和门廊里悄悄从她身边经过。火花在我们之间噼啪作响，缓解了我深切的孤独。我的欲望并不是那种重压之下的爆发性渴望，而是因为空虚而生发的温暖诉求。恐惧给身体上带来的欲望比刀刃更锋利，比长笛声更哀伤。

这两天的大部分时间，我都跟达尔比一起工作。跟他在一起工作让人愉悦。达尔比和其他在情报部门有背景的人不同，他总能非常迅速地从下属那儿获取有用的信息——无论是社会信息还是军事情报。他会准备好从技术人员手中得到结论，而其他人理解这些技术只是为了严守自己的决策权。

琼和我在那个碉堡里发现盒子的那天是周二；周四，总指挥官Y.O.盖里特将军便邀请所有人到他家参加宴会。

将军的房子在岛上多山的一侧，背靠几个岩洞。阳光把树干映成了粉红色，让人想吐。夕阳又一次将云霞染成紫金色，像个分层蛋糕。昆虫飞过来，开启了它们与美国化学工业资源的每日一战。工程兵还在树上挂了一排排闪烁的仙子灯。大杯的马提尼闪耀着柠檬和樱桃的光泽。脸色苍白的小个子服务员脚步沉重地走来走去，他们的脚一直很痛，在门外稍息时看起来面色很差。到处都是匀称整齐的身影，他们皮肤黝黑，神色警觉，穿着服务员的白上衣，脚步轻快地分发着饮料，尽量让自己跟那些有着苍白脸颊的服务员看起来没什么两样。

三个军乐手在冷静规律地弹奏《有家小饭店》，就连衔接的间奏都弹得无比同步。山脚下处处回荡着笑声。

将军的小花园亮着灯，达尔比扭着身子坐在一块岩石边上灯光照不到之处。他脚下两三英尺，河水静静流动。一艘灰色的驱逐舰停在海上，一股烟雾从蒸汽船头上喷出来。船身上大大的"R"告诉我，这是一艘用来测量水下力量和辐射的船，测量设备用巨大的铁丝网连在一起。边上的汽艇旁，穿着黑亮橡胶衣的蛙人爬上爬下，解释着什么，发出号令，搬运东西，然后又沉下去。他们在检查船体上铁丝网的情况。

达尔比晃了晃他手里那杯马提尼，酒旋转着挂在杯壁上。他抿了一口起伏的酒，在玻璃杯口擦了擦下唇。

"想退出可不行了。"他说。

我不禁把这句话和自己联系了起来,但他接着说:"想和他们做交易是不可能了,因为他们不可能言而有信。分钟战会是阐述共产主义更好的方式,将由共产党人打响。毫无疑问,他们不会用小孩子的玩意儿,就比如这枚核弹。可能会是合适的神经毒气弹,直接覆盖整个区域。"

他看着精心布置的进口草坪,现在上面挤满了穿着夏季制服的男女。长条桌子上摆着食物,前面有个胖胖的白衣女孩,挽着两个海军陆战队中尉的胳膊。三个人都低着头,她白色的鞋尖敏捷地跟着三拍舞曲踏来踏去。

"别犯错误,吉米,"达尔比直接对着一个准将说,"你们的军事体系如果有商业和工业支持,你肯定能在世上称王称霸。这处环礁确实无与伦比,但得依靠强大的物流和组织能力,这些东西是你已经实践过的。以极快的速度建一家可口可乐工厂让手下人找乐子,和建一个射击场给手下人找乐子之间其实没什么区别。"

"重要吗,达尔比?"准将说。这位准将有六十多岁了,身形健美匀称,一头短发已经灰白,金色的镜框反射出现场一百盏仙子灯的光芒。"谁在乎信用啊。如果我们能做出最大的核弹,就没人会贩卖情报,他们只会远离美国。"他说完,发现达尔比没理他,匆忙补充道:"也会远离所有北约国家——实际上,会远离所有自由世界国家。"

"我认为达尔比不是这个意思。"我说。我总是在给人解释其他人的想法。"他认为你们有这个能力,但不确定你们是否能正确地使用这种能力。"

"你打算说什么'欧洲:外交之乡'之类的老生常谈,是吧?"准将把他那巨大的灰色脑袋转向我,"我以为赫鲁晓夫的战术已经让你们了解了这些东西呢。"

"没有,只是欧洲人对外交失败时会发生些什么十分了解罢了。"我说。

"外交和手术从来都不会失败,"达尔比说,"这两个行业的工会太强大了,才不会承认自己失败。"

我接话道:"那美国人也不是因为在开始之前就承认失败而闻名于世了。"

"哦,见鬼。竞争对手之间的关系和国家之间的关系是一样的。"

"我曾经觉得这是正确的,但现在,破坏力太强,我们必须以卡特尔这样的寡头思维考虑问题。竞争对手也得团结一致才能生存下去。"

"你们欧洲人总能想到联合集团,这是你们最糟糕的缺点之一。美国人研究出来了圆珠笔,紧接着就会研究如何用一美分一支的价格卖出去。但在欧洲,我第一次看见拳击小吊球打折还卖两英镑一个!这两者的不同之处在于:英国人确实赚到了百分之三千五的利润,但他的竞争对手窃取了他的想法;美国人尽管利润率只有百分之二,但销量第一,最终成了百万富翁。"

一个又高又瘦,长着一口大牙,头顶上有一绺银发的女孩走到准将身后,用她修剪平整、涂着裸色指甲油的纤纤玉手抚上准将的嘴唇。三个乐手前面有座舞池,只有留声机唱片那么大,人挤在里面,好像磁铁上的铁屑,根本谈不上舒适。准将被带了过去。达尔比和我站在那里,身边是滚滚海浪的隆隆声,风打树叶的沙沙声,还有人们喋喋不休的声音,冰块互相碰撞的声音,以及《端庄淑女》的歌声。还能听见手掌和肩膀碰撞的声音,过路警车的警笛声，听见有人说"月色这么好，我们为什么不开车出去""要是他是你的好朋友""你立刻马上去做"，还有海水冲击卵石的声音，以及达尔比说"美国人真是有趣"。他看我没回答，继续说："美国人赚钱的手段太残忍，但赚了钱之后太多愁善感，甚至有点容易受骗。赚钱之前，他们觉得这个世界在骗他；赚了钱之后，他们觉得世界奇特有趣。"

"那么你这位准将朋友是哪一类呢？"我问。

"哦，他哪类也不是，"达尔比说，眼神中透露出不想再多聊这个话题的意思，"他是我见过最聪明的人。他二战时在慕尼黑开了家小出版社，战后也一直持续经营，做各种各样的生意。这么多年，他成为过三次百万富翁，又有两次穷得只剩下他那辆破旧的莱利车和一套西装。前几个月他又快把自己折腾得不行，恰好部队招募他加入了这个项目。他确实很了不起，是吧！"

我现在能看到这位准将：深绿色的领带整齐地塞进浅黄色衬衫的领口，露出来的部分有半磅巧克力那么大；他慢慢走动，现场的光影在他饱经风霜的脸上跳跃。

"真想让你在这儿干上一年。"达尔比说。我们俩都看向舞池。

"他会让吗？"

"不会，除非你自己特别想走。我对他说，你更想待在夏洛特街。"

"如果你告诉他我改主意了，想着告诉我一声。"我说，达尔比斜眼看了我一眼。

"别让过去几天吓到你。"达尔比说，那个穿白衣服的胖姑娘还在跳，"我本不应该告诉你这些的，真的。本来的计划是吊你一天胃口。"看我没回答，他接着说，"但他们急于帮一个嫌疑比较大的人转移视线，于是就把你送进了第二阶段，这样他就会伸出手帮你。再咬咬牙坚持几天，装作你很痛苦就行了。"

我说："只要刽子手也跟我们是一伙儿的就行。"说完，我就去找那个白衣服的姑娘跳舞去了。

到十二点半时，我已经吃了凤尾鱼、奶酪酱、全熟鸡蛋和三文鱼，还有差不多三百块方方正正的冷吐司，酒足饭饱。我从花园侧门抄近路出去，穿过邮局边上的小路。分拣办公室里闪烁着蓝光，一台收音机播放着轻柔的乐队歌曲，耳边还回荡着将军花园里的音乐和笑声。邮局外面有栋白色的活动板房，里面的柜台后面，一个几乎没有胡子的金发小哥递给我两封跨海电报——这两封电报在我上次六点三十分见到他时就已经到了。

人们都说，间谍没有朋友，但事实并非如此。间谍必须得有朋友，实际上，得有很多不同类型的朋友。有在这件事上结识的朋友，也得有在那件事上结识的朋友。每个特工都有自己的"老朋友圈子"，就跟其他所有人的朋友圈子一样，特工的朋友圈子也会有不同种类，也会有亲疏。这其实是特工对自己的保护措施，不同的朋友圈子之间没什么关系，除了大家都听得懂的正常的委婉用词之外，没什么其他相似之处。

我打开了第一封电报，是一个叫作格林纳达[①]的人发出的。他现在从政了，地位很高，高到从来不需要把职位放在名字前别人就能知道他是谁。电报里说："你提名的人重复了，停止13BT1818，给伯特付钱。"电报是从里昂的邮局总部发出来的。我根本找不到这封电报与格林纳达之间的联系，除了我在他为法国情报部门工作时监听过他一段时间，伯特是他当时的化名。

金发小哥给我点了根烟，咳了几声，他呼出的烟雾与我的混

[①] 见附录：格林纳达。

合在一起。我又看了另一封电报。这是一封从柜台发出、由现金支付的普通民用电报，发出地是伦敦杰拉德街邮局，上面写着："在第二幢的三层读《恺撒大帝》。"落款是"阿尔特米多鲁斯"。

我看着这两封电报，发报人用不同的方式暗示了一些信息。格林纳达很清楚地告诉我，我将遭到严厉的惩罚，但我能使用他在瑞士那个数字银行留存的资金。想要找到是哪家银行也很容易，因为银行都有不同的代码，不需要费什么力气就能把用这个代码的人引出来。我笑了，好奇这个账户是不是他曾经参与过的那个美国运通银行伪造案中的账户。如果我在取款时被抓住并认定为从犯，那也太讽刺了。第二封电报是查理·卡文迪什发来的，他是联合服务信息交换所的卧底特工。他很喜欢我，因为我曾经与他儿子一起参军。我把他儿子被杀的消息带给了他，也与他相处得很好，经常和他见面。他的幽默感很强，强到可以照亮黑暗，但也让他无法再晋升至高级职位。他住在布卢姆斯伯里的一间小公寓里，用他的话讲，"就在大英博物馆附近"。但他可能还得凑个几先令才有钱发这封跨海电报。这可能是我收到的所有信息中最清晰的一份。

我回到宴会时，一大群人正聚集在一起。一个年轻士兵坐在将军用来当作第二办公室的那个小屋门口的椅子上，我对他笑了笑。

"将军是绝对不能被打扰的，是吧？"我眯着眼笑看着他。那个士兵尴尬地笑了笑，但并没有阻止我走进藏书室。我假装不着急，又点了一根烟。

将军的莎士比亚套装采用手工制作的猪皮外壳，手感很好。我本不需要拿本《恺撒大帝》在第三幕找阿尔特米多鲁斯这个人。老人家知道我对这部戏滚瓜烂熟,但我还是来查了一下①。

一枚信号弹升空,光芒点亮了整个藏书室,人群"啊啊啊——"的声音此起彼伏。喧嚣过后必然会出现的寂静中,窗外有个声音说:"他们就是不像之前那样做软木塞了。"紧接着是一阵笑声,还有倒酒的声音。

小台灯灯光昏暗,我只能看到有个苗条的身影站在门口。另一枚信号弹嘶鸣着蹿上了天,吓了我一跳。来人是个高高的年轻人,是邮政局的工作人员,脖子上贴着一枚创可贴,姜黄色的眉毛纠结在一起,好像他很专注。他大步向我走来,仔细看了看我的身份胸针,然后与照片比对了一下。紧接着发生的事很奇怪,他敷衍地对我敬了个礼。

"转达达尔比准将的问候,长官。"他说。

准将?我想,这到底是什么意思?他等着我说话。

"什么事?"我探询着问,把手上的《恺撒大帝》放回了架子上。

"出了点事,长官。一辆发电吉普车在'血腥角'那里冲到路面下面去了。"我知道那个地方,和内战里罗伯特·李将军的驻地名字一样。在那里,一堵涂成黑黄相间的低矮砖墙将一条从坚固岩石中炸出的巷道与垂直向下的陡坡隔开。对于大吉普车来说,这个转弯确实有点难度。三十英尺长的发电车在那里转弯,就好像让人从方形的玻璃杯喝东西,很有难度。他不用再往下说,我也懂。"蒙哥马利中尉在上面,长官。"那是巴尼。这位年轻的士兵提到死亡时还有点不自在,"很抱歉,长官。"他说。他是个好人,我感谢了他。"准将正往自己的车那边去,他说如果

---

① 见附录:《恺撒大帝》。

你没有车，我……"

"没关系，"我对他说，"谢谢你。"外面，乌云遮蔽了月亮。

今天晚上很黑，是只有在热带地区才会见到的那种漆黑的夜晚。达尔比穿了件美式军用羊羔毛的防风夹克，站在一辆崭新的大福特前面。我大喊："我们走吧！"但他的回答被大号菊花烟花的噼啪声吞没了。我对自己说这事不太对劲，就好像人们在面对现实时更喜欢零零碎碎地吸收信息一样。

我把硬邦邦的林肯大陆停在路边时，达尔比的汽车尾灯已经照在盖里特将军路上了。V8发动机加热到汽油都黏稠了。我看见达尔比往左靠了靠，然后朝着海边公路开过去。这条公路修得并不好，因为通常只有某些运送物资的卡车才走这里。我们左手边就是发射岛，中间只有大约一百英里的海面，要是今天的天气再好一点，这座"山"就会清晰可见。达尔比继续往前开，即便路况不怎么好，他肯定也已经开到六十迈了。如果哪里封路了，我希望他能帮助我们摆脱麻烦。每隔三百码就会有个四十英尺高的塔楼，反弹回汽车的隆隆声。大多数塔楼只有红外电视摄像机，但每三个塔楼有一个人负责管理。因为这件事，我们才得以从将军的宴会上完美早退，我希望不会有人打电话来把我们两个叫回去。各式各样的灌木丛时不时遮住达尔比的车灯。我正盯着挂在挡风玻璃上的那块黑东西看，突然瞥到了标识牌上写着"注意！二十五码时速停车"。我停下车，这时是凌晨两点十二分。

前面这段路封了不能过去，但只有三英里。达尔比已经不见了，他溜了过去。

我伸手去摸备用烟，手上却有粗糙织物的触感。我打开仪表盘上的灯。有人在副驾席上留下了一对厚重的石棉绝缘手套。可能是巴尼进来过，我想，然后摸到了烟。

我点燃烟,等着它烧红。

天空豁然大亮时我还在等——除了打在身上的光,我没有一刻像这样明亮过,可能我们两个都没有。

22

我打开车门,一脚跨进这个冰冷的白夜。外面突然变得非常安静,一声警笛拖着哀怨的长音从岛的远处传来。

两架警用直升机突然向发射岛飞去,开始向海里投掷手榴弹。每颗手榴弹落下,都会激起巨大的光束在海面上摇晃。

我还在等刺眼的亮光过去,空中警察已经定位到巨大的光亮,辨认出了位置,然后径直飞了过去。

其中一架直升机停了下来,盘旋了一圈后来到我身边。耀眼的光斑噼啪作响,渐渐散去,现在聚光灯的光芒让我的眼前一片白茫茫。我一动不动地坐着。现在是两点十七分。寒冷漆黑的夜空中传来隆隆的轰鸣声,一个带着灯光的扬声器升到空中,传出声音。一开始我并没理解里面在说些什么,也听不懂。尽管我确实努力了,但他们的口音也太重了。

"别动!"那个声音又说。

两架直升机飞到离我很近的地方,刚才亮着光说话的那架在我眼前大约六英尺的地方停着,一点点把我的车拉离地面。另一架停在高压线和摄像塔附近,也开着大灯。看过刚刚那束超级明亮、几乎绿色的闪光之后,这架直升机的大灯看起来有些昏黄。光束切开了黑暗,照向塔楼的钢楼梯。在灯光找到塔顶之前,我在半明半暗的地方看见了那个死去的士兵:他半挂在打碎的玻璃窗上,已经死了,这并不让人意外。没有人能挂在高压线上还能活下来。

现在已经是凌晨两点三十六分,一位教务长上校上来逮捕我。半分钟之后,我记起了那对巨大的绝缘手套。但即便我之前就记起来了,又能做些什么呢?

23

我睁开眼睛,一个二百瓦的灯泡悬挂在天花板正中,亮得让我无法思考,我又闭上了眼睛。时间一分一秒地流逝。

我又缓缓睁开眼睛。天花板几乎不再上下晃动了。我本可以站起来,但我决定一个月都不站起来。我太老了。我在将军办公室外看见的那个士兵正坐在对面,还在读那份《机密》,封面上大标题印着"他是到处拈花惹草的醉鬼吗?"。

我可以告诉你上面印的是谁,但我可付不起百万美元的诉讼费。那个士兵翻了一页《机密》,看了我一眼。

我还记得,我是某天晚上两点五十九分被送到这里来的,也记得那个喊我名字的中士——大多是盎格鲁—撒克逊语中的单音节词,大多不超过四个字母。我记得三点四十分时他说:"你不用一直看表,上校。你的朋友们早就走了。"三点四十九分时他打了我,因为我对他说了两百多遍"我不知道"。他之后又打了我很多次。我刚想告诉他一些信息的时候,他又开始打我。我的手表停在四点二十二分,它被打碎了。

我希望他们能遵循标准审讯技巧,这样那些好手段很快就会出现。我现在躺在一架美式担架上,上面的百叶窗用挂锁锁住了。这间屋子倒不小,奶白色的墙壁在荧光灯的光线中看起来有些泛绿。我猜我们正在岛北部行政大楼的某栋单层建筑里。屋子里除了一部电话什么也没有。电话边上有张椅子，椅子上坐着我的守卫。他没配武器，明确表示了他们确实不是在开玩笑。

这个坚硬的金属担架感觉棒极了。我活动着已经撕裂、泛着瘀青的肌肉，试图重新睁开肿胀的眼睛。那名士兵突然放下《机密》向我走来。我假装昏迷——可能我对装死有天赋，我发现装死很容易。他踢了我一脚，踢得不重，但足以让我从膝盖到肚脐的每个神经末梢都感受到剧烈的疼痛。我忍着没有呻吟，也不知怎的，没有吐出来，但忍得很辛苦。那个年轻士兵把手伸进衬衫口袋里，我听到了划火柴的声音。他把一根烟轻轻放进我嘴里。

"如果这里是埃里斯岛[①]，我就改变主意了。"我说。

士兵轻轻地笑了笑，然后又踢了踢我的腿。这个孩子有幽默感，我这个回答真不错。

我太饿了。在他们把我带出去之前，这个孩子已经读完了《机密》《银幕浪漫故事》《女孩与笑料》和《读者文摘》。我在门外看到了"第三等候室"的字样。我们沿着大厅又走了一小段路。

在一扇标着"医务人员安全部门"的门后，是一间黑暗而舒适、像子宫般温暖的房间，装修得很考究，漂亮的黄铜灯照在红木桌子上，映出一个明亮的圈。

光圈里放着一个不锈钢过滤器，里面放着散发着香气的热咖啡，蓝色罐子里装了一些热牛奶、烤面包、黄油、酥脆的烤培根、酥皮烤蛋、橘子果酱、几块华夫饼和一小罐热树脂玉米糖浆。桌子后面坐着一位身穿准将制服的老人。我认出了他那灰白

[①]埃里斯岛，美国纽约市附近的小岛，一八九二年至一九四三年间是美国的移民检查站。

的头发，这就是一直跟我和达尔比说话的那位准将。他正在大快朵颐，我被抬进来时他连头都没抬，往嘴里塞着熏肉，只用叉子指了指一把柔软的皮扶手椅。

"来杯咖啡吧，小伙子？"他说。

"不了谢谢，"我说。我的嘴巴肿得厉害，声音奇怪又扭曲，"我都快把一天里能吃下的所有好吃的都吃完了。"

准将依然没抬头。"你确实是个硬汉，是吧？"他把咖啡倒进一个黑色的威基伍德杯里，放了四块糖。"提高含糖量。"他说。

我喝了一口这杯齁甜的黑咖啡，嘴里已经凝固的血被带了出来。"我总说，好瓷器，我是说质量确实不错的瓷器，是家里的必备品，尤其是温馨的家里。"我说。

准将拿起电话，"咱们再喝点热汤，来一块培根三明治吧。"

"要烤过的黑面包。"

"听起来不错，"他对我说，然后又对电话里说，"那就做两个黑面包的培根三明治，烤一下。"

这家伙知道流程。他会保持善意，理解我做的一切。我吃了三明治，喝了汤。他并没有任何相认的意思，但我吃完饭后，他递给我一支雪茄。我没要，他又掏出一包香烟，坚持要我带走。屋子里非常安静，桌子上的灯光覆盖不到的地方，我能看到一个巨大的落地式摆钟轻轻摆动。我看向摆钟，钟摆轻轻地击中了十点三十分。到处都是古董家具和沉重的窗帘，这意味着在这里居住的人十分重要，重要到足以把他保持优雅生活的用品都运过来——就算是运到这个托克维环礁上。准将又开始写东西。他很安静，也没看我就开口说："每次发生什么麻烦事，我都得来收拾烂摊子。"我以为他在说我，但他递给我几张照片。其中一张是那种在任何一个小镇照相馆都能花一美元拍到的棕褐色小照片，另外两张是官方身份照，分别是正面照和侧面照。每张照片上都是一个二十二岁到二十四岁之间的小伙子，金色头发，神情坦然。我猜可能是哪个中西部农民的儿子。还有第四张照片，是张模糊的快照，和一个年轻女孩一起照的，那个女孩很漂亮，是传统意义上的那种漂亮。他们俩站在一辆崭新的别克边上。照片背面写着"舒尔茨药店，二十四小时免费服务"。我把照片递了回去。

"所以呢？"我说，"是个士兵。"

"一个很好的士兵，"准将说，"他已经参军六个月了。你知道吗，他第一次看见大海是在上个月穿越旧金山的时候。"准将慢慢站起身，"你要是喝完了咖啡，我再给你看点别的。"他等我喝完。

"我肯定得很长时间之后才能喝一杯了。"我说。

"肯定是了。"他同意，然后笑了笑，好像某个加拿大俱乐部广告里，对自己最后一张照片很满意的人似的。"我们回去你屋里吧。"他说。

走廊被蓝色的灯带照亮了，我发现第三等候室没有上锁。我推开门，突然发现已经不是晚上十点四十分了。现在是早上。

白日的光线令人目眩，大百叶窗被拉开，热带正午的阳光照进来。椅子和电话还在那里，那几本《机密》《银幕浪漫故事》《女孩与笑料》和两本《读者文摘》也在。靠墙还摆着我刚躺过的那副橄榄绿的军队担架，上面的蓝色毯子上还有我的血迹。屋子里没有什么明显的变化，除了一具伤痕累累的尸体赤身裸体地躺在担架上。

准将走到尸体前。"这是史蒂夫·哈蒙下士，"他说，"我在给他的家人写信，他就是你昨晚杀害的那个男孩。"

24

水瓶座（1月20日—2月19日）讨人厌的规定可能会阻碍你的进程，但不要冲动。有机会遇见很多让人兴奋的新朋友。

在接下来的二十四小时里，尽管医生和精神病医生都来给我做了检查，但我还是有差不多十四个小时和准将待在一起。那天晚上，我们回到了他的办公室，那里有很多热咖啡和烤过的培根三明治。准将在半小时内给自己倒了六杯酒，然后打破了我们之间的沉默。

"上校，你在我的文件里是有标记的，有三颗星——就好像米其林一样，这是我们分级的最高级别了。这并不一定意味着你的工作做得好，也可能意味着你会带来三星级的危险。对我来说，三星的等级只是粗略地告诉我，你是个熟练的调查员。但现在我不这样认为了。你只是他们派到这个地方检查铁丝网是否有洞的家伙。你要是能告诉我，周四晚上你并没有向那艘俄罗斯潜艇发出任何信号，我也想相信。好吧，先生，你好好想想，然后讲给我听。"

对于他这个级别的人来说，准将的态度已经很友好了，我十分感激，尤其是考虑到他确定我把他漂亮的新塔楼和他漂亮的新电线连了起来，还让他的一位手下当了炮灰。

"那么，"我说，"我并不相信那艘潜艇没有发射闪光弹。"

"别跟我耍滑头，小伙子，很显然那艘潜艇确实发射了。"

"好吧。那么，为什么这边得有个特工呢？"

"咱们这么看，小伙子，我们监控这个信号是一方面……"

"我一直在问你是什么信号，但你不告诉我！"

"就是你发出的那个信号，小伙子，你发出的……因为你……"他想了想，选了个词，"手上不干净，不干净。"他觉得这话说出口有点尴尬，脸都红了，还擦了擦眼镜。"我太老了，我觉得我可能已经不适合这类战场了……"

优秀的特工会跟进所有值得辩论的优势，尤其是讨论的主题关乎性命的时候。我说："我本以为，在这场简短的审讯中，我们都假设我是无辜的。"

他点点头说："信号是高速电脉冲信号，就像莫尔斯电码一样，发送速度非常快，几秒内就可以传输一长段信息，先记录下来，然后慢慢读取，这样扫描下来的电视图片也可以发出去。昨晚，一台便携相机发射机对准了山上，无论相机晃了多少次，脉冲的速度都能传输清晰的图像。"

"就像慢动作电影不太容易被相机抖动影响一样。"我这样说，想让他觉得我很聪明。

"确实如此。"准将说。他肯定十分确定我昨天晚上使用这台设备发射了信号。

"但昨晚太黑了，这样的光线怎么可能拍出照片来？"

"我本不应该告诉你，但既然我们已经开始了……"他从象牙盒子里抽出一枚雪茄，点燃，就好像雪茄鉴赏师享用一根好雪茄那样。他把雪茄放进嘴里，然后拿出来，深呼吸，欣赏着亮红色的烟灰,"……我们的人其实还不太确定:可能高速脉冲能破开什么前所未有的空洞,让相机足以在黑暗中拍摄。如果不是这样,或许潜艇在云层下面放了个红外线探照灯来反射光。当然,如果是这样,那肯定会被人看见的。"

"那么……"

"那么为什么要发射闪光弹呢?确实,闪光弹的出现很矛盾。但变焦镜头可以改变焦距。焦距最大时,他们在球类游戏中用的那个东西,透过的光会非常少。但如果同时有了闪光弹和高速传输,可能就会拍到非常近处的照片了。可能是,只要接收到的所谓'图片'太暗,接收器就会自动触发闪光弹。相机由一个电子陀螺仪固定在山上,由一个参数设置正确的罗盘控制。"

"他们真是一点都不靠运气,是吧?"我说。他白了我一眼,我接着说,"如果没有闪光弹,他们根本拍不成照片,那就不会有人知道这事了。"

"也不是,我一直在告诉你,我们在监控整件事。如果你愿意,我给你演示一下。你不会做什么傻事吧?"准将问,"因为……"

"我并没有低估你,长官。"我说。

"我也没有,"他笑着说,"很显然,昨晚的宴会是因为我们在山上做的事,这点不用我解释。"我努力表现得知道内情,但实际上我想抽自己嘴巴——我被骗了。开宴会?我应该怀疑的,这个地方不需要这么多社交活动。我想知道,达尔比到底知不知道那天晚上开宴会时正在进行秘密实验。准将过去可能只是为了让我们也过去,一切都说得通了。我猜可能是因为他们即将引爆中子弹[1]。我们得到的信息是，那确实是一枚铀238核弹，由超电压微闪存机制触发，但在宴会当晚，一堆人因为"应急计划"而进入爆炸区域来修改核弹。我没有打断准将的话，说："你是说，要插入中子装置？"

他点点头。

"你做了什么？坐直升机平地起飞？"

"差不多吧。"准将咧嘴笑着说。

他把一辆金属手推车推到办公室中间，打开上面十六毫米的投影仪，开始说话。

"我们在塔楼上安了红外摄像头来监控道路和航路。有些塔楼有人操作，但大多数是远程控制的。每台相机都以相同频率传输信号，接受设备显示……"他的手指伸进这个巨大灰色机器的最后一个圈，关闭了金属门。台灯熄灭了，一个灰色有划痕的矩形光幕落在墙上，同时屏幕升起，发出轻柔的嗡嗡声。十五、十四、十三……倒计时最终让位于匆忙处理过的胶片。

准将继续说："……显示这个模型是岛侧面的地图，不过有点扭曲。"屏幕是黑色的，一个白色蠕虫形状的物体从底部向上，进入中心。准将说："那是你的车。"我猜可能是达尔比的车和我的车合为了一体，但我并没有说什么。那只白色蠕虫到达画面顶部时，画面水平翻转了过来。

准将说："这就是有人值守的塔楼接入电缆的时候。当时，那台相机失灵了，但幸运的是，不止一台相机可以拍到同一片场地。你看，"我停下车，白色蠕虫收缩成一个小点，突然，画面上出现了很多平行宽条纹，宽度不同，密度也不同，交织在一

---

[1] 见附录：中子弹。

起，十分混乱。"这就是高速电脉冲信号，传输得太快，每帧都有数百张图像。"条纹的颜色变深了，"闪光弹就在这里的某个地方。"

但除了我开的那辆林肯是个小白点之外，画面剩下的部分都是黑的。

两架直升机从画面一侧进来，他们是颤抖着的小白点。我看着他们回到我停车的地方盘旋。到目前为止，画面上还没有什么我不知道的东西，但非常完整了。他们在影片结尾拼接上我被捕的画面：两辆车从屏幕顶部开过来，一辆从屏幕底部开到中央。现在，我知道了，这个设备展示一辆车和展示两辆车时画面完全不同。我知道达尔比当时就在我前面几码远的地方，这就意味着达尔比能让他的车完全不被岛上的雷达防御系统发现。

于是，我在蔓越莓盒子里发现的那张小纸条就很容易理解了。非常低频率的无线电波长是与潜艇交流的标准方式。指南针轴承是为了在照相机上安装电子陀螺仪。在整件事中，我唯一运气好的地方，就是没有把那张纸条揣进口袋。

此外，电视信号传输很必要，因为中子弹并不像氢弹那样会发出巨大的光芒。中子弹被设计成能悬在城市上空的东西，只能用中子撞击。只有运行中的中子弹照片才有用，静止照片上的信息十分有限，甚至什么有效信息都没有。

他们给我看了有线电视传输用的中壁热缩管元件中黑色金属扭曲的部分。巨大的手柄很重，没有薄外壳扭曲得厉害。他们给我看了照片和那些东西。他们似乎在元件上提取到了一套相当漂亮的指纹——当然，是我的指纹。只是我从来没有碰过这该死的东西，但我并不怀疑，每个人说的都是真的。

25

水瓶座（1月20日—2月19日）对待身边的人要圆滑机敏。新认识的人能让你出门旅行，也能让你兴奋不已。

接下来的几天都混在一起，乱成一团。手表倒是一直停在四点二十二分，每天白天准时审讯，好像晚八点黄金档的广告一样。

我每天都会接受一个小时医学检查。我做过智商测试、访谈，还被要求写过去的经历。我要把三角形和圆圈匹配起来，把木棒放进架子里。我接受了反应、速度、协调能力和肌肉效率等方面的测试。有人给我量血压，最后还得确认、检查、记录我的血压值。就连胎记也要检查，我根本不知道我竟然有胎记，他们还给我的胎记拍了照片、量了尺寸。他们让我洗冷水澡，又马上把我推去强光下曝晒，周而复始，循环往复，一个月就这样浑浑噩噩地过去，像疯长的草叶，不知怎么就连成了一片草原。我不再想起琼或达尔比，有时我甚至怀疑我是否认识这两个人。

有时警卫会告诉我时间，但大多数时候会说刚到四点二十分。有一天，也有可能是晚上，反正是警卫吃完玉米片第一次换班，一位美国陆军上尉走进了第三等候室。我没有从担架上起来，我开始在担架上找到了家的感觉。这位上尉差不多四十二岁，走起路来像个欧洲人——就是得穿背带才能挂住裤子的那种人。他的手都皱了,看起来再多的肥皂都无法清除泥土在毛孔中留下的丰饶沃土。他的一只耳朵没有耳垂,很容易让人联想到在巴尔干半岛的凌晨,一个疲惫笨拙的助产士手里抱着的婴儿。

"你好[①]。"他说。

我在布达佩斯咖啡厅时,总能听见别人这样问候我,并发现"kezet csokolom"(吻你的手)这句话总能给年轻女服务员极大的好感。

但现在这里是个男的,所以这句话并不合适。

"站起来。"他改变了策略。

他说话的口音很重,总是夹杂着习语,就为了让人觉得他确实是个美国人,还能给他些喘息的空间,好把下一句话从匈牙利语转换到英语。

"不说英语。"我说着耸了耸肩,还特意把双手的手掌向上。

"起来!不然我就上脚了!"

"只要你别把我的表弄坏了。"我说。

他打开制服夹克胸前的口袋,从里面掏出一张大约十英寸乘八英寸的白纸,打开。

"这是由国务卿签署的驱逐令。"他说话的语气,就好像要把这句话贴在托马斯·佩恩的口袋书封底一样。"你确实很幸运,我们用你换回了两个认识参议员的飞行员,不然你就还得在这里待上很长时间。"他用手指划过气管,发出一种令人作呕的声音。

"我不喜欢你,"我说,"英国为什么要用我换两个飞行员?"

"英国?哈哈哈!"他说,"英国!你才不会去什么英国呢,

[①] 原文为匈牙利语。

你这只猪，你会回到匈牙利。你搞乱了这么多事，他们会喜欢你的！哈哈！"

"随便你怎么说吧，"我说，"我给你留点黑布丁。"一开始，我并不喜欢被送回匈牙利。

但我也做不了什么。无论达尔比还是琼，都不可能有机会跟我说话。我能想到，我根本没有获得其他帮助的可能。但现在有了这个什么匈牙利的事。

我提心吊胆了两个小时，然后一个医生推着一辆长手推车进来，里面有个搪瓷托盘，托盘里放着乙醇、棉絮和一个皮下注射的托盘。他拿起推车上干净的白色小枕头，铺开红色的医疗用毯。他探了我的脉搏，拉起我的眼睑，用听诊器听了听胸口。"请躺在桌子上，完全放松。"

"几点了？"我问。

"两点二十，袖子卷起来。"他在我的皮肤上擦了一点乙醇，用专业手法把尖利闪亮的针刺进毫无感觉的肌肉里。

"几点了？"我又问。

"两点二十。"他又一次回答。

"嘀！嘀！嘀！嗒！嗒！嗒！"不是我在说话，是奇怪的金属声，"嘀嗒！嘀嗒！嘀嗒！"我抬头看那个穿着白衣服的男孩，他越来越小。现在，他站在门口，离我很远，但依然抓着我的胳膊。这可能吗？嘀嗒，嘀嗒，嘀嗒。他依然抓着我的胳膊，我的意思是，两只胳膊。他们两个人，抓着我的两只胳膊。那个小门边上的那个小人离我太远了。

我揉了揉额头，因为我正在一张转盘上一圈一圈地转，还在下沉。但我又是怎么站起来的，我明明在转圈下降，但又总是保持足够的高度，能让我继续转圈，继续下沉。我用沉重的大手揉搓额头。我的手几乎像个拦截气球一样大，能把头抱起来那么大，但额头好像也很宽，有谷仓那么宽。我被推着往前走，走向门口。他们从来不会让我穿过那扇门，不会，从不会。哈哈！不会！从来不会！砰！砰！砰！

在我的潜意识里，引擎的击打声几乎让我醒来，但每次都有个身影俯身看我。手臂上尖锐的痛感让我觉得既嘈杂又恶心，冷热交替的浪头传遍全身，让我几近崩溃。我躺在担架上，身下的手推车经过粗糙的地面，又经过抛光的木地板走廊。我像一粒尘埃，又像个垃圾桶，被倒进火车，装上飞机，但近处总有个模模糊糊的影子看着我。一阵剧痛让我失去了意识。

我非常缓慢地醒了过来。从黑暗的深渊自由自在地飘向泛着浅蓝色涟漪的水面，那是我未被下药的生命。

痛感袭来，我还活着。

我紧紧抓着潮湿的土壤，透过一扇小窗透出的灯光，能看到手上那块破碎的手表，表上还带了一点我的呕吐物。表盘显示：四点二十二分。我打了个寒战。附近不知道哪里传来声音。没有人说话，只是低声咕哝着些什么。

我逐渐恢复了知觉，感受到了潮热的空气，眼睛也能聚焦了，只是视物还有点困难。我闭上眼睛，接着睡去。有时，这些夜晚似乎有一个星期那么长。粗糙不平的碗里装着粥一样的东西，如果我没吃就会被拿走。送餐的总是同一个人：一头金色短发，五官扁平，颧骨很高，穿一件浅灰色的两件套田径服。一天，我坐在地板的角落里——屋里没有家具——这时我听见门闩拉响了。送餐的那个金头发进来了，但是手上没有食物。我之前从来没听过他说话，他的声音生硬而令人反感，开口说："天空蓝，土地黑。"我看了他大约一分钟，他又说了一遍，"天空蓝，土地黑。"

"所以呢？"我说。

他朝我走过来，扬起手打了我一下。我现在这个情况，他不需要使多大劲就能伤到我。金头发离开了房间，插上门闩。我很饿。我花了两天时间才搞明白我得跟着金头发说一遍他说的那句话。学话很简单，但我发现这点时，已经饿得十分虚弱。粥里没两颗米粒，却很好吃，我连勺子都舔了。有时金头发会说"火焰红，云朵白"或"流沙黄，丝线软"。有时他的口音太重，我得一遍一遍地重复几个小时，才能明白我们彼此在说些什么。有一天我跟他说："我要是给你买一门学语言的课，我能离开这儿吗？"就因为我说了这句话，那天我不仅白天没有东西吃，晚上他也没带那条纸一样薄的脏毯子来。到了第九天，他又来说"天空蓝"了，那次，金头发只是抬了抬手，我就一股脑把他说过的那些话全都背了出来。但我可能做错了，不知怎的，他说："天空红，丝线蓝。"他大声喊着，还轻柔地拍打我的脸。我没有吃的，也没有毯子盖，在夜晚的寒冷中瑟瑟发抖。从那以后，我有时说得对，有时说得不对，完全取决于当天金头发觉得那些东西都应该是什么颜色。但即便每天都有一碗稀粥，我还是变得愈发虚弱。我不再说那些俏皮话，进入了第二阶段——问问题，问他你懂英文吗？我虚弱又疲惫。把所有东西都说对的那天，金头发给我带了一小块肉，冷的，不过做熟了。我哭了一个小时，没有感到悲伤——可能是高兴吧。

每天早上门打开，我把马桶送出去，晚上有人送进来。我开始数日子。门上的木头软一些，我用指甲在门后面刻线记录日子，这样外面从猫眼里看不见。有几天刻了两道线，这几天我听到了些声音，很大的声音，大到足以把我吓醒。是人类的声音，但很难描述，既不是呻吟也不是尖叫，而是介于两者之间的某种声音。有时候，金头发会给我带来一小张纸，上面是打印出来的命令，比如什么"犯人睡觉时胳膊要放在毯子上"，"犯人白天不许睡觉"。

金头发给我带来一支烟，并给我点上。我坐在那儿抽烟时，他问："你为什么要抽烟？"我说我不知道，他就走了。但第二天他说的"草地枯黄"，于是我又被打了。

我刻了二十五天之后，金头发给我带来一张纸条，上面写着"犯人有六分钟可以接待客人"。走廊里有很多人在喊叫，金头发让另一位金头发的匈牙利陆军上尉进来了。那个上尉的英语说得相当不错，我们面对面站了好一会儿，终于他开口说："你要求与英国大使会面。"

"我不记得了。"我慢慢说。

金头发用力怼我的胸部，把我压在牢房墙壁上，简直让我喘不过气来。

上尉继续说："我不问。我只说这句。你问。"他很有魅力，一直都在笑，"外面有个秘书，他来看你了。我现在离开，你只有六分钟。"

金头发又把一个人领进我的牢房。他太高了，头都顶到了门框上。他看起来很尴尬，不情愿地解释说他并不愿意来，他只是个三等秘书或者之类的某个岗位。他解释说尽管他承认我确实听起来像个英国人，但没有我是个英国公民的记录。他的表情实在太尴尬，尴尬到我都快要相信他就是个英国人。

"如果我要看求你的证件，请不要认为我太粗鲁，先生。"

我说。

他看起来更尴尬了,说了好几遍"绝对不会"。

"我不是说身份证件,先生,只是一些能表明你与故土之间会定期联系的证明就可以。"

他一脸茫然地看着我。

"就是些日常物件就行,先生,这样我就可以确定你的身份了。"

他很乐意帮助我,又出去拿来了一些日常物品,还解释了一大堆为什么大使馆无能为力的原因。他极度紧张,是怕万一我把达尔比的人牵连进来,而且他还总是打听我对匈牙利警方的看法。

一边这么做,一边不承认我是个英国人,这种做法即便对老派的英国外交家也很有压力。"千万别进政治监狱,"他一直说,"他们那儿犯人的待遇可太差了。"

"这儿也不是什么青年旅社。"我跟他聊了聊。我开始希望他根本没来过,我甚至开始有点喜欢金头发了。跟金头发在一起时,至少我还知道我在哪里。

每天似乎都比前一天更热、更潮湿,而夜晚似乎更冷。

虽然金头发的英语也能满足日常需要,也就是说,足够喂我饭,也够打我的鼻子,但我发现,如果我学会了足够的匈牙利语,就可以从警卫那里搞到一杯黑咖啡。那个警卫是个老人,看起来像某部歌剧里的一个小演员,有时他会给我一小片可以嚼的烟草。

最后,高个子英国人又来看了我一次。他们穿过走廊里的喧嚣,做了很多准备工作,但这次只有那个陆军上尉开口说话了。他告诉我,"女王陛下的政府"没办法将我视为英国臣民,"因此,"他说,"审判将根据匈牙利的法律进行。"大使馆的人也说他很抱歉。

"审判?"我说了句话,金头发又把我按在墙上。那个英国人对我眨了眨眼,意思是"不好意思老兄",然后戴上卷檐帽出去了。

金头发罕见地发了善心,给我拿了杯黑咖啡,还是用正经瓷杯装的。这还不算完,喝咖啡时,我发现里面还加了一泵李子白兰地。这一天可真漫长。我蜷着身子让腿尽量贴近头部,抱着双臂开始睡觉,心里想着"如果我不早点出去,你们几个会想念彼此的"。

有几个晚上,他们整晚都不关灯,每个我答错金头发问题的晚上,他们都会把老警卫派来,整夜不让我睡觉,跟我讲话。如果是金头发在,就会吼着让我不要靠在墙上。老警卫不停地讲话,讲他知道的所有东西,他的家人,他参军的日子——只要能让我别睡着,他什么都讲。我一个字也说不出来他讲了些什么,但他人很简单,说的话也容易理解。他给我看他的四个孩子,他家人的照片,还时不时对我挥挥手,示意我可以靠在墙上休息一会儿,他在走廊边上听着金头发的动静。

陆军上尉每三天来一次,虽然我可能误解了,但我总觉得他告诉过我,他是我的辩护律师。他第一次跟我见面时,读了我的起诉书,读了一个多小时。起诉书是用匈牙利语写的,他把里面的一些短语翻译成英文,比如"国家的敌人""叛国罪""密谋推翻人民民主国家",还有"帝国主义"和"资本主义"什么的。

现在,门上已经有了三十四个标记。休息和睡眠让我的神经末梢恢复了一些知觉,但我不是史蒂夫·里夫斯[①],需要节食保

[①] 史蒂夫·里夫斯(Stephen Reeves,1926—2000),美国职业健美运动员及演员。

持身材。每天就吃这么一点，让我的体力和脑力都不太行。每天早上起来时，我都像刚开始看恐怖片一样。显而易见，如果我不反抗，最后可能就死在这里了。不过，就算是逃跑专家也不可能从这扇门里逃出去，更别说外面肯定还有更多门。整个计划要慢慢来，要冷静，否则我就死定了。于是，在忍受了三十五天的孤独和饥饿之后，我开始行动。

周围的人里面，唯一能打破规矩的就是那个老警卫。每个人出去时都会锁门直接走，只有老警卫会站在那里让我睡几分钟。除了他，没有别的选择。除了门我也没有其他武器。我计划在晚上实施逃跑计划，也就是说——没有光。马桶太重了，没法灵活使用，不行，还是得用门，也就是说——老警卫也有可能控制门。那天晚上我做好了准备。我假装休息，靠在墙上，与门保持一条直线。老警卫并没有靠近，我什么也没做，最后上床时，我一直颤抖到睡着。又过了几个晚上，老警卫给我带了一支烟，我用门打了他——准确来说是用门栓打在他头上。他失去了意识，倒在地上，我把他拖了进来。他呼吸紊乱，面色通红，他也不过是个老人而已。我的计划险些在最后一秒失败了，他躺在那里时我几乎下不了手——他带给我的烟还在我手里。

我拿起他的 HB 铅笔，重新锁上门，穿上他的警卫夹克，戴上帽子，下身还是我的黑色囚服裤子，轻轻走下深色的老旧木质楼梯。大厅里闪烁着昏暗的灯光，门下透出一丝光，还传来轻柔的美国音乐。正门那里没有守卫，但我决定不走正门，而是用铅笔打开了右手边一个没亮灯的房间[①]。现在距离我离开牢房肯定过去有至少三分半钟了，我在楼梯上走了几码远，没有发出吱吱

[①] 用铅笔开门是军队的科目。——作者注。

嘎嘎的声音。

我进入房间,关上门。月光下,我看到了屋里成排摆放着的文件箱和书籍。我用手指围着窗框摸了一圈,找到了电线警报,然后踩到桌子上拆下电灯泡。突然传来一声巨大的"咔嚓"声——我踩断了一根铅笔。隔壁房间里轻柔的音乐戛然而止。我屏住呼吸,但只听一声口哨响,音乐又响起。我伸到头顶的双手完全失去了力气,不住地颤抖。

我从口袋里拿出安东尼·伊登的朋友给我的那枚六便士,在更换灯泡之前把它塞进插座里。灯没亮,月光依旧洒满屋子。我慢慢从桌子上爬下来,在地板上摸索着前行。我很幸运,墙上有个插座里插着一个两千瓦的大型电壁炉插头。金头发每天给我带来的那些小纸条被我一个个紧紧缠在电热丝上。没时间搞什么花样了,打开墙上的插座,再打开灯,就是那么一分钟的事。没有应急照明系统,所以闪光灯和爆炸声的效果都非常好。我能听到人们"砰"地推开门,打开开关。主电源保险丝似乎烧断了,窗子很容易打开,并没有铃声或蜂鸣器的叫声。我从窗户溜了出去,尽管窗户锁不上,但我依然把它关上了。

我蹲在湿漉漉的草地上,听到前门开了,看到我刚刚离开的房间里有手电筒的光。没有人来推这扇窗。我继续蹲着。有人发动了一辆车,我听到附近有两个人在大声说话,但引擎的声音盖过了他们的声音。

我不紧不慢地朝着房子后面走去。可能是觉得自己无所不能,于是踩进一块松软的泥土里。我立刻后退几步,抓住几棵带刺的灌木爬了出来。一条狗朝着我狂吠,它离我太近了,有点可怕。现在,我可以看到后墙了,差不多跟我一样高。我试探性地伸出一根手指摸了摸,上面没有什么带刺的铁丝网或是碎玻璃。我把两只手都撑在上面,但我需要更大的力量才能把自己举上去。那只该死的狗又吠了起来。我回头看向监狱大楼。有人在暖房里,手上拿着一盏照明范围很大的便携灯,只需要转个角度就能照到这面墙。也许我应该平躺在草地上,但当巨大的光束照过来时,我尽力把一只脚放在了墙上。我弯着腿,光束掠过墙壁时,我把空空如也的肚子翻了过去,从另一边掉了下去。我知道,就算这里很舒适,躺在这里呼吸草地上的潮湿空气十分惬意,但我依然不能在这里待着。我浑身湿透,又冷又饿,既自由又害怕。然而,我爬起来之后才发现,我被困在一个由细长木棒和电线组成的复杂框架中,电线缠绕着头和手脚。我越想解放自己,就缠得越紧。我面前有个窄缝,变得越来越大,最后变成一个方形,中间出现一个男人的声音。

"嘿!有人吗?"他大声喊。眼睛习惯了黑暗之后,他说:"嘿!终于抓到那个逃跑的了!你这个傻——"

我听到挂钟敲了十下——晚上十点。

26

假装知道所有答案，假装知道他们一开始就把我关在伦敦伍德格林的一所大房子里，这件事现在可能会很简单。但我并不知道。我猜到了一半，但信念一天天、一点点从我的身体里流逝。食不果腹、痛苦不堪时，去想我那间小牢房和金头发之外的事是很痛苦的。再在那里待十天，我可能就完全无法理解墙外面就是伦敦的大街这个事实了。这就是为什么我要逃出来。要么当时就逃出来，要么永远都逃不出来。

离开基廷先生家时，基廷先生对我说："我叫阿尔夫·基廷，就跟那个面粉牌子一样。"我对他说，我跟我姐夫吵了一架，块头大还比我的姐夫喝醉了，邻居打电话报了警，我不得不爬墙离开。

"啊！"阿尔夫说，露出一口好似生锈栏杆的大黄牙。

对他来讲，我从警察手底下逃跑这事算是很严重了，他再也不会多想些别的；而承认我体能不行又胆小让这番说辞听起来更真实些。我肯定看起来很惨，荆棘在手上扎出了血，浑身都是泥巴。我看见阿尔夫在看那个老警卫的制服外套。"我得去上班，"我说，"我在壳牌梅斯大厦上班。"阿尔夫盯着我看。"我上晚班，"我怯生生地说，"我也不知道怎么回事，白天总是有点睡不着。"阿尔夫点点头。"我会付你豆角架子钱的。"我说。

阿尔夫咆哮道："对，你最好把钱付了。"他从油腻的背心里掏出一块表，想去掏里面擦了很多年的鼻烟。他请我吸一口，但我觉得如果打个喷嚏，阿尔夫很可能会把我的脑袋拧下来，丢进他的煤气炉里。我没冒这个风险。

我答应阿尔夫给他买个昂贵的油炉子，他答应让我洗个澡。他会跟我一起走吗？如果我确实在我说的那家公司工作，我姐夫不可能惹麻烦的。

阿尔夫爆发了。"我根本不在乎他，伙计。你可不会发现我为了躲自己姐夫爬花园墙。"他说得对，这就是阿尔夫。我问他能不能等到周五再付他豆角架子的钱。"今天就是周五，"他说。他一句话堵得我没了话。

"对，确实，但咱们定在下周五吧。"我说，我决定把谎好好圆一下，"这周的工资已经给了我妻子。下周五早上，第一件事就是来给你钱。"

"你最好别骗我！"阿尔夫说。

最后一分钟，阿尔夫给了我六便士和一些铜钱。我上车的时候，他的脸色很臭。我就是这些日子以来，事情发展的结果。

27

水瓶座（1月20日—2月19日）如果你顽固守旧，你将一事无成。开阔视野，去点让你高兴放松的地方。

我听到接线员问查理是否愿意接受一通反向收费电话。他说可以。"我是雷格的朋友。"我说。

"我听出来了。"

"我现在惹上大麻烦了，卡文迪什先生。"

"好的，"查理说，"你收到了？"他指的是我在托克维收到的那封电报。

"是的，谢谢。"

"不客气。我能为你做些什么，小伙子。"

"你现在能来见我吗？"

"当然，在哪儿？"

"谢谢。"

"不用谢，"查理说，"在哪儿见面？"

我顿了顿，这部分我准备好了。"'一座可怕的地牢从四面八方围着我。'"

我停了下来，查理接着说了下去。

"'像一个熔炉般火焰四射，但那火焰却不发光，只是灰蒙蒙的一片'①。"

这两句话对你来说可能什么都不是,但对弥尔顿和查理来说,就是能读明白的东西。"就是这里。"我说。

"好的,明白了。我三十分钟后到。我先进去付钱,你还想要什么吗?"

"想要,想要一份工作。"

查理尖声笑了笑,挂了电话。

屋子里没有灯,但几扇巨大的窗户形成一堵墙,墙后面是一间小密室。密室里有两盏灯。两盏小灯不情愿地亮着,日夜不停。透过玻璃能看到模糊的景象,窗户上的热水不断滴下,嘀嗒嘀嗒,让人听不到外面的声音。水无休止地撞击着红色的石头地面,在热气里发出女妖般的吟唱。透过厚厚的蒸汽,我能看到查理淡粉色的身体裹在一条小格子毛巾里。

"好主意。"查理说。他比我矮六英寸,眼睛高度近视,但现在却比以前更明亮了。"我给你带了几件衣服,一件白衬衫——是雷格以前的衣服。我觉得你们俩身材应该差不多。还有一双袜子和一双十码的旧帆布鞋。我穿太大了。"

有人跳入了凉水池,发出一声巨响。

"土耳其洗浴,"查理说,"你要是想还可以在这儿睡。"

疼痛开始从每个毛孔溢出来。我说:"是这样,卡文迪什先生……"我一张嘴就吸进一口湿热的空气,"……我没有别的地方可以去了。"

---

① 摘自弥尔顿作品《失乐园》。

"没关系。你要是不来找查理叔叔我才生气呢。"这是我们俩之间的小玩笑，就好像他之前会在汗蒸房里背诵《失乐园》一样。查理不住地打量我脸上的伤口——瘀青的脸颊，蒸汽可能让这些伤变得更明显了。"你看起来好像卡在哪台联合收割机里了。"查理轻声说。

"确实，现在他们还说我弄坏了这台收割机，要我赔钱。"

"讲讲，多下饭的故事。"查理严肃地说，说完又尖笑了一声。查理不肯让我去别的地方，一定要把我带到他那里去住。尽管土耳其洗浴的疗愈作用不错，但我依旧很虚弱，像只快要溺死的小猫崽一样。我任由他将我塞进一九四七年的希尔曼车里，车就停在洗浴中心开在杰米恩大街的大门外面。

周六早上醒来时，我躺在查理的床上——查理在沙发上睡了一夜。空气中能闻到新磨的咖啡香、烤培根的香味，还有煤球炉子的味道。

我对猜数字不怎么在行，粗略估计了一下，查理的小公寓里有差不多三千本书，或者我用"在房间里看不到多少墙面"这种表述，更足以描述书籍的数量。而且不是什么《死亡人的峡谷》或《丛林杀手》之类的平装书，不，这里的书非常棒，正是这些书让查理·卡文迪什抛弃了那些摩托车，最终买了辆一九四七年的希尔曼。

"你起来了。"查理说着，拿着一个白色的大咖啡壶走进客厅。"大陆烘焙，可以吧？"我希望我不是那种别人端来咖啡之前还得检查一下拼配方式的咖啡狂热分子。"好极了。"我说。

"放点音乐会打扰你吗？"

"当然不会，会对我有好处的。"我回答。查理走到那台高保真音响边，那是用电线、石膏和火柴棍把一堆阀门和各种各样的部件捆在一起组成的东西。他在沉重的转盘上放了一张闪光的唱片，又轻轻把钻石唱针靠在上面。奇怪的是，他竟然选了莫扎特的第四十一号作品。音乐一响，就把我带回到和阿登一起胡侃的那天晚上，黑冠林莺啁啁啾啾地唱歌。哦，那是多久之前的事了？

早饭之后，查理捧着本《相遇》坐了下来，我看了周六的早间音乐会，但有点后悔早上吃了东西。我有点恶心。我走进卧室，脱了鞋子。我得思考一番。我告诉了查理所有他该知道的事，理想情况下，我应该离开这里。把私人朋友牵涉其中已经够糟糕了，要是把现役军人牵涉进来，更是不可原谅。

我能跑这么远，完全是因为金头发他们在重新抓捕我和处理机密信息然后撤退之间举棋不定。但这并不意味着他们不专业，也不意味着他们会就此放过我。接下来怎么办呢？

去找达尔比似乎是不可能的，找他手底下的人也不太可能。罗斯根本就不在我的选择范围内。我也可以去找总参谋长，但说起来我现在已经不归部队管了。不过这条路也行不通，因为我只要把申请递上去，还没等墨水干透，达尔比就会知道的。我要是使用化名，他们就会在名单里面查，没查到就会把我抓起来。要是用其他人的名字呢？不行。军警和陆军部的秘书里有太多认识我的人，而且话又说回来，总参谋长又未必能相信我。我觉得雷普利可能是唯一一个可能会相信我的。

难不成直接去找首相吗？这个念头在我的脑海里玩笑似的晃了三十秒。首相会做什么呢？他肯定会向下一级安全部门征求意见。下一级部门是谁？在这个案子中就是达尔比了。就算不是达尔比本人，也会是跟他有密切联系的人。这整件事就是一座迷宫，而达尔比站在出口。

也许唯一的办法就是直接去找达尔比，跟他一起解开这团乱麻。毕竟我知道我不是在为其他人工作，肯定会有个什么办法来证明这点。像我这样知道如此多秘密的特工，如果忠诚度遭到怀疑，那么世界上没有任何一个国家会留着我，一定会毫不犹豫地杀掉我。但从某种程度上而言，这个想法给我打了打气，毕竟不管怎么样，我现在还活着，而杀一个人可简单多了。

我突然想起坐在发电机车上的巴尼。我好奇他说的到底是不是真的。从某种程度上讲，他说的那些信息中有的是真的，但如果巴尼真的因为警告我而被杀，我又该怎么办呢？可能那些羁押我的美国人也不是真的美国人，毕竟那些匈牙利人并不是真正的匈牙利人。不，这不可能。

那些审讯就像美式开口糖馅饼和玉米粗粉一样，充满了美式气息。那些"匈牙利人"，他们是来干吗的？金头发又是谁？他自然可以被排除在外，但这并不意味着他没拿英国政府的钱。

我拒绝从罗斯手里购买的《共和报》文件会跟这件事有关吗？好像是在那之后不久就出事了。

我肯定是一边想这些没解决的问题就一边睡着了。查理叫醒了我，给我拿来茶和饼干，还说我在睡梦中大喊大叫来着。"但我没听懂你在喊什么。"查理急急忙忙说。周六和周日两天，我什么也没做。查理给我做了肉汤和牛排，我东逛西逛，为自己感到难过。周日晚上，我用收音机听阿利斯泰尔·库克，打算在纸上写写解决方案，却一整晚都盯着一张白纸。

吃饱睡足之后，我的体力好了很多，虽然还达不到史蒂夫·李维斯那么健壮，但也能赶上爱德华·哈德维克爵士那种身材了。之前被我用来乱写乱画的那张纸还放在那里。我在达尔比的名字下面画了线，一边连上了爱丽丝，另一边连上了罗斯，因为如果达尔比想要折磨我，没有人比罗斯和部队的人更愿意帮助他了。我把莫里和卡斯威尔连在了一起，他们俩到底是谁目前还不知道。很有可能的是，达尔比已经派他们去了陆军部的某个被人遗忘许久的办公室。然后就是奇科，他的智商也就相当于一个四岁小孩，我上次听到他的消息还是他从格兰瑟姆打电话给我。琼呢？她是个大问题。她在托克维帮我做的那些事可是冒了很大风险，但她会在这个行业里坚持多久呢？我可能很快就会发现了。想了一圈之后，我得出了结论：最后可能还是得找达尔比。我决定去找他，但在那之前必须完成一些事。

晚上九点半时，我决定还是得请查理帮一个忙。十点钟，他出门了。从现在开始，所有的一切都靠查理了——或者说当时看起来是这样的。我看着他儿子，雷格·卡文迪什[①]的黑白照片。照片放在写字柜上，好像他正从写字柜上面向下看一样。照片里的他戴着平顶硬草帽——这种帽子任谁戴起来都有点傻。雷格和我一起打了四年仗，毫发无伤，但却在胜利日四天前在布鲁塞尔被卡车撞死了。我还记得我把消息带给老查理时他的样子。

当时，我告诉查理他的儿子在一场车祸中丧生了，就这么简单，跟我在电话里得到的信息一样简单。他听完走进厨房，开始煮咖啡。我坐在那里，穿着我最好的制服——制服已经被春雨淋湿了。我坐在满屋子的咖啡香里，看着一架子一架子的书和唱片，有巴尔扎克和拜伦，本·琼森和普鲁斯特，贝多芬，巴赫，还有西德尼和比阿特丽斯·韦伯。

[①] 详见附录：雷格·卡文迪什。

我还记得查理·卡文迪什从厨房回来时端着咖啡，我们坐在那里聊了天气，还聊了战时杯决赛，还有那些人们想转移注意力时会聊的话题。

我还记得当时我觉得咖啡的味道很奇怪，像煤一样黑和硬。直到又来拜访了两三次之后我才意识到，查理那天晚上站在厨房里，把一勺又一勺的咖啡粉倒进白瓷咖啡壶里，大脑拒绝思考。

现在我又来了，依然独自一人坐在查理的书架前，又一次等着查理回来。

晚上十一点二十五分，我听到人踩在旋转楼梯上发出的吱嘎声。我用当年那个咖啡壶盛了咖啡，走到收音机前把《晚间音乐》的声音调低了些。

查理说话了。"没找到，"他说，"不知道从哪儿来的，追踪不到，也找不到现在的位置。"

"你在开玩笑吧！"我说，"你肯定有印度军队的那些东西。"

"确实没有，"查理说，"我甚至在'加尔各答办公室'那里提交了重复请求，但没有姓名首字母是JF的卡斯威尔，唯一一个可能沾点边的是P.J.卡斯威尔，二十六岁。"

"不，这个不可能是他。"我说。

"你拼得对吗？你确定？想让我试试卡维尔吗？"

"不，不，"我说，"我确定拼写肯定正确。不过无论如何，你已经尽力了。"

"愿意效劳。"查理简单真诚地回答。他喝了口咖啡，"法式滴滤，我之前都是用意式咖啡机，还有一次搞了个那种上下颠倒的那不勒斯式的东西。不过法式滴滤是最好的。"

"你如果想知道，我就告诉你一切，查理。"我主动说。作为他儿子生前的朋友，我总是觉得直接喊他的名字有点困难。

"还是不了,我已经知道很多秘密了。"他说。这句话说得太委婉。"我去睡觉了,如果你想到什么,请告诉我。就算是半夜,让我去搞些'追踪'也没什么奇怪的。"

"晚安,查理,"我说,"我会弄明白的。"但我并不确定我可以。

28

水瓶座（1月20日—2月19日）不要让琐碎的烦恼损害你善良的本性。有时成功会让别人嫉妒，但时间不会太长，你应该能走出去。

莱特斯广场附近有几个脏兮兮的小报摊，专门卖那些时尚风格的艺术杂志，封面上都是一些性感露肉大片。人们聚在橱窗前，像粉红色的蜘蛛。只需要花一点钱，他们就愿意给那些不愿意把某些东西寄回家的人代收物品。

屋里传来煮袜子的味道，一个长了络腮胡的丑陋老太婆手里拿着个厚厚的纸信封。收件人地址是别人的，但我现在假称自己就是那个人。

我马上打开了信封，在这样的店里工作的人基本对这些东西没什么好奇心。我知道里面会有一把新的丘伯保险锁的钥匙，一本英国护照，一本美国护照（上面夹了一张同个名字下的社保卡），还有一本联合国秘书处护照。每本护照里面都夹了国际驾照，几张与护照同样名字的账单和用过的信封。里面还有加拿大皇家银行、大通曼哈顿银行、威斯敏斯特银行和东京第一银行发行的支票簿、一张棕色小当票、二十张十先令旧纸币、一个新的马尼拉纸折叠信封，还有一张质量低劣的假伦敦警察厅搜查证。

我把钥匙、当票、搜查证和钱放进口袋，其他东西都放进那个新的马尼拉纸信封里。然后沿路走回去，将信封寄回上面那个地址。我乘坐一辆出租车去银行，值班经理带我进入金库。我把钥匙插进保险箱，从里面取出一些五镑的钞票。这时值班经理已经离开，留我自己在这里。我从钞票下面拉出一个沉重的纸板箱，用拇指指甲划破上面的蜡封，拿出一把柯尔特三二自动手枪，迅速将手枪塞进一个口袋，再把两个备用弹夹塞进了另一个口袋。

"日安，先生。"走的时候值班经理说。

"确实，现在放晴一些了。"我说。

当铺就在加德纳街角附近，我花了十一镑十三先令九便士，用当票换了一个帆布旅行袋，里面有一件深绿色的法兰绒西装、一条棉制裤子、两件深色衬衫、六件白衬衫和一件亮色的马德拉斯夹克，还有几条领带、几双袜子、几条内衣裤、几双黑鞋子和帆布鞋。侧边兜里有剃须刀、剃须膏、刀片、梳子、一包真空椰枣、塑料雨衣、折叠刀、棱镜指南针和一包面巾纸。西服衬里上还缝了一张一百法郎的钞票、一张五英镑的钞票和一张一百马克的钞票，另一边的垫衬里缝了另一个保险箱的钥匙。这把钥匙也一样，是间谍的保险措施。

我订了贝德福德广场附近的一家酒店，然后约查理在托特纳姆法院路的福特斯见面。查理像往常一样非常准时。我们约在十二点零七分见面（约整点或半点见面简直就是找不自在）。我把身上的雨衣脱下来还给他，从兜里掏出塑料雨衣穿上。"我把你家钥匙放在酒店房间里了。"

"点些什么，先生？"吧台后面的姑娘问。我们点了两杯咖啡和几块三明治，查理穿上了雨衣。"又要开始下雨了。"他说。

"真可惜，"我说，"刚晴了那么一会儿。"我们吃起三明治。

"你可以自己回去，把钥匙放在架子上就行，因为我两点钟必须回去工作。"查理说。我付了饭钱，他感谢了我。"照顾好你自己，"查理说，"我已经习惯了你时不时来坐坐。"走之前他强调了三次，说如果我需要帮助就去找他。我当然很想找他帮忙，他年纪够大，不会蛮干；知识够渊博，不会问个不停；也够贴心，不会到处打听；但他太上心了，我不得不把他排除在外。

我离开了查理，从福特斯去了沙夫茨伯里大道上的一幢被煤烟熏黑的大楼，上面用黑色浮雕字写着"沃特曼全球侦探社"。屋内，一个身着闪亮黑色西装的侦探抬起头，俨然离婚案件中的诉讼对象。他在用一根火柴棍从耳朵上去除一块蜡。他认为我应该敲门，如果这样要求我不会对他的收入有影响他就直说了。但现在，他脱下圆顶礼帽说："有什么可以帮您？"他也不喜欢我未经允许就坐下来。我告诉他，我的家庭生活很不幸。"真的吗先生？我真抱歉。"他说，好像从来没遇见过家庭生活不幸的人一样。

我和他讲了很多我妻子和另一个家伙之间的事，他回应的都是"哦""哦天哪"之类的。我告诉他，我觉得可能不会有什么肢体冲突，但如果他能出面调查一下就更好了。我们谈妥了八基尼的费用——也算不低了。这家伙愿意为了五英镑在党卫军装甲师门口驻扎。决定不把查理牵扯进来之后，我觉得好多了。下午五点才回到查理在布卢姆斯伯里的住处。我想在他去"锡罐俱乐部"上班之前和他谈谈，然后把钥匙交给他。

我五点十分到了查理家，从前门进去。后楼梯的绿色玻璃窗透出少量日光，打在被虫蛀过的楼梯地毯上，映出翡翠色的光芒。这个地方背阴，闻起来都是霉味，甚至还有客/门厅里的自行车和昨天的猫粮的味道。我像个潜水员一样爬上楼，慢慢走进公寓顶层太阳能照到的地方。还差两步踩上松垮楼梯时，我听到了声音。我停下脚步，屏住呼吸听了一两秒。我知道现在应该转身离开，我当时是知道的。但我没有，而是继续往上走，楼上传来女人的抽泣声。

上面的屋子被翻得乱七八糟：衣服、书籍、打碎的盘子散落一地，好像搏斗过后的战场。地上躺着便携收音机那么大的老式冰箱、一个煤气炉、一个水槽，还有查理的尸体。他看起来腿断了，姿态很放松，就像所有死去的生物一样。我弯腰靠近他，看到那个白瓷咖啡壶摔得粉碎，新鲜的干咖啡在我脚下吱嘎作响。客厅里，一大堆书散落在地板上，全部摊开，就像查理一样。

那些闪闪发光的唱片、信件、鲜花和黄铜装饰品，还有一个皮制的小马车钟表，都从写字柜上被扫到了地上，只有雷格的照片还留在那里。我尽可能轻柔地拿出查理的钱包，给警方留个动机。我站起身，看到了一个大约三十岁、长相丑陋的女人。我看向她的眼睛。她的脸就像楼下的窗户那样绿，眼睛是黑色的，睁得很大，眼窝深深陷进去。她把小手塞进嘴里，手关节因为紧张都发白了。我们对视了差不多整整一分钟。我想告诉她我没有杀害查理，她可别……哦，我怎么能开口呢。我快步走下楼去。

无论是谁杀了查理，都是冲我来的。警察从楼上那个呜咽的女人那里听过我的相貌后也一定会追捕我。达尔比是唯一一个有足够力量能帮助我的人。

在剑桥马戏团，我跳上了一辆经过的公交车，在皮卡迪利大街下了车，又叫了一辆出租车去丽兹酒店，然后沿着皮卡迪利大街向东走去。在这条路上右转是违法的，所以没有车能在不造成交通拥堵的情况下来追我。为了安全起见，我又在街道尽头叫了另一辆出租车,以免有人非法右转来追我,现在我的行进方向与所有来追我的人都相反。我让司机开到骑士桥的一家租车公司。现在只有五点二十五分。

我没费什么力气就租到了一辆蓝色的奥斯汀七号,这是那儿唯一一辆有收音机的车。我用了查理的驾照,他的钱包里有几个信封可以"证明"我的身份。我暗骂自己为什么没从保险箱里拿本驾照出来。我这么做冒了一个极大的风险,那就是查理的名字不会在各种情报机构介入之前见报,但我依然打开了六点钟的新闻以防万一。阿尔及利亚又有码头工人罢工了,这次好像因为不喜欢什么东西,可能是不喜欢彼此吧。没有凶杀案。一辆古董奥斯汀七号打灯右转。司机剃了腋毛。我继续向前开,穿过帕特尼,沿着公地一侧行驶。到处都是新鲜的绿色植物,突然有一缕阳光打在湿漉漉的树枝上,闪闪发亮,将路过车辆溅开的水花变成了珍珠雨。富有的股票经纪人开着白色捷豹和深绿色的宾利玩捉迷藏,还在纳闷为什么我要闯入人家的私人游戏。

"哇——哇——哇——你要把我逼疯了。"我转向下行,通过温布尔登山时,收音机里发出聒噪的声音,而外面那个噩梦般的世界里,杀手、警察和士兵正开心地擦肩而过。我从这辆小车里凝视着外面。要过多久,温布尔登高街上的人才会对查理·卡文迪什感兴趣,进而对找到我感兴趣。我突然想起我还欠"锡罐俱乐部"的钢琴师三十块钱呢,他会向警察描述我的情况吗?怎么能摆脱这个困境呢?我看着两边那一排排可怕的房子,想象着里面都是基廷先生。我多么希望我生活的地方平静安稳,一眼能望到头。

现在,我回到了布希路旁的金斯顿旁路,夕阳挂在道路前方的转弯处,脚轻轻一碰,小车就向前窜了一下。

两辆卡车并排开在我前面,每辆车的时速都是二十八英里,每个司机都认真想要证明自己能达到二十九英里。最后我还是超过了他们，跟在穿铁锈色套头衫、戴罗宾汉帽子的男人后面。他肯定去过布莱顿、博格诺里吉斯、埃克塞特、哈勒克、南森德、里德、南安普顿、约维尔和罗切斯特，因为从汽车后窗都看不见他了。

车开到爱舍尔，我打开了车灯。开到吉尔福德之前，细小的雨点落在了挡风玻璃上。加热器高兴地发出呼噜声。我把收音机调到六点半的新闻播报。除了几家烟草店，戈达明的商店基本都关门了。我在米尔福德放慢了车速，查看一下走的路是不是正确。不是去欣德黑德，也不是去黑斯尔米尔，而是走二八三号公路去奇丁福尔德。在还有十码到达都铎风格的旅馆时，我闪了闪大灯，那边停着的一辆车闪了闪红色的尾灯。我瞥见了那辆车，是一辆黑色福特安格利亚，有一束聚光灯打在车顶上。沃特曼先生把车停在我身后时，我看着后视镜。

我之前来过一次达尔比的家，但那是白天，现在已经很晚了。他住在离大路不远的一栋小石头房子里。我倒了几步车，从主路下来，停在一条车道上。沃特曼把车停在了路的另一边。雨还在下，但没有变大。我没锁车，钥匙就放在座位下面的地板上。沃特曼待在车里，我并没有因此怪他。这时是六点五十九分，于是我听了七点的新闻播报。新闻里依旧没提到查理的名字，我下了车，走向那栋房子。

这里是由农舍改造而成的，女性杂志上的作家会觉得这种装潢很现代。淡紫色的前门外面停着一辆种满鲜花的独轮车。一盏马车灯固定在墙上，这时还没点亮。我抓着黄铜狮子头门环敲了敲。我又回头看了看，沃特曼已经关了灯，并没有做出什么认出了我的举动。可能他比我想象中聪明。达尔比打开门，我试图在他那一贯严肃的鹅蛋脸上找到惊讶的表情。

"还在下吗?"他说,"进来吧。"

我瘫在他家柔软的大沙发上。壁炉里,两根果树原木发出一种烟熏香水的味道。我疑惑地看向达尔比。他走到一个大书柜前,里面摆着巴尔扎克、欧文和雨果的那些大部头,老旧的书脊在火光下闪闪发亮。

"要喝点什么吗?"他说。我点点头,达尔比打开了书柜。这个"书柜"原来是个巧妙伪装起来的鸡尾酒柜。巨大的玻璃和镜子反射出好多个标签,从查灵顿到查特拉斯——这是我在报纸上才能读到的优雅生活。

"干雪莉酒还是雷司令?"达尔问。递给我一杯雪莉酒后他说:"我让人给你做个三明治。我知道你喝雪莉酒说明你饿了。"我不想吃三明治,但他还是去安排了。这完全不像我计划的那样。我不想让达尔比有时间思考,我也不想让他离开这个房间。他只要离开,就完全可以去打电话,去拿把枪……我正在想这些时,他端着一盘冷火腿走了进来。我突然觉得我实在太饿了。我开始吃火腿,喝雪利酒,然后才意识到达尔比是如何轻而易举地让我处于不利地位的。我太生气了。

"我被囚禁、被虐待了。"最后我还是告诉了他。

"我早就知道。"他说。

"你知道?"我问。

"是杰伊。他想把你卖给我们。"

"你为什么不抓他?"

"你知道杰伊的,他很难控制,而且无论如何,我们也不想让他'干掉你',对吧?"达尔比用了'干掉'这样的字眼,可能是觉得能让我更理解他一点。

我什么也没说。

"他想要四万英镑,我们觉得奇科可能也在他手里。美国医学部里有他的人,这就是为什么他能从托克维把你带出来。这件事有点难办。"

"有点?"我说,"他他妈的都快弄死我了。"

"哦,我并不担心你。他们不可能杀了你。没了下蛋的鹅,哪儿还有金蛋。"

"是吗,反正被关进去的不是你。"

"你没在里面见到奇科吗?"

"没有,"我说,"这是整件事中唯一不那么让人痛苦的地方。"

"再来一杯吗?"达尔比真是个完美的主人。

"不用了,"我说,"我得赶紧调查一下。我想要办公室钥匙。"达尔比脸色都没变一下。贵族学校确实值那个价钱。

"留下来吃晚饭吧,我坚持请你留下来。"达尔比说。

我拒绝了,我们彬彬有礼、有来有往地说了几句。这件事依然毫无眉目。查理死了,达尔比要么不知道,要么就是不想谈。我正要告诉他时,他挪开墙上的一幅抽象画,露出一个保险箱,还有几份关于应该给去南美国家工作的特工什么待遇的文件①。达尔比把文件和钥匙都给了我,我答应他第二天早上十点之前调查出一些眉目来。我看了看表,现在是晚上七点五十分。我很想离

---

① 这是个艰巨的问题,在卡斯特罗上台之前,我们都是通过哈瓦那的一家小型私人银行给特工发薪水。那家银行多少有我们的股份,但卡斯特罗将这家银行国有化了。幸运的是,当地警方提前通知了他们,所以当时的文件得以完好无损地保存在萨拉托加斯普林斯市。达尔比还让我交份报告。这就是我被叫来帮忙那天做的事。可是天知道,我又不是会计,我连二加二都有可能算错,但我在罗斯那儿工作时,为瑞士银行做了很多工作。来到达尔比这里之后,我已经有了足够好的可靠线人,有足够时间可以追踪任何一个秘密账户。除此之外,我还学会了所有合法的和非法的全球汇款方式。钱对于间谍活动的重要性,就好像汽油对于汽车一样。同时,因为这些联系人的联系方式都在我手里,我很长时间以来都不听话。——作者注。

开，因为沃特曼接到的指示是一小时后去找我。就他现在的表现来看，指望他迟到显然不明智。我走了，依然没有提到查理·卡文迪什的名字。我决定先这样，等我们到办公室再说。

走到一半时，我意识到从现在开始到明天早上，警方有足够的时间因谋杀而逮捕我。也许我应该回去跟他们说："嘿，还有件事。我因为谋杀被通缉了。"

我开着奥斯汀，轻松地沿着大路向一家酒吧驶去。我开出大约四分之一英里之后，沃特曼才打开灯。他在我这儿的得分持续走高。我们到达"发光的猫头鹰"的停车场时，我走到他身边，给了他现金。

"一切都挺好，我很高兴。"他边说边笑，被烟熏黄的胡子随着嘴巴上下抖动。我对他表示了感谢。他挂上挡，然后说："那个大个子中国人出来从窗户那儿看你时，我本以为我们找对人了。"

大雨倾盆，一对长相俊美的夫妻从酒吧里走出来，激烈地争吵。他们走过停车场。

"等一下，"我说，手放在被打湿的车窗边上，"中国人？你确定吗？"

"我确定吗？听着，朋友，我在新领地待了五年，我知道中国人长什么样子。"

我钻进副驾驶，让他慢慢开过去。他照做了，但根据我所了解到的信息，他本不必照做的。

"我们得立刻回去。"我说。

"我不跟你去，我不是来做这个的。"

"好吧，"我说，"那我付你钱。"

"听着，朋友。你去过那里，你有你的说法——顺其自然吧。"

"不行，不管你去不去，我必须要回去。我可能只是从窗户那里瞥一眼。"我哄他。

"这事跟你的妻子无关，朋友。你这事不是什么好事，我能看出来。我也能看出来，你肯定不会离婚的。"

"好吧，"我说，"但给钱总可以吧，对吧？"我没有停下来，而是继续说下去，因为我觉得他不可能不被钱打动，"我是从布莱顿特别分部来的。"我开始即兴瞎说，还给他看了那张伪造的搜查证。车内昏暗的灯光下，我拿着证晃了一下。要是大白天，我可不敢靠这个证骗他。

"你是个警察？不可能吧，朋友！"

我坚称我是个警察，他终于半信半疑地说："我知道最近总有些新警察让人看不出来，你们可真的不太像。"

"这件案子很重要，"我告诉他，"我现在需要你的帮助。"

他下定了决心，挡风玻璃上雨刷的嗡嗡声还在继续。我为什么要把他牵扯进来呢？我想，从某个角度讲，我下意识觉得这才是那八基尼的价值，但这可不是我的最佳直觉。

"你为什么不带一个自己人来呢？"他突然问。

"不能带，"我犹豫着说，"这不是我们的管辖范围，我现在是在执行特殊任务。"

"不是什么违法犯罪活动吧，朋友？我可不想惹麻烦。"

最后，我不得不告诉他，我正在调查高级官员受贿的事。他终于接受了这点之后，还是很高兴能在警局有个朋友的。但他补充说："得再给我十二基尼。"

我们谈妥了价钱，又上路了。这次我们俩都坐他的车。我可不想让达尔比看到那辆蓝色的奥斯汀七号又回来了。这些文件就是问题所在。如果真的发生了什么事，我都不知道该怎么跟沃特曼讲，所以我把它们放在后座上，希望无事发生。

29

一切都很顺利。我们关了车灯开到房子附近，停下车，走到房子跟前。现在天很黑了，但窗帘的缝隙还能让屋内的几缕光照在花坛上。可能这就是沃特曼看见的那些中国人吧，我想。我现在已经对晚上在植物中间行走感到很熟练了。我没有在沙砾石上发出太多声音，就已经靠近了那个我和达尔比谈话的房间的窗户。我发现达尔比就在那边的窗边，好像一张二十一英寸的照片。我很震惊。但他并不关心花园里有没有小偷，他从那该死的酒柜里倒了杯酒。莫里坐在沙发上，听着倒酒和谈话。他们一定是在和某个我视野之外的人说话，达尔比一定问过他们想喝些什么，因为第三个人走向了酒柜。我看着他们，相距仅仅三英尺远。即便是透过双层玻璃，我也偶尔能听到几句对话。我的直觉是对的，第三个人就是那个金头发。我把每个细节都刻在眼睛里，那个人就是沃特曼口中的"中国人"，还有金头发和达尔比。我已经得到了我想要的信息，正准备走，但达尔比和金头发都看向屋子的另一边，跟另一个人说话。那个人不是莫里，我之前看见莫里去厨房了。然后，那个人走进我的视野，就像公主受洗时走进来的坏女巫一样，是杰伊。

我后退几步，差点踩进铃兰丛。我监视了他那么长时间，不会看错的，那就是杰伊，神出鬼没的杰伊。这个部门里很少有人见过他,但我总能遇到他,在莱德尔咖啡馆,在街上,在戏院,还有现在——最后,邪恶王子终于和部门头头一起聊天了。我要怎么讲才能让你明白这件事给我带来的震撼呢?就好像看见从麦克米伦先生的钱包里掉出了一张共产党员证,好像发现埃德加·胡佛是查理·卢西安诺伪装的。我看着这一幕,就好像一个小孩子看见了棒棒糖工厂一样。天知道我站了多久,我真是连下巴都惊掉了。金头发的出现已经够让我崩溃,但杰伊的出现干脆让我忘记了金头发的事!达尔比曾经说过:"虽殊途,必同归。"可在这件事上,我还能犯多大的错误?我从特瑞萨酒馆的窗子里看见这两个人时,就记住了他们的样子。毫无疑问,他们就是杰伊和达尔比。

沃特曼跟着我沿着小路走,我伸出手帮他拨开身前的百合花。盯着明亮的房间太久,黑暗变成了一片令人困惑的虚空。突然,从这片虚空里伸出一只带着皂香的大手,压在我嘴上,一个尖锐的东西穿透了我背上的衣服。我僵住了,一动都不敢动。

"是莫里,先生。"耳边有个声音说。我想:先生?这可真是个虚情假意的好时候。

我还记得,我们在叙利亚边境绑架"渡鸦"时,我听到达尔比在给"渡鸦"注射时对他说"对不起,先生"。我当时非常困惑。可能"先生"就是他们总挂在嘴边的词吧,尤其是——用达尔比的话讲——想要"干掉"你的时候。

"我现在把手拿开,先生。别喊,不然我们俩都完了。"我点了点头,但莫里误以为我想要逃跑,于是下意识扭住我的胳膊,更紧地捂住了我的嘴。沃特曼他妈的在哪儿呢?快来赚你那十二基尼!但我根本看不见他。莫里默默带着我远离房子,最后完全放开了我。他先开口说话了。

"你一直走在红外警报器的范围内。"

"我猜到了这个地方可能不像我想象的那么松懈。"我说。

"我得回去了,但是……"他迟疑了一下。我想知道的实在太多了,但我没有立场听他忏悔。我凑到他身边说:"听着,莫里。无论现在是他妈的什么情况,你知道那屋子里的每个人都值得判个叛国罪。你现在听我命令,也只能听我命令,否则你将成为大英政府的敌人。"莫里依旧没说话。"你难道看不出来吗?达尔比已经叛变了,可能他好几年前就是个双面间谍了。我的任务就是证实这个信息。我在哈斯勒梅尔有五个排的兵力,这里无论发生了什么,都结束了。我现在给你个机会,莫里,因为我知道你不像其他人参与得那么深。跟我走吧,帮我整理数据。那里面的所有人都完蛋了。"我说完了,已经投降,我马上就要说出游戏要结束了这句话。

"我叫哈里曼,"莫里说,"我是特种部队情报部门的中校,现在是你必须服从我的命令。"他的声音跟我之前认识的莫里中士完全不同。他接着说:"我很抱歉你之前经历了那样的事,但你现在必须离开这里。无论怎么说,我们并没有脱离所谓的困境。抓住达尔比没什么大不了的……"然后,沃特曼用一个扳手把他打倒在地。

我低头看着莫里,或者说哈里曼,或者说任何其他谁。我非常清楚地知道我应该做些什么。我必须离开这里。达尔比他们发现他头朝下倒在牵牛花丛中人事不省时会做些什么我不得而知。沃特曼,这个简单大条的人,因为我的问题,现在跟我变成了同一条绳上的蚂蚱。"我做得对吗?是不是超级棒?"他问了三遍。我告诉他非常好,但我还做不到语气上听起来很热情。不过我还是告诉他按照我说的去做。我们把莫里拖进了更高些的花丛中。

我准备在沃特曼的车里待上几个小时，但不到十分钟，我们看到房子的前门开了，汽车的前灯也开了。是辆大轿车。车稳稳地向前开时，车灯扫过倒下的莫里。我们俩都屏住呼吸，但我觉得，我们能看出他在那里，是因为我们知道。达尔比转身回到了房子里，大车向前上了路，向伦敦驶去。

"跟上，"我对沃特曼说，"我想看看司机是谁。"

在米尔福特，我借着路灯的光看清了那辆车。是一辆黑色的劳斯莱斯幻影Ⅳ。劳斯莱斯只卖给皇室和国家元首，杰伊居然有一辆，可真是太正常了。沃特曼打开副驾驶的储物格，拿出一副棱镜望远镜。我拿着望远镜，看到杰伊靠在英格兰西部产的车内家具上，喝着酒柜里的酒。我时不时能在绿色的镜子里看到司机的脸。我们现在开到了四十五码，很平稳，沃特曼车开得很稳。他开车时的手感简直不像是他，因为在车外，他就是个笨手笨脚的家伙。重要的是，那辆劳斯莱斯不知道有人跟着。沃特曼的尾随策略非常高明，只是容易跟丢。劳斯莱斯并没有像我担心的那样利用它的性能优势——并不是说它利用了性能优势就能甩掉我们，这辆沃特曼自己改装的双化油汽车是他的骄傲。这辆车有十几个仪器、温度计、旋转计数器、时钟和阅读灯。但我们一直以四十五码的速度开到了伦敦——杰伊似乎一点都不着急。

30

水瓶座（1月20日—2月19日）本周你的爱好和爱情都将有所进展，但在安排晚上的活动时可能会遇到一些困难。直截了当地谈话可能会化险为夷。

杰伊的劳斯莱斯沿着克伦威尔路咕噜作响，一直开到了布朗普顿圣堂附近才停下。那些维多利亚式的建筑建于一八五一年万国工业博览会时期，现在已经破败，正居高临下地凝视着我们。汽车密密麻麻地停在人行道上，有跑车、用来撑门面的牌子车和银色薄膜贴面的汽车。杰伊在一个大转弯处停了下来，我们也从路上拐了下来，悄悄关上车门，快步跟在后面，刚好看到杰伊发福的身躯进门。他走进去的那幢建筑"很有品位"——当代建筑风格，采用天然木饰门，不锈钢窗户，到处都装着百叶窗。沃特曼跟我一起偷偷瞟了眼门口镶着的企业铭牌和电铃按钮。

"你们最好也进去。"我们后面论着一个戴眼镜的高大绅士，拿着一把钥匙，一边开门一边说。我们跟着一起进去了，一方面是因为跟在他后面确实很方便；另一方面是因为后面还有好几个人，手里还拿着九毫米口径的意大利 Mod 三四贝雷塔自动手枪。

高大绅士按响了最上面的电铃，对着里面的金属小麦克说话。"对，有两个，其中一个可能是个警察。"他们肯定一直在跟踪我们，没准儿还用车载无线电话谈论我们，真是太侮辱人了。

然后我听到了杰伊的声音。"用探测器扫一遍，然后把他们带进来，莫里斯。"我看了沃特曼一眼——他染了色的胡子都耷拉了下来。我们确实跟对了人，但也确实傻得冒泡儿。他们居然一路跟在我们身后！我本应该猜到的，杰伊都跟达尔比见面了，怎么可能会不从他那儿套出一些信息呢！我想知道达尔比有没有给杰伊打电话讲莫里的事——嘿！我在花丛里发现莫里了。

门厅里全是黑色的镜子、鲜花和真正的玻璃枝形吊灯。我们站在全尺寸穿衣镜前，传来一阵细小的嗡嗡声，然后莫里斯搜走了我身上的枪。莫里斯全程站在他同事的射程范围外，他是个老手。果然，买得起幻影IV的人怎么会雇不起最好的保镖呢。我们被带上了楼。

四十英尺高的客厅里铺着深至脚踝的奶白色长绒地毯，白色的墙壁上挂着巨幅抽象画——都是罗斯科、马瑟韦尔和希钦斯的画作。房间的另一头摆着一张膝盖高的圆形黑色大理石茶几，周围是高背黑色皮质矮椅，在巨大的高保真音响边围出了一个舒适的角落。电视上一遍又一遍地播放着"颤音让鹦鹉健康地弹跳"。在"我们"房间的尽头，杰伊的声音浑厚坚定，从敞开的窗口传来，"你不坐下来吗？"

这三个人像贝弗利姐妹①谢幕一样退场，但我们都知道，他们就在门后不远处。

"这位是沃特曼先生，"我对看不见身影的杰伊大声说，"来自沃特曼侦探社，我今天下午雇的他。"没有人回应我，我又提

---

①贝弗利姐妹，英国三重唱演唱组合，活跃于二十世纪五十年代。

高了分贝,就像对有钱的聋子叔叔说话一样。"沃特曼先生跟这件事没有关系,让他回家吧。"

又是一阵沉默,然后传来杰伊的声音:"你欠沃特曼先生钱吗?"

"十五基尼,"我说,"但我觉得你可能想帮我付了吧。"

杰伊肯定是按了哪个按钮,因为我听到了一阵蜂鸣器轻柔的声音。门开得很快,莫里斯肯定就站在门外面,手放在把手上。

"怎么这么慢呢,莫里斯?"我说。我讨厌莫里斯,他太礼貌克制了。他站在那里,什么话也没说,脸上的眼镜让他显得干净又高效——眼镜片让那双冷静看世界的小眼睛更显致命,而我现在是他眼中世界的一部分。紧接着,杰伊又来了指示:"莫里斯,你给沃特曼先生一张十五基尼的支票,用第三个账户,然后把他带到门口去。"尽管杰伊看不见他,莫里斯依然点点头。

沃特曼用拇指和食指捏了捏他的小胡子,使劲拧,拧到自己都疼了。沃特曼点了点头,他必须走了,虽然觉得有点不合适,但钱就是钱,有了十五基尼,他觉得自己必须走了。"再见,沃特曼先生。"我说。沃特曼走了。

我很想看看杰伊在连门都没有的小屋里做些什么,我现在只能听到他在里面四处走动。我知道这些肯辛顿的大房子,游客从来都不进来参观的。我走进门廊,不知道自己希望看到些什么——是看见他坐在咕嘟嘟冒泡的试管前面,像贝拉·卢戈西的电影里一样;还是正在看《这就是你的生活》;还是正在温室里种兰花呢?

"你喜欢做饭吗?"杰伊看起来比我记忆中老了许多,身上的白色围裙显得他的脸色像醉酒了一样红。他手里拿着一只三磅重的龙虾,厨房里亮着日光灯,白得毫无温情。铜质刀具、不锈钢刀具和其他的锋利刀具像手术刀一样整齐地摆着，那些科技产物让整个厨房如迷宫一般，卡纳维拉尔角要是摆了这些东西，可能都会像个长方形的轮子。杰伊把黑红色、泛金属光泽的新鲜龙虾放在白色料理台上，从冰桶里拿了一瓶酩悦香槟，瓶子与冰块碰撞发出愉悦的叮当声。他倒了两杯酒。

"我可以喜欢。"我说。

"可以。"杰伊说，然后我把这杯清凉澄澈的东西送进嘴里。

我说："老子是不是说过'治大国若烹小鲜'？"

杰伊似乎热情了一些，浓密的小胡子间透出一丝微笑。"蒙田说过'伟大的人会因为知道如何做鱼而感到自豪'。"他回答道。

"但他这话是在表扬人吗？"我问。

杰伊没有回答，他拿着一根长长的金属棒穿过龙虾。我一口一口把这杯冷香槟都喝完。

"这虾死透了。"杰伊说。我能看出来他正在做的事情并不简单。"我就是不能杀生，"他刚把龙虾穿在烤肉扦上，"你知道吗，我都得让鱼贩子帮我处理好。"

"是的，"我说，"有人是这样的，我知道。"

"再来点香槟吧，"他说，"这个菜谱里只需要半瓶，我又不想喝太多。"

"谢谢。"我说。我是真心的，厨房里太热了。

他把瓶子里剩的香槟倒进一个金属托盘里，然后加了一点盐。"你这个年轻人不错，"他说，"你关心你的朋友卡文迪什吧？"他又在香槟里放了一大块黄油，我不知道为什么，但我没想到黄油会浮起来。我只记得我当时看着，脑子里觉得"是因为杰伊放的才会浮起来"。我又喝了一口香槟。

杰伊也拿起杯子喝了一口，抬起小眼睛专注地看着我。"我的生意不小。"

"我知道。"我说，但杰伊晃了晃他那只大红手。

"比那要大，"他说，"比你知道的还大。"我什么也没说。杰伊从架子上拿了个罐子，在香槟里撒了几颗花椒，小心翼翼地端着托盘，一瘸一拐地穿过小厨房，把托盘夹在散发着热气的垂直烤架上。他拿起那只他不能杀的龙虾，朝我晃了晃。

"鱼贩子卖的是鱼，对吧？"说着，他把龙虾也夹到烤架上，"酒贩子卖的是香槟，法国人并不会因为香槟离开了法国就抗议，对吧？"

"确实。"我说，我好像有些头绪了。

"你。"我思考着我卖的是什么。杰伊给烤架通上电，上面的龙虾在电子元件的映照下显得更红了。龙虾开始慢慢转圈。"你，"杰伊又重复了一遍，"卖的是忠诚。"他盯着我说："我就不卖忠诚，我不可能卖忠诚。"有那么一会儿，我甚至觉得杰伊认为我叛国了，但我意识到这就是他说话的方式。他继续说："我卖的是人。"

"比如艾希曼[①]？"我问。

"这个玩笑不好，我不喜欢。"杰伊像个音乐剧里主日学校的老师一样字正腔圆地说，随后又笑了笑，"可能更像艾希豪尔吧。""艾希豪尔"是杰伊的德语名字。我想，杰伊，英语里本是松鸦的意思，可能是松鸦的苏格兰亚种。松鸦会偷鸟蛋，欺负别的鸟，还偷庄稼，潜伏在暗处，小心翼翼地在连绵起伏的啤酒花田里飞来飞去。"我做的是人才自愿交换效忠对象的生意。"

[①] 阿道夫·艾希曼（Otto Adolf Eichmann, 1906—1962），纳粹德国前纳粹党卫军中校，二战针对犹太人大屠杀的主要责任人和组织者之一。

"你是克里姆林宫派来侦察人才的?"我问。

杰伊把他不想喝的香槟浇在他不想杀的龙虾上。他正在思考我的话。我能看出来杰伊为什么成功,他只看表面价值,永远不深究。我依然不知道杰伊是否觉得他是克里姆林宫派来的人才探子,因为他的电话响了。他放下浇汁的手,擦了擦,拿起电话。"接进来,"他顿了一会儿,"说我在家。"他从桌子那边转过来,用人们拿着电话时会有的那种蛇怪一样的眼神看着我,突然说:"厨房里不能吸烟。"然后接通了电话。"亲爱的亨利,我是马克西姆。"他的脸上绽开一个大大的微笑,"我一个字也不会说的,亲爱的朋友,你快说吧。是的,确实。"我看见杰伊按下扰频信号键。他只是听着,但脸上就好像吉尔古德[①]在演莎士比亚的《人生七阶》一样。最后他说:"谢谢。"然后若有所思地挂了电话,又开始给龙虾浇汁。

我吐着烟圈,杰伊看着我,却什么也没说。我觉得现在对话的主导权已经到了我的手里。"要不谈谈伍德格林那个大脑萎缩工厂的事?"我问。

"大脑萎缩?"杰伊说。

"洗脑公司——就是我逃出来的那个地方。难道我们最后不会谈到这个吗?"

"你觉得我跟那个地方有关?"他的脸色肃穆起来。

有人敲门,是莫里斯,他给杰伊带来一张纸条。我努力去看,但没看见。纸条上的字是打印上去的,大约有五十个字。莫里斯离开了,我跟着杰伊穿过一间大客厅,收音机和电视附近有台像台式打字机一样的小机器。那是一台碎纸机。杰伊把纸条塞

[①] 吉尔古德,指约翰·吉尔古德爵士(Sir Arthur John Gielgud,1904—2000)英国资深演员、导演和制片人,擅长表演莎士比亚戏剧。

了进去，按下一个按钮，纸就消失了。杰伊坐了下来。

"在伍德格林，他们对你不好吗？"他问。

"我已经开始喜欢了，"我说，"但我无以为报。"

"你的体验很糟糕。"这既不是个问题，也不是个结论。

"我没想过。我领工资，就是为了遇见各种各样的事，可能有一些会比较糟糕吧。"

"中世纪时，"杰伊继续说，好像没听到我说话似的，"人们觉得十字弓最可怕。"

"那不是因为武器本身，而是因为这件武器威胁到了他们的体系。"

"是的，"杰伊说，"所以让他们用那些可怕的武器吧。"

"是的。"我说。现在是我在说他的台词。

"这是一种针对颠覆分子的有限战争政策，"杰伊对我说，"不过，要是我们有了另一种可怕的武器，比核弹还可怕，比神经毒气反物质炸弹还可怕，但用这个武器时，不会有人受伤，这种武器还可怕吗？"

"武器本身不可怕，"我说，"装满乘客飞往巴黎的飞机，装满杀虫剂的炸弹，马戏团里炮筒里坐了个人的大炮，都不可怕。但在坏人手中，就算是一瓶玫瑰花都会成为凶器。"

"我的孩子，"杰伊说，"如果洗脑这种方式在圣女贞德的时代之前就存在，她肯定能快乐终老。"

"的确，"我说，"但法国还是会满是雇佣兵。"

"我以为你会喜欢这点的，"杰伊说，"你那么热爱大英帝国。"

我沉默了。杰伊坐在黑色皮质扶手椅上，身子微微前倾。"你不能真的相信这种奇怪的资本主义制度能昂首阔步地继续前进。"他拍了拍我的膝盖,"我们都是明智而客观的人,我可以毫不客气地讲,我们的政治经验都很丰富。我们俩都无法否认这些东西给我们带来的宽慰。"他抚摸着昂贵的皮子,"但资本主义又给我们带来了什么?资本主义国家的殖民地曾经是下金蛋的鹅,但现在殖民地没有了,鹅也找到了卖鹅蛋的地方。少数地区的反动政府已经镇压了当地的社会主义运动。为什么呢?这些地方的政府只是由法西斯势力支持的,后面的势力都是西方国家的钱。"

杰伊说话声音的背后,我能听到收音机的细微声响。一位英国爵士歌手正在胡乱地唱着些什么愚蠢的歌词。杰伊发现我在听收音机,于是猛然调转了攻击方向。"那么资本主义国家本身呢?他们受到打击,受到精神疾病的折磨,漠视同胞兄弟的生命,他们又怎么样了呢?社会混乱不堪,警察贪污受贿,领了那么多救济金的懦夫四处游荡,到处施虐,这都是资本主义独有的现象,可这种自私的行为却无论在哪个国家都被认可。那么,谁能在这样的社会里得到巨大回报呢?音乐家、飞行员、诗人和数学家吗?才不是呢!是那些堕落的年轻人,因为不懂音乐或有点唱歌天赋就功成名就的年轻人!"他这番演讲节奏把握得很好,或者说他很幸运,因为他把收音机调到了家庭服务中心频道。现在正是新闻时间。他继续说了下去,但我没听。我只能听到播音员说:"警察急于采访见过犯罪现场的人。"然后便是对我的描述,非常精准。

"别说这个了,"我说,"到底是谁杀了查理·卡文迪什。"

杰伊从椅子上站起来看向窗外。他向我招手,我走过去看。街对面停着两辆出租车,视线所及的街道尽头停着一辆单层公交车。杰伊打开调频收音机,调到警局波段。维多利亚和阿尔伯特博物馆外的某个警察正在用对讲机协调调度。

"我们都是凶手,"杰伊说,"你,我,和他们。"

街对面的三个人挤在出租车里,收音机里传来声音:"我现在过去——要特别注意后门和屋顶。封锁街道!有进一步通知之前别让任何人过去!"这是罗斯的声音。那三个人穿过大街。

杰伊转向我:"总有一天,洗脑会成为处理反社会行为的普遍方式。罪犯会被洗脑,我已经证明了这点。我处理了将近三百人,这是二十世纪最大的进步。"他拿起电话,"莫里斯,有人来访。"杰伊非常平静地对我笑了笑,"带他们上来,但告诉他已经有人来羁押我了。"我还记得松鸦苏格兰亚种的其他特点——警觉、兴奋、喧闹,愿意结对生活,春天出门社交,但其他时间都享受孤独。

莫里斯让罗斯和那两个警察进来,每个人都跟其他人握了手。我之前从来没有见到罗斯这么高兴过。他们没有冒险,封锁了整个街区一小时。罗斯对待杰伊很不留情面,他被搜查一番,送到卡莎尔顿去了——那边有罗斯的部门下辖的一栋房子。杰伊进来道别时,我注意到他已经换上了一件质量很好的马海毛外套。我有点惊讶地发现,他的衣领上别了一个解除核裁军的徽章。他看见我在看这个徽章,一言不发地摘下来塞进我手里。想想他要去的那个地方,他本可以把电视也给我的。

所有行动都了结之后,罗斯——我觉得他好像有点骄傲似的——对我说:"我觉得你有一分钟也等不了的事要对我讲。"

"确实有,"我说,"你想吃烤龙虾吗?"随后我把他带进厨房。

罗斯开了个玩笑:"你经常来吗?"

"经常来,"我说,"我认识这个厨子。"

31

水瓶座（1月20日—2月19日）与老友相聚，无比快乐。全身心地投入到工作中去吧。

我到夏洛特街时已是午夜，但整个办公室人声鼎沸。爱丽丝穿着绿色长袜来申请使用IBM电脑。琼穿了件新的圆领无袖无扣的橘色定制连衣裙，戴了枚小金戒指，头发梳成中分。我给了爱丽丝一份名单。她走之后，我便把琼的口红吻得乱七八糟。

所有被捕的人都被带到卡莎尔顿，凌晨三点半，他们就都崩溃了，爱丽丝向罗斯做了汇报，罗斯又找了一家拘留中心①，因为把这些人分开拘留十分重要。IBM电脑继续嗡嗡作响，早上六点在苏格兰场有个会。警方非常担心，但罗斯联系到了内政部的第四秘书，于是他们更担心了。早上八点时，最糟糕的部分已经结束，八点零九分，莫里从利福克打电话来说，他羁押了一个名叫斯文森的人，问我要不要派辆车去——莫里被我们打晕之后不久达尔比就被逮捕了。斯文森好像就是那个金头发的真名。我派了辆车，还和琼一起搭了个顺风车去吃早饭。

"要给整个国家洗脑的计划？"琼喝着咖啡吃着牛角面包说，

---

① 见附录：拘留中心。

"真是让人难以置信。"

"难以置信吧！"我说，"而且目前还没完全铲除！我不知道哪件事更让我惊讶，是达尔比是那边的，还是罗斯居然是整个行动的主要负责人！"

"罗斯把你调过来时知道会发生什么吗？"琼问。

我说："他猜到了一半。这就是他为什么派莫里过来。他听说我在那个脱衣舞俱乐部差点被捕时，就让达尔比知道自己被怀疑了。这个做法可太危险了。不过罗斯这次这么做值了，因为为了证明自己的忠心，达尔比在黎巴嫩尽心尽力。我记得在罗斯看见达尔比从贝鲁特回来之后，我还见过他。

"达尔比在黎巴嫩的行动中到底有多少违背了杰伊的想法，我们是不可能知道了，因为达尔比把所有和'渡鸦'在一辆车里的人都杀了，这就很说明问题。"

琼说："所以卡斯威尔不是个傻子？"

"他才不是呢，"我说，"甚至连他一直鼓捣那个'团伙'的事，还有那些右翼观点——看起来都对共产主义思想改革有益——都是设计好的。当然，一开始，卡斯威尔的统计数据能展示全盘计划，这完全是个巧合。但罗斯很快就把卡斯威尔藏了起来。这就是为什么我通过查理在联合服务信息交换所里查不到他。罗斯简直都要吓死了，就怕会威胁到卡斯威尔的安全。"

琼补充说："更不用说现在了。如果杰伊什么都不说，卡斯威尔可能会提供'伊普克雷斯'行动的唯一一份行动指南。哦对了，'伊普克雷斯'是不是希腊神话里的某个人物，暗示应该马上抓住？"

"不是的，"我说，"这是罗斯手下的人从'压力条件反射诱发精神神经官能症（Induction of Psycho-neuroses by

Conditioned Reflex with Stress)'这个短语编出来的词,用来对他们在那个闹鬼的房子里做的事进行临床描述。"

"还有他们在伍德格林对你做的那些事?"琼问。

"完全正确。他们有三个基本系统。'闹鬼的房子'系统——现在没有更好的描述,不过可以称之为'精神隔离'。他们用假大使来说服实验对象,说他孤身一人在这里。还有个假警察,但当肖尔迪奇警局偶然发现他们后,他们就放弃了搞个警察的做法——便衣更安全些。在伍德格林,甚至有辐射加热和制冷系统,可以随心所欲地改变温度。他们控制灯的开关,让你一个白天只有一小时,或一个晚上有三十六个小时。这一切都是为了让大脑失去平衡。就像巴甫洛夫发现的那样,这套做法在身体虚弱的人身上更奏效。"

"你要是没逃走,他们还会对你做什么呢?"琼问。知道有人担心你是件很让人开心的事。

"'逃走'这个词有点夸张了,"我说,"幸运的是,我有足够多的信息可以对他们的做法做出明智的猜测。之前的大部分囚犯根本没想过他们还在英国。如果逃出来,却发现自己距离铁幕有几千英里,就没什么意义了。至于接下来,估计一开始会切断我同世界的联系,让我觉得被孤立,让我身心俱疲,觉得一切都不确定。这确实也是他们一开始对我做的事。让我感到紧张和不确定,他们知道什么事会让我高兴,什么会让我不高兴。任何形式的幽默在这种技巧之下都极其危险。你有没有注意到,他们在托克维逮捕我之后,美国人也用了同样的处理方式对待我。好吧,如果我继续待在伍德格林,接下来很可能是背大段大段的方言。可能他们会让我背下来我那个所谓的审判文件。"

琼给我倒了杯咖啡。我很累了,而且仅是说说这段经历,就让我觉得喉头发紧发干。"然后呢？"琼问。她点了根香烟递给我。

"群体疗法。我们已经知道的是，在他们那儿，跟我一样处境的还有五个人——可能更多。录音带里外语的呻吟低语和梦话肯定会让每个人都非常兴奋，但这盘录音带跟凯特利找到的那盘录音带一模一样，所以只会让我感到振奋。他们可能很快就会让我们几个人见面，我们可能会被允许发现其中的信息来源，来让我们更紧张。然后就是忏悔自述阶段，每个人讲讲你的人生细节——什么为什么抽烟，有没有情人，是不是喝酒，都和哪些人有往来之类。"

"有没有情人？"

"我在这部分之前就逃出来了。"我说。

"现在我知道为什么了，"琼说，"你真好。"

我喝了口咖啡。下面的苏活区大街上，阳光灿烂。餐馆外面大块的冰矗立着，融化在排水沟里。戴着平顶硬草帽的男人把一大块塞汶河鲑鱼放在一块湿漉漉的大理石板上。他小心翼翼地在旁边放上比目鱼、大菱鲆、扇贝、牡蛎和鲭鱼，又往上面喷了水。琼和我说了什么，我转头目不转睛地看着她。

"互相忏悔结束之后是什么呢？"

"你就从来没有过什么不可告人的动机吗？"我问。

"哦，女人可太懂什么是洗脑了。就是让丈夫对你要买顶新帽子大发脾气，然后再乖乖让他付钱。那么什么时候让他付钱呢？就是他感到内疚的时候。"

"就是这样，"我说，"这件事的整个过程就是个发现弱点的过程，最好是让受试者发现自己的弱点，然后进行自我批评。接下来就是第三阶段，利用目前获得的信息创造技术上称为'反应'的东西。这种'反应'是由强烈的心理活动造成的，但却是被一次又一次的会面教化出来的。实际上，由于过度消耗和巨大压力，这是所有洗脑活动的最高潮。等你开始发泄，就不能回头了。"

"你怎么知道你已经到了这个阶段呢？"琼问。

"你会知道的。那时，你的精神已经完全崩溃。瞳孔扩张，身体僵硬，浑身出汗。你会觉得自己无法呼吸，呼吸节奏很快但不深。这只是开始，之后你会歇斯底里地哭泣，完全无法控制自己。一战中他们把这种感受称为'弹震症'，二战中叫作'战斗疲乏症'。一旦团队里有一个人开始崩溃发泄，其他人很快也会崩溃——然后便一个接一个地上了钩。"

"你说有三个基础系统，"琼说，"你只说了一个。"

"是吗？我说了三个吗？哦，我的意思并不是这三个系统彼此不同，只是操作方式各异而已。鬼屋是第一种，然后杰伊想到用私人疗养院——不那么显眼，也不需要改动太多，在搬走之前把那里恢复正常就行。卡斯威尔在他调查的'团伙'中发现了疗养院，你还记得他之前说的吗？那里的人总是发烧，因为发烧时人很虚弱，最适宜被洗脑。"

"你的意思是，有人故意让他们发烧，然后把他们赶进这些疗养院里？"琼说。

"相反，"我告诉她，"先把人带进来，然后再让他们发烧。"

"注射吗？"琼问。

"很显然，医疗手段上，蚊子还是首选。他们把玻璃杯绑在受试者的皮肤上，然后让蚊子咬他。需要让受试者发烧的时候就这么做，现在很罕见了。"我讲到被蚊子咬时，琼没有皱鼻子，也没有说"天哪"，这点我很欣慰。

"发烧加快了速度。"琼说。

我同意,"确实,接下来就进入了第三个系统,制造崩溃的系统——"

"发泄?"

"是的,就是发泄。仅通过药物让人崩溃发泄,就是医生口中的药理休克。是通过向血液中注射大量胰岛素来实现的。这样做会降低血液中的血糖,很快就会出现发泄中常见的抽搐现象,包括叫喊和哭泣,最终陷入深度昏迷。之后,他们还要静脉注射糖分。"

"他们为什么没这么对你?"琼问,"你为什么没被带去那些疗养院呢?"

"我觉得你还在怀疑我。"我说,琼紧张地笑了笑。"可以说你这种想法是我最担忧的地方,但让我去做这项工作其实是有内情的。他们需要一个有经验的人来完成这件事,但那个人在苏格兰走不开。幸运的是,他不能同时出现在两个地方,再加上旧系统出来的人工作更仔细,他们又觉得我很难搞。"

"确实很难,"琼说,"但即便现在,我还是不能确定我是不是真的理解了。你的意思是,被洗脑之后,这些人,这些'团伙'就会回去工作,但其实是为苏联工作,是苏联特工。他们之前的信念就被完全推翻了?"

"不,"我说,"比这复杂得多。这一切都围绕着杰伊展开,真的。要想理解'伊普克雷斯',你必须先理解杰伊。杰伊的一生都是在瞬息万变的政治环境中度过的。在英国,我们很容易效忠一个自斯图亚特王朝复辟以来一直保持不变的政府,但杰伊见惯了王朝更迭,不会过于依赖某个政府。他记得沙皇,记得波兰的无政府状态,记得温柔的钢琴家帕德雷夫斯基任职的波兰政府,记得赢下一九二〇年华沙战役的毕苏斯基将军如何将伏罗希洛夫领导的新苏联军队一举击溃。他记得独裁者对整个议会大喊'这就是个妓院,都滚出去'!然后把权力牢牢握在手里。他还记得一九三八年波兰政府效仿希特勒,强行夺取了捷克斯洛伐克的一块土地。他记得纳粹,然后是战后,伦敦门徒和莫斯科夺权,杰伊经历过所有这些改变,就好像一只塑料鸭子随水波浮沉良久,最终渡过尼亚加拉河。他买卖信息,从英国的克劳斯·福克斯、加拿大的艾伦·纳恩·梅和美国的罗森伯格夫妇那里得来的信息。然后他成长了,开始绑架人质,安排西德奥托·约翰、意大利物理学家布鲁诺·庞特科尔沃、伯吉斯和麦克莱恩去东边。但他这么做都是为了钱。只要出价合适,他可以把这些人卖给任何人。然后有一天,也可能是刮胡子时他想到了一个主意。他要给一个地位尊崇的人洗脑,然后这个人的人际关系网络里的所有人都会通过这个人把信息卖给他。他们会忠于杰伊这个人。杰伊对精神病学有足够了解,知道这种做法可以实现(可别忘了他这套系统已经安安稳稳地运行了一年了),他知道这么做可能会让我们所有人干戈相向,一旦我们被洗了脑,那就看谁都可疑了。"

我又点了些咖啡,打电话给夏洛特街看看有没有我的电报,但没有什么新消息。我回到了琼的身边。

"你在'闹鬼的房子'那份报告里提到的水箱是什么?"她问。

"对,那个水箱。提到这个,可能要把三个系统改成四个系统更恰当,因为水箱是另一套系统了。用这个水箱时要先遮住受试者的眼睛,给他配上呼吸器,然后把他脸朝下放在一个和体温一样温度的水箱里。一开始他睡着了,但醒来时就会完全迷失方向,很容易产生焦虑和幻觉。你只需要选择正确的时机向他提供信息……"

"就是那盘录音带。"

"完全正确。"

"那这是不是快速洗脑的方式?"

"确实,但他们后来停止了这种做法,所以可能效果不太好。"

"所以他们也没用三氰基氨基丙烯①。"琼说。

"没有,"我说,"我都不知道你居然读了那份报告。"

"读过了,爱丽丝昨天晚上给我的。里面有些东西是之前我给她翻译的一本挪威医学杂志上提到过的。"

"哦,"我说,"没关系。"

"爱丽丝说你会这么说的。"我还没弄明白她是什么意思,她就接着说:"这种洗脑……"

"咱们用'思想改造'吧,现在没有人用'洗脑'这个词了。"

"这种思想改造,"琼说,"是不是……?"

"咱们换个话题,"我说,"你今晚有安排吗?"

琼用手指抚摸着她唯一一只金耳环,低头抬眼看着我。"我觉得,我可能应该给你一个机会,把这只耳环凑成一对。"她说。空气突然安静,琼拿起一份《卫报》,我努力不让自己起鸡皮疙瘩。

媒体已经很努力淡化这件案子了,但在伦敦,凶杀案总会引人注意。《卫报》上写着"伦敦俱乐部谋杀案",还有很多警方的调查信息,包括"锡罐俱乐部"的会员簿信息,查理在这家俱乐

---

①详见附录:三氰基氨基丙烯。

部做酒保。

"莫里说,他是你的好朋友。"琼说。

我告诉她,查理曾经在我有危险时警告过我,但我没告诉她还有其他人也这么做过。

"但为什么那些人要杀他呢?就因为他帮了你吗?"

"不,"我说,"事实要更悲伤一些。他借了我几件衣服,包括一件浅蓝色的雨衣。我把雨衣还给了他,他离开我住的地方时就穿着这件雨衣。那些人不过是认错了而已,以为他是我。"

"谁杀的?"琼问。

"杰伊的一个手下。我们会抓到他的。"我说。

"不是杰伊吗?"

"不,肯定不是。他一查到查理在联合服务信息交换所有人脉,就冲去找达尔比了,我就是那个时候进去的。"

"他希望达尔比能封锁消息?"琼说。

"是的,但达尔比跟联合服务信息交换所又没什么交情。这个地方跟政府联系密切,有太多业务往来。"

"你到的时候,他们肯定在吵架。"琼说。

"那时候杰伊还没到呢,但达尔比知道他要来。红外探测器给了他几分钟时间来准备迎接我的到来。如果那个私家侦探没提到什么中国人的事,我可能就走了。我当时那么做确实挺冒险,但我冒了这个险,事实证明是值得的。莫里路过达尔比的书房,听到了探测器的嗡嗡声,然后关了探测器出来找我。莫里找到了我,他担心我仓促行动会毁了整个行动。"

"他怎么会那么想呢?"琼说。

"我也纳闷,但无论如何,他知道我没什么可输的了,所以他给罗斯打了电话。"

"那得是他醒来以后了。"琼说。

"确实,是在他醒来以后。"

"莫里完全是罗斯的人?"

"平时不是,但在'伊普克雷斯'这件事里他是。他跟罗斯谈过之后,回去屋里逮捕了达尔比。那个中国人……"

"其实是个立陶宛人,亲爱的。"琼说。

"我也听说是个立陶宛人,"我说,"莫里刚才打来电话说的就是他的事。莫里在利普胡克附近抓到了他。我不知道发生了什么。"

"罗斯肯定一接到莫里的电话就行动了。"

"肯定是,但别忘了,他几天前就已经联系内政部准备好了。这样才能在事件突发时处理得当。"

"罗斯来的时候,杰伊怎么这么轻易就放弃了?"琼问,"有点不像他。"

"我也不知道。可能是因为他以为达尔比会救他出火坑,尽管他们俩之间显然正在进行什么权力斗争。"

"或者呢?"

"或者是因为那个叫亨利的人打来的那通电话。不过时间会告诉我们答案的。"

"我还有问题。"琼说。

"问吧。"我说。

"为什么你差点被逮捕那天,杰伊让你在那个俱乐部里找到'渡鸦'?"

"很简单。杰伊和达尔比当时的'思想改造'实验进行得很顺利,但他们犯下的一系列绑架案需要一个干净的结局,如果能找到一只替罪羊,整件事就结束了,他们就可以开开心心地推进新计划。"

"但后来他们发生了分歧。"

"可能是吧,但他们也可能没有分歧。不管怎样,达尔比和杰伊给我设了个圈套,让我找到'渡鸦',还在我的口袋里放了个皮下注射器,并安排警方突袭检查。"

"但是——"琼说。

"但是我等不及了,当时他们告诉了我应该什么时候进那个赌博间,但我没耐心了……"

"我觉得可能是吧。"我说。

"我们得回去了,"琼说,"不然爱丽丝会抱怨的。"

"去他妈的爱丽丝,"我说,"我才是头儿,不是吗?"

"爱丽丝下命令的时候就不是。"琼说。

"你知道,最近我们办公室会有些人事变动。"我说。不过我们俩都回去了——尽管我还在想耳环的事。

32

水瓶座（1月20日—2月19日）这周末你就能自由地追求新爱好了。意外行动会给所有人带来幸福。

回到办公室，电报从华盛顿、加尔各答和香港雪片般飞来。爱丽丝处理得很好，需要我做决定的只有几个。莫里飞到格兰瑟姆附近的一个乡村小镇，用军用直升机把奇科带了回来。我在米尔班克军事医院见到他时，他看起来病得很重。罗斯找了几个人，二十四小时不间断在奇科床边守着，但也没问出来什么新信息，只知道他之前在陆军部看过一段录像，里面有他表兄的一个朋友。奇科没告诉罗斯，而是自己去见了那个人。无须赘言，那个朋友就在"伊普克雷斯"里，于是，奇科现在在米尔班克军事医院，而那个朋友已经被罗斯收入瓮中。

曾经跟我们一起待在黎巴嫩的瘦脸高个子家伙佩恩特，原来是一位很知名的精神病医生。我们抓住"渡鸦"时，"渡鸦"其实已经处于被半洗脑状态了，但佩恩特把他救了回来，现在他快要恢复到正常状态了。我把他和卡斯威尔安排在了同一间房里，就住在夏洛特街的顶层。我们到底能不能扳倒杰伊，主要就看这两个人了。

周四晚上，我终于可以睡个安心觉了。在这之前，我主要靠咖啡、香烟和阿司匹林三明治顶着；但周四那天，我吃了佩恩特给我的几片安眠药，一觉睡到中午才醒。我发誓要几天不碰咖啡，然后去洗了个冷水澡。我穿上爱尔兰粗花呢套装，里面穿了件棉质衬衫，系上羊毛领带。下午三点，我被召唤去面见陆军部的一个大人物。

我迟到了差不多一分钟，所以我到的时候，罗斯和爱丽丝都已经到了。罗斯穿了一件非常板正的新制服，肩上顶着皇冠和星星。他那条武装带跟门口警卫的秃头一样亮，戴着鲜红的大英帝国勋章、服役绶带、印度总督绶带和乔治六世的加冕典礼绶带——更不用说一九三九年到一九四三年间的星星和西部沙漠的绶带了。我开始觉得，我要是也穿个套头衫，把国防勋章戴上就好了。

大人物相当正式地跟我们握手，称我为"当代英雄"。我拿了一支雪茄，庆祝这番礼遇，然后假装没有火柴，让那位大人物给我点了雪茄。他感谢了我、罗斯和爱丽丝，但我知道今天来并不只是为了这个。他开始说什么"罗斯先生非常希望由我来告诉你……"时，我便知道是什么事了。最终还是罗斯掌管夏洛特街。他可真是会挑时候！伊普克雷斯案之后，没人会质疑罗斯的能力。我听见他说罗斯绝对值得晋升上校，还说什么"资历"的事。墙上挂着大人物和丘吉尔站在一起的照片，和艾森豪威尔坐在一起的照片，接受勋章的照片，骑马的照片，还有站在吉普车里检阅装甲旅的照片。但没有他是青涩副官时的照片，没有脚卡在排水管里的窘迫样子，可能他这样的人，生下来就是准将吧。

但现在，谈话的走向变了。好像罗斯并不会接管夏洛特街，叫我来是为了跟我解释一下！

事后我仔细想了想，这次会面是因为罗斯想确定我到底有没有为杰伊和达尔比工作。于是他问我能不能去《共和报》工作。他们觉得，如果我真的在通过杰伊贩卖情报，肯定会欣然接受的。但我没有。我告诉罗斯，谁愿意去谁去。这句话一出口，用军队里的老话讲："我的未来就定了。"现在，罗斯想让我明白，他也是干净的，所以他想让高层亲自告诉我。

大人物非常想知道我是如何逃出伍德格林的，一边听一边说"太棒了！"，重复了几次。然后他做了一件在我看来，他那个身份的人会做的显得很愚蠢的事。他说："现在，有什么你想从我这里知道的吗？"

我告诉他，我在海外和外勤的工资已经欠了十八个月了。他有点尴尬，罗斯更是尴尬得不知道该看向哪里。但大人物还是顾全大局的，承诺如果我能让他的人对这件事进行详细记录，就马上帮我解决这个问题。罗斯打开门，爱丽丝正要出去时，我靠在那张光亮的办公桌前问："你们什么时候逮捕那个亨利？"罗斯关上门，又回到桌前，大人物也转过身来。他们都看着我，好像我没用除臭剂一样。

最后还是大人物开了口，他那张满是皱纹的小麦色脸庞离我很近。他说："我应该对你发火的。你是在暗示我不愿意追捕女王的敌人。"

我说："我什么都没暗示，但我很高兴这个建议能激怒你。"

大人物打开桌上的一个文件盒，从里面拿出一份薄薄的绿色文件，封面上用马克笔写着"亨利"。关于那个给杰伊打电话的男人，这份文件就是我们已知的全部信息。里面有一张首相亲笔写的纸条，还有我的报告和罗斯的长篇大论。大人物说："我们和所有人一样想弄清楚，但证据还不够，还需要进一步调查。"

"那么，无意冒犯，长官，我建议你把这件案子交给合适的部门。"我告诉他。"坦白说——"罗斯开始说话，但我没让他打断我。我盯着大人物继续说："我已将这份报告提交内阁，无论是你还是罗斯上校，都无权以任何形式打开它、处理它或对它发表评论。这份文件的流动范围和处理方式完全由内阁决定。我现在要把这份文件带走，同时我必须要求它被当作最高机密，等我进一步向内阁报告之后再作打算。"并不是说我有理由怀疑这位大人物想要为神出鬼没的亨利掩盖行踪，只是我不想文件里的内容被误解。就在那一刻，我下定决心，一定会找到这个杰伊的密友。尽管我受过严格的训练，我的决心也一定从表情中透露了出来。

"我亲爱的老兄，"大人物说，"你可真是太有骑士精神了。"我赢了，赢得十分彻底。大人物拿出他的XO白兰地，我喝了一些来安抚自己，但没有喝太快——轩尼诗白兰地，太棒了。

爱丽丝叫了辆车把我俩送回夏洛特街。一路上我们几乎没说话，但在到古奇街之前，爱丽丝说："就算是达尔比也不会这么做。"这句话对爱丽丝来说就算是表扬了。我把那份绿色的文件递给她，轻快地说："编个号吧。"但我的胜利很短暂，因为那天下午晚些时候，她又把我留在沃特曼车里的两份文件带给了我。你永远无法打败爱丽丝。

那天晚上，罗斯打电话来说要见我，谈有关杰伊的事。于是卡斯威尔、佩恩特、罗斯和我开了个会。要开完会是不可能的，我们一直开到了周六。上面花了十六万英镑在罗斯和我之间成立了一个新的部门来调查杰伊的案子。就在同一天，一辆詹森541S跑车从梅德斯通路旁边的小路飞速冲了下去——那个速度简直太离谱了。车上只有一个人，是个叫达尔比的先生；据说冲下去的瞬间人就死了。

夏洛特街那边还有很多工作要做。金头发想申请外交豁免权，但没成功。我在法国的报纸上登了一则广告感谢伯特的帮助，告诉他我取消了行程。

爱丽丝为办公室添置了一台电动咖啡机，这样我们就可以喝到真正的咖啡了。我拿到了全部的工资和津贴，先付给钢琴家三十先令，又送给阿尔夫·基廷一个燃油加热器。调度办公室正在根据整件事的公开信息撰写书籍，我还给了 Munn Felton's (Footwear) 乐队五先令。奇科给我送了一张纸条，感谢我在他去格兰瑟姆那天晚上帮他完成申请，琼补好了我那条棕色的精纺裤子。

周二那天，我有客人来访，是托克维环礁上的美国准将。他带了两个大纸箱，在常春藤餐厅吃完午饭后，我们回到办公室看里面的东西。

他从纸箱里拿出一个木头装置，上面的油漆斑驳且褪了色。安装好之后，这个装置有差不多六英尺长，两端各有一盏红色的汽车灯。直到他给我看了他们从海底拖上来的破旧摩托车的照片，我才意识到达尔比的巧妙计划。

摩托车后面系着的那块木板就是我在托克维被捕那晚一直跟着我的东西。这辆摩托车太小了，雷达追踪屏幕上显示不出来。达尔比把木板挪到马路对面，再连上高压线，杀死了唯一的目击证人。他用了高速电脉冲信号，然后把它扔进海里，就扔在我的车边上，笃定它会被回声探测到，军方的人就会顺着这根藤找到近处的我。他则依靠呼呼作响的大风隐匿行踪，开车离开了。他在岛上的另一处弃了车，离开大路，穿过开阔的乡村。杰伊手下有两个人是美国医疗部的，他们告诉英国当局是美国人抓了我，又告诉美国人，英国想把我要回去。在那之后，杰伊就接管了整件事，把我当成一个病患带回了英国。

我很欣赏这位军官所做的一切。他觉得对我有亏欠，我告诉他达尔比已经被杀了，他看起来并不惊讶，也没说风凉话，于是我也没说什么。

他问："这个叫达尔比的家伙被洗脑了是吧？"

我说我们并不确定，但可能我们这些天的努力都用错了方向。人们总是倾向于忘记，总会有人只追求金钱和权力，并没有任何心理问题。我说我觉得达尔比和杰伊都是这种人，在权势钱财面前，人很容易便生了嫌隙。

"权势钱财，是吧？"准将说，"不过是消息灵通的小混蛋们罢了，简单。"

"可能确实是这样吧。"我说。

"在托克维，我问达尔比要你来着。"他对我说，我说我知道。

"我只是有种直觉，你懂我的意思。"他说。

我确实懂。

他说："我能再问你一件事吗？"

"当然。"我说。

"你们的人为什么如此相信罗斯上校和布鲁姆小姐（爱丽丝的另一个名字）呢？——我没有冒犯的意思。"

我说我知道。

"但你们为什么如此确定，罗斯和布鲁姆小姐不会……嗯，被策反呢？"

我说，总有些人很难被洗脑。

"就这样？"他说。

"是的，"我说，"强迫症嘛，就算走了也得再回去看看是不是锁了门,走在街上会避开正在铺路的拐角,要确保水壶里一直有水。这些人很难被催眠,也很难被洗脑。"

"别开玩笑,"他说,"难得我们当时在美国遇到了这么多麻烦。"

"是的,"我说,"可别跟爱丽丝和罗斯说这是我说的。"

"不会的。"他说。但从爱丽丝第二天说的几件事来看,他肯定是说过了。

至于那个亨利的档案,还跟我从陆军部带回来那天一样薄。部门里每个人都有自己的一套理论,但那个给杰伊通风报信的人一直都在低调行事。要知道,就像琼那天说的,如果我们哪天真的找出来这个人,肯定会发现他跟奇科有点关系。

另一件我们最后也没弄明白的事,就是达尔比是如何把我的指纹弄到那台相机上的。但我觉得他肯定是从夏洛特街这儿什么东西的把手上(比如门)采集的,然后再把指纹带到托克维,弄到相机上,最后扔掉。

在我被捕的第二天,琼回到了日本,但阴极管、情报条和手枪都不见了。她拿着岛上的地图仔细思考,终于想明白了达尔比的计划。她拿着结论去找准将,准将派人找了她标注的三个地方,但什么也没找到。她告诉我,当时她觉得天都塌了,但又想到并没考虑到海里的暗流,于是又去找。终于,他们在很远的地方发现了那辆摩托车[①]。幸运的是,这块木板还在后面绑着(达尔比不敢冒险让它飘上来)。截至此刻,准将终于被说服了。亨德森被召回到托克维(巴尼的死似乎确实是场事故),罗斯飞去五角大楼。从那时起就有直升机跟着达尔比了,但也没帮上我

[①]我觉得达尔比是让摩托车高速驶向水面,跑得越远越好,但琼说是暗流冲过去的。——作者注。

什么。

　　这就是伊普克雷斯的故事。之后，夏洛特街又经手了很多其他案子，有些很有趣，但大部分很无聊。佩恩特拥有了一整个医学实验室跟他合作，但迄今为止，他们也没找到什么方法能让被"洗脑"的人恢复正常，其中的很多人依旧在《叛国法案》的威胁之下，而另一些还以为杰伊可以把信息传递给某些外国势力，于是还在持续汇报。当然，我不会让杰伊知道这些事，以防他汲取到什么灵感。每个月，我和罗斯准备陆军情报备忘录时会去看一眼杰伊。他看起来很高兴，行动力很强。我还记得有关松鸦的另一件事——它们会为了冬天储备食物。"虽殊途，必同归。"这句话达尔比说过一次，而每次我跟杰伊在一起时，都会想起这句话。但我不知道这到底是不是达尔比的意思。

　　想找杰伊的时候，我知道可以在米拉贝尔餐厅找到他。不过上周六，我在莱德尔咖啡馆遇见了他。他想请我和琼去他家里吃晚饭，他说他自己下厨。我很想去，但我觉得我不会去。在这行里，交太多密友并不明智。

尾声

把这么多东西写在纸上绝对会让自己陷入大麻烦，但我想，都已经写了这么多了，我还是告诉你伊普克雷斯一案的真实结局吧。

国防大臣跟所有政府要员一样，知道如何回避问题。他问了我几个看似无关的问题，比如"黎巴嫩好钓鱼吗？""还有吗？""你知道年轻的小奥克斯吗？"离开国防部之后，我开车来到斯泰恩斯附近的一栋房子。我用一种很奇怪的节奏敲了敲门，一个嘴唇上长着胡须的女人开了门。后面的房间里，有位老人站在三个半打包的箱子中间。我给了他六十张皱巴巴的五镑钞票，都是真的，还有两本英国护照，都是质量中等的伪造品。

那位老人说"谢谢"，女人也道了谢，还说了两次。我要走的时候，他说："如果你需要我的话，我会在十九号。①"

我说了谢谢，然后开车返回伦敦。这个在伍德格林看门的小老头儿乘飞机去了布拉格。这也是间谍的保险措施。

---

① 莫斯科斯坦尼斯拉夫斯卡娅街十九号（面向东德大使馆），克格勃反情报部门大厦。

附录

梅德威二世

地中海战争那些黑暗的日子里，德国国防军似乎已经完成了大流士时代开始的任务。那时，贝鲁特是一个叫作梅德威二号的潜艇基地，当地正在展开一项绝密任务。三〇七号潜艇在不远处三十八英寻的水中沉没。三〇七号潜艇的舱体内已充满了水，控制室里配备了一个新的红外瞄准设备，用于夜间观察。这个深度对潜水员来说很深，但也不太深。我们登上飞机时，这个东西还是湿的。在去伦敦的路上，水滴在我的膝盖上，那是我第一次见到罗斯。

节选自《使用不熟悉枪械指南》（第五章），二三七号文件，HGF，一九六〇。

处理史密斯威森左轮手枪时，应遵守以下规则。前提是（i）圆缸有六个腔室，（ii）逆时针旋转（注意，圆柱体顺时针旋转）总共有四个类别：

0.445 英寸。只有英国或美国的弹药被标记为 0.455 英寸。

0.45 英寸。要注意，不是 0.45 英寸自动弹药。

0.45 英寸DA。该枪械可以使用 0.45 英寸自动弹药，但若没有两个特殊的三轮夹则不会拔出。可以借助铅笔拔出。要注意，不是边框弹药。

0.38英寸。任何口径超过1.5英寸的手枪都可携带英国或美国的弹药，自动弹药除外。

以上只是一般指南，有例外。

印度大麻

成文时市价如下：

仰光：每磅十块。

英国（码头区）：每磅三十英镑。

批发：每磅五十英镑。

俱乐部等：每盎司六英镑，或每支香烟十或六英镑。

（一磅约产五百支烟。）

SCRUBS

一九三九年，英国军事情报部门将沃姆伍德灌木丛监狱作为其总部。所有囚犯都被疏散，牢房被用作办公室。为保安全，腾空时，每个牢房都锁了起来。然而，一枚炸弹摧毁了大楼的一部分。后来，政府决定搬到圣詹姆斯街的一间办公室，在那里一直待到战争结束。

乔一号

荷罗群岛附近，苏禄海与西里伯斯海交汇，菲律宾群岛手指一样摸进北婆罗洲。一九四九年八月，美国空军的B-29轰炸机掠过天空，在炎热的午后阳光中划出一道阴影。

几个特殊配件支撑起能吸收宇宙射线的照相板。几个月来，这个部门始终在仔细计算横跨太平洋的路线，绘制路线图，再按照路线图飞过去。这个细节很无聊，机组人员结束每天漫长的飞行时都很高兴，等着洗个冷水澡放松一下僵硬的肌肉，再看一部露天电影让思想恢复中立。但这天不同，机组人员刚把飞机停好，就被一通紧急电话叫回了会议室。

照片实验室的技术人员已经习惯冲洗这样的照片了。图像通常是长长的虫状光条，需要多冲洗几遍，让对比度更高些，显影更清晰些。但这些照片完全不同，它们雾蒙蒙的，不是因为阳光照射显得雾蒙蒙，而是被强烈的宇宙射线浸透呈现黑色，否则会被称为"热"区域。就像当时的指挥官所说："如果大气层被这种宇宙射线穿透，我们最好还是发展铅衣产业吧。"但世界并没注意到这件事。这就是第一次原子弹爆炸。

在太平洋美国空军基地的会议室里，飞行员们逐渐明白了一个重要事实：那年美国没有引爆核弹。

整个基地立刻开始了行动，巨大的B-29轰炸机一架接一架地绕过周边轨道，从跑道尽头升空，扎进夜晚沉重的热带空气中。然而，这一次，这些飞机都是原子弹探测单位的飞机，前一年才造出来。一架特种飞机在下午的飞行途中在空中搜寻尘埃颗粒。美国原子能委员会的两个实验室已经接到警告，正等待着尘埃样本归来。

华盛顿花了五天才拿到详细报告。据说这次引爆的肯定是一枚核弹（直到九月二十三日，有关部门才表示有二十分之一的可能性不是核弹）。此外，空气中的粒子表明，这次引爆的是一个钚装置。这场爆炸的威力是广岛大爆炸的六倍，并不能与美国在阿拉莫戈多进行的第一次爆炸相比。

这时，被称为曼哈顿区（代号邮政信箱一六六三）的组织，包括圣达菲附近的洛斯阿拉莫斯武器实验室，新墨西哥州，田纳西州橡树岭的同位素分离工厂和汉福德的钚堆都已移交给原子能委员会。原子能委员会做了全部工作，找到了可裂变重金属、铀和钍的矿石，从里面提炼出纯金属，并监督可用于船舶和潜艇推进及发电机的放射性活性同位素的生产。

尘埃颗粒的报告送到华盛顿时，被评为"绝密"文件，并提交给国防部原子联络委员会主席威廉·韦伯斯特，他将报告交给了国防部长路易斯·约翰逊。

他们的情报部门对此展开了调查并提出猜想，他们两人又一起调查了这个猜想。一九四五年，曼哈顿地区长官格罗夫斯少将对苏联何时能造出核弹做出了预测，他说俄国人需要十五年或二十年才能造出核弹。科学研究与发展办公室主任万内瓦尔·布什博士在他的《现代武器与自由人》一书中说："十年。"这本书当时正在被媒体大肆报道（后来报道被叫停，预测也不提了）。美国陆军情报局在一九六〇年表示，美国海军情报局告诉国防部，苏联将在一九六五年引爆核弹。一九五二年时，大家都觉得美国空军的情报报告是杞人忧天，会引起恐慌。然而，一九四九年八月，"砰——"苏联引爆了第一颗核弹。

美国国防部要求伦敦确认西伯利亚爆炸事件，罗斯一夜成名。罗斯安置线人的眼光其实有些悲观。他不仅知道这次爆炸（在爆炸之前两年，罗斯就让英国海外航空公司所有的飞机都配勺子了），还能接触到原子能委员会里一些官职不低的官员。他通过这些官员，提前二十四小时就知道了华盛顿报告的内容，而英国当局是接到了横跨大西洋的扰频通信才知道的。罗斯给美国人发了一份参与这个项目的物理学家的摘要（彼得·卡皮扎、费斯曼、弗伦克尔、乔夫），还十分准确地预测了这些苏联科学家即将获得的奖项——此时这些科学家自己还不知道呢。

从"乔一号"开始,罗斯一步都不能走错了。

以下食谱经美国陆军军士长许可复制。

托奎弯:以下搅拌后拉丝至棒棒糖上:两盎司波旁威士忌,二分之一盎司修士酒,柠檬皮拧一下滴进去,完成。

曼哈顿项目:曼哈顿做法:两盎司威士忌,二分之一盎司甜苦艾酒,少量安戈斯图拉苦精?必打士=bitter 和一颗樱桃),再加入二分之一盎司樱桃白兰地。

格林纳达

我能看到格林纳达的黑色小眼睛和长而油腻的头发,他沉闷严肃的脸一年只明媚一次。战前他是个无线电通信爱好者,在巴黎以南一百公里处的米其林星级小镇乔伊尼经营着一家修理无线电设备的小店。

一九四〇年,格林纳达成了一名敌后秘密抵抗组织的工作人员。当时还没有什么对德国人的积极抵抗,因此他并没有被狂热的爱国主义者告发的风险。全体法国人都支持贝当元帅的时候,格林纳达支持戴高乐,甚至连盟国政府也在与达尔兰和吉鲁做生意,帮助他们迫害反对轴心国的特工,让戴高乐只能从报纸上了解北非入侵的时候,他依旧是个戴高乐主义者。格林纳达从不动摇,也从不改变。

他组织了一个火车破坏小队,活动一直开展到小队内部被渗透,幸存者逃离法国。格林纳达向北逃到了巴黎。他没有朋友,没有工作,也没有身份文件。在巴黎,他遇到了两个印刷工。他对这两个人承诺:跟着他会赚大钱,于是从他们手里弄来一台打印机，开始印刷伪造的通行证和文件。

违反法律和秩序就是爱国，他们的爱国之心并没有因为赚了大钱而减弱分毫。他们赚的钱中，有一部分流入了政治组织和反德组织。如果没有格林纳达印那些食物券、衣服券和汽油券，前往比利牛斯山脉的那条逃生路还没成功就已经崩溃了。三十多名盟军空军检查了格林纳达的公寓，公寓不过是个拥挤的住所罢了。战后，这些人也保持联系，适应新的环境。他们为"流离失所"却足够有钱的人制作身份文件和护照，甚至一度可以伪造骆驼牌香烟。

一九四七年六月，格林纳达与在塞纳河左岸阿塞伊尔咖啡馆工作的佩里尔团伙混在一起，建了一条可伪造美国运通银行几百美元面值旅行支票的生产线，利润极其丰厚。这张支票除了红色的序列号有点暗，除了水印是打印的不是压印的之外，一切都很真。他们把这张支票买到了黑市，赚了面值的三分之一，很是高兴。其中有些被人发现装在外交手提仓里过了边境。这个故事里之所以会涉及格林纳达，是因为他找到了一种可以缩拍某些外交邮件的方法。在美国运通银行的压力下，法国警方监控了整条快递路线，发现格林纳达携带了面值五万美元的伪造签名旅行支票。自从一九四〇年九月第一次接触无线电通信，格林纳达一直在为法国情报部门工作，但现在涉及了政治问题，法国情报部门也救不了他了。我认识格林纳达差不多两年了，我很喜欢他。他对我没什么威胁，所以我觉得他可以成为我的密友。我知道我的一个线人可以接触到美国陆军的文件，他有个兄弟是通过一九四四年的路径逃到法国巴黎的。尽管没办法确定，我还是愿意相信是这样。他写了一份文件，证明格林纳达是美国陆军特工，伪造美军代币塞进文件里。紧接着，我就把这个信息泄露给了美国运通银行的侦探，还告诉了一位参议员的第二秘书。在对格林纳达的指控撤销后，一抓住机会，伪造的文件就被撤销了。现在，格林纳达又成了人见人爱的宠儿。

《恺撒大帝》

第三幕。同前，国会大厦附近街道，阿尔特米多鲁斯开始读一张纸上的东西。

恺撒，当心布鲁图斯；注意卡修斯吧；不要靠近卡斯卡；关注辛纳；不要信任特雷波尼乌斯；标记梅泰勒斯西贝伯；德西乌斯布鲁图斯不爱你；你冤枉了凯尤斯利加留斯。所有这些人只有一个人，他们一心要反对恺撒。如果你不能永生，那就看看四周：安全让位于阴谋。强大的众神会保护你！你的情人，阿尔特米多罗斯。

中子弹

即便是普通的氢弹也会有中子攻击，但还没等这些中子出来，火焰便将它们都吞噬了。现在，中子弹用的是纯裂变类反应，而且没有裂变反应触发器，一百万摄氏度时会触发反应，由外部生成。爆炸释放出的中子没有电荷（因此不会被原子排斥），这些中子传播得又远又快，直到被空气吸收。

这些中子能穿透建筑物和水等物质，但只会对生命体起到破坏作用，机器不会受到任何影响。托克维环礁上的爆炸采用的是小型战术中子武器，出于安全考虑，整个爆炸反应被置于巨大的氢弹爆炸之中。中子弹不会使用昂贵或稀有的元素，因此无论小国还是大国，都渴望获得中子弹的相关信息。

雷格·卡文迪什

我看着查理的儿子，雷格·卡文迪什的黑白照片。照片放在写字柜上，好像他正从写字柜顶上往下看。他戴着平顶硬草帽——这种帽子任谁戴起来都有点傻。我还记得雷格得到帽子那天。他身形高瘦，举止笨拙，满头姜黄色的头发垂着，表示他对人类种群中那些发育不良的人的同情。他是六年级最聪明的学生，但从来没有被任命为级长，因为"……卡文迪什太温柔了，温柔到有些懒散。"雷格只是微微一笑，他不是个健谈的人。我觉得，这就是为什么我们能成为形影不离的朋友——当时，我是最吵闹的——雷格跟我在一起时，他总是不用说太多话。

雷格在乡下最自在。他知道积雨云长什么样，也知道等高线怎么看；从五十码外他就能看到田野上的画眉鸟——如果你分不清谷仓猫头鹰和秃鹰的话，他这番操作还是很能给人留下深刻印象的；他也知道鼹鼠、狐狸和不同野花的拉丁名字。在部队里，雷格也能自在地找到平衡，他安安静静地做事，比谁做得都多。雷格的做事风格就是吃苦在前，最苦最危险的地方，他总是冲在最前面。他用枪的方式跟他说话的方式差不多，省得很。雷格不需要转换空战理念，因为他从来不知道别的仗怎么打。从飞机上空降下来是战斗的序幕，就像步兵的马裤、抛光的火锁和包了跟的子弹盒一样自然。

他升职，成为团部军士长卡文迪什；在突尼斯战役中，又成了英国军队中最年轻的陆军军官之一。当时，降落伞被用作步兵，就是在这里，他得到了"施普林格"的外号。

"长站"周围的战斗是整个战役中代价最高的一次。在这场战斗中，雷格坐在一辆十五英担的卡车上，在护航时迷了路，驶离大道。道路上被装了地雷，德国工程师在大地雷周围放了很多小地雷。士兵们跳下车时，这些小地雷高高跳到空中，炸出了很多金属滚珠。黎明来临前，非洲军团在闪光灯和尖叫声中发射了迫击炮。

突尼斯在五月也很热，那么高的隆斯托普山上恨不得聚集了一千只德国人的眼睛。手榴弹和迫击炮弹的轰击声穿过山坡，空气中弥漫着尸体被烤热的香味。黑色的大苍蝇盘旋在空中，等待着冯·阿尼姆的迫击炮搜寻到他们，再把他们变成腐肉。只过了一天，这些人都死了。有的死得快，有的花了很久很久，有的陷入了昏迷，不过注定会被死神带入地狱。他们神情扭曲，躯体抽动，爬着去够一块饼干，血凝在地上，手上用力打着停在眼睛上的苍蝇或去摸热热的枪管，这些都是他们死前会做的事。雷格说："我们像鼹鼠一样落到地上。"

黑夜一寸寸降临。一个人动了动，没有死。支离破碎的人们把自己已经脱水的躯体从脏兮兮的沙坑里拽出来，拖着脚走了，连口唾沫都没舍得吐。这些幸存者得穿过雷区才能回到队伍中去。只有雷格和两个拿着长矛的下士成功了。他们升了职，还拿到一张四十八小时的通行证。

一九四三年七月，雷格的生活发生了变化。他的眼睛总盯着你身后，也总是看着地面。雷格见过太多战斗。那年七月，他参加了对卡塔尼亚的空袭。盟军舰队看错了目标，轰炸了他们。那天晚上，他不需要降落伞，他的达科他号坠毁了。还没等到晚上，他就已经有了两个伤口，一个给他带来了优异功勋奖章，另一个在他左眼处留下一条总在抽动的肌肉。上面让他到突尼斯去休假。现在，他看起来不像是个二十岁的小伙子，更像个四十岁的中年人。他不怎么笑，度假期间一直都在给家人写信。

诺曼底登陆当天凌晨一点，雷格装备齐全，潜入河中。他带着五十个士兵和一名军官，要穿过切斯特深的沼泽和灌木丛。那时他就不是个有趣的人了，他紧张而易怒，每次休假都要去看望死去士兵的亲属。我跟他讲，这么做没有半点好处，他结结巴巴地辩解——但其实他平时不结巴。"管好你自己就行了。"他说，于是我们一起去看了那些亲属。停了电的火车脏兮兮，两端站满了灰心失望的人，外面是空空的房子。

但雷格仍然幸存了下来，士兵们还在抽签进入他的空军小队，参与他领导的行动。你看，雷格总会活下来，更重要的是，他还会带着其他人一起活下来，就好像那次他拿着个基本压扁了的笼子，但笼子里的鸟依然活了下来一样。他们都在吹口哨。

在阿纳姆安静下来几周后，雷格和其他四名空降士兵乘坐德国国防军的充气船划过莱茵河下游，第一空降师知道他们已经损失了一万名士兵中的七千六百零五人。看起来，雷格似乎坚不可摧，但其实他并不是。那天，他从布鲁塞尔的蒙哥马利俱乐部出来，一辆食品供应卡车撞上了他。那是胜利日的四天前。

雷格部队的副官给我打了电话。他应该告诉雷格的父亲些什么呢？他应该照实说吗？他自己也简直不敢相信。他说雷格第一次跳伞时就和他在一起，说了三次。那天晚上我要去伦敦。我说我会告诉他父亲。

拘留中心

我们最后一次看见这种规模的拘留，是内政部在战争期间抓捕战犯的时候。拘留中心搬到马恩岛之前，犯人都安置在奥林匹亚，但后来没有必要非得把这些犯人分开关押，挪动到拘留营之后，人数也减少了。这项工作极其复杂。

三氰基氨基丙烯

戈特堡大学组织学教授霍尔格·海登博士的研究成果。他认为这种物质能操纵一系列化学物质的分子结构从而形成新物质，能够改变大脑的神经细胞，还能改变覆盖细胞的膜细胞。

神经细胞中的脂肪物质和蛋白质增加了百分之二十五。

在周围的细胞膜中，分子RNA的数量减少了近百分之五十。

从这一变化中可以看出，这些重要物质的功能变化让受试者变得更容易被教唆。

后记

《伊普克雷斯档案》是我第一次尝试写书。我是一个商业艺术家——或者用现在话的讲,叫"插画师"。我从来没做过记者,也没接触过文字工作,所以我不知道写一本书要多长时间。对许多专业作家来说,知道要写多长的东西可能会吓到自己,这就是为什么他们总要等到最后才开始动笔。而不知道会发生什么可能也是一种优势,无论是参军还是结婚可能都是如此。

于是,我带着无知的乐观摸爬滚打,开始写这本书。这本书是在写我自己吗?嗯,不然还有谁呢?我服过两年兵役,然后又在查林十字路的圣马丁艺术学院做了三年学生。我是伦敦人,在马里波恩长大,艺术学校一开办,我就在艺术学校的拐角处租了一间简陋的小房间,走路上学只需要五分钟。我对苏活区确实很了解,无论白天还是晚上,我都很了解。每天走在路上,我都会与那些"女士们"、餐馆老板们、匪帮和制铜工人互道早安。画了几年插画之后,我开始创作《伊普克雷斯档案》,其中很大一部分对苏活区的描写其实来自当时一个艺术生对生活的观察。

在皇家艺术学院读了三年研究生后,我一时冲动,申请了英国海外航空公司的工作,去做客舱服务人员。那时,每次短途飞行之后,都会有三四天的休息时间。我在中国香港、开罗、内罗毕、贝鲁特和东京都待过足够长的时间,在那里交到了很多好朋友，建立了长期友谊。开始写作之后，这些在外国生活，与外国人打交道的经历确实给我带来了很多益处。

我不知道我是因为什么开始写书的，也不知道我是如何开始写书的。我一直是个忠实的读者——狂热可能更准确一点。读书时，我在体育运动和其他大多数事上都不太在行，但目之所及的书，我都会读。我读书没什么体系，也不会刻意选择。我还记得我读柏拉图的《理想国》和读钱德勒的《长眠不醒》时一样，读威尔斯的《世界史纲》和两卷《格特鲁德·贝尔的信件》时也一样，热切又肤浅。如果遇到我没见过的想法和观点，我就记下来。我清楚地记得，当我发现《牛津环球词典》引用了数千句伟大作家的语录时，我有多么兴奋。

所以，我拿着一本练习本和一支钢笔开始写这个故事时，不过是把它当作假期消遣之一，并没怎么当回事。我不知道什么其他风格，只是像给一个亲密又值得信任的老友写信一样，马上就陷入了第一人称叙事，不知道文学作品还可以有这么多选择。

正如我妻子伊萨贝尔经常对我说的那样，我的记忆并不总是可靠。但我相信，这第一本书确实受到了我时任工作的影响，那时我在伦敦的一家广告公司当艺术总监。每天，我都会跟一堆在伊顿公学上过学、受过高等教育的、聪颖的年轻人一起工作。我们去他们专属的伦敦绅士俱乐部，坐在皮质扶手椅上度过闲暇时光，彼此称赞、彼此讥讽。他们对我很好，也很慷慨，我也很享受这段时光。后来，我创建了 WOOC(P)，也就是小说里的情报办公室。我把广告公司里阔气闪亮的社会氛围代入那些破败的办公室，而这些办公室就是以我曾经租住的夏洛特街为原型的。

主观记忆能提供的信息一定会有失真，而第一人称的叙述方式能让我用这种有些失真的方式讲述故事。主人公没有讲出全部真相，所有人物都没法讲出全部真相。我并不是说他们会像政客一样公然说谎，我的意思是，他们的记忆都倾向于自我辩护和自我尊重。在《伊普克雷斯档案》（以及我所有的第一人称书籍）中发生的故事都是矛盾中的不确定。在航行中，三条参考线不能相交的三角形被称为"三角帽"。我的故事并不想提供比这更精确的东西。我希望这些书能引起不同读者的不同反应（即使是历史在某种程度上也必须如此）。

《伊普克雷斯档案》出版时，恰逢第一部詹姆斯·邦德电影上映。承蒙大家抬爱，不止一个朋友向我透露，评论家们在用我的书对伊恩·弗莱明加以抨击。甚至在出版之前，我就被戈弗雷·史密斯（《每日快报》的高级人物）带着去萨沃伊烧烤店吃午餐。我们讨论了要把这本书写成一个系列。第二天，我开着我破旧的大众甲壳虫去松林电影制片厂，与哈里·萨尔茨曼共进午餐，真是个令人难忘又让人惊叹的经历。萨尔茨曼参与制作了《007之诺博士》，受到广泛关注。在他看来，《伊普克雷斯档案》及其没什么名气的主人公可以与邦德系列一较高下。在去松林的路上，我接到电话，是《新闻周刊》的采访邀约，巴黎和纽约的出版物也有类似的采访邀约。我很难相信这一切居然真的发生了——插画家可从来未曾享此殊荣。我太紧张了，简直无法相信，甚至做好了这是个疯狂梦境的准备，准备好要从中醒来。在会议和采访之外，我继续做自由插画家。我的朋友们小心翼翼地不提及我的双重身份，我的客户也是如此。我不觉得自己像个作家，我觉得自己像个骗子。我没有作家们在布满蜘蛛网的阁楼里煎熬着写作时应有的那种强烈的文学抱负。

出版的结果证明，我并不是唯一一个对这本书的成功感到惊讶的人。尽管连载成绩很好，销量很棒，霍德和斯托顿还是坚决将印刷订单限制在四千册内，几天就卖光了。重印花了几周时间，宣传和连载的大部分效果已经消失了。

还有一个问题仍然没有得到解答。为什么我说主人公是一个来自伯恩利的北方人呢？我真的不知道。我曾经在国王十字车站分拣办公室做圣诞节假期工，在当时处理过的包裹上，我看到了目的地"伯恩利"。我想，我这么写，还是有些不愿把自己完全描绘成曾经的样子吧。

可能这个间谍老兄终究还不是我本人。

连·戴顿，二〇〇九年

THE IPCRESS FILE © PPC Pluriform Publishing Company BV 1962
This edition is published by arrangement with *Peters, Fraser and Dunlop Ltd*. through
Andrew Nurnberg Associates Ltd.
Translation Copyright © 2024, by New Star Press Co., Ltd.
Simplified Chinese edition copyright: 2024 New Star Press Co., Ltd.
All rights reserved.
著作版权合同登记号：01-2024-0314

图书在版编目（CIP）数据

伊普克雷斯档案 /（英）连·戴顿著；乔迪译 . —
北京：新星出版社，2024.9
　ISBN 978-7-5133-5351-9

Ⅰ.①伊… Ⅱ.①连…②乔… Ⅲ.①长篇小说－英
国－现代 Ⅳ.① I561.45

中国国家版本馆 CIP 数据核字 (2023) 第 217919 号

午夜文库
谢刚 主持

伊普克雷斯档案

[英] 连·戴顿 著；乔迪 译

责任编辑	曹晓雅
责任校对	刘 义
责任印制	李珊珊
装帧设计	人马艺术设计·储平

出 版 人	马汝军
出版发行	新星出版社
	（北京市西城区车公庄大街丙 3 号楼 8001　100044）
网　　址	www.newstarpress.com
法律顾问	北京市岳成律师事务所
印　　刷	北京天恒嘉业印刷有限公司
开　　本	910mm×1230mm　1/32
印　　张	8.25
字　　数	193 千字
版　　次	2024 年 9 月第 1 版　2024 年 9 月第 1 次印刷
书　　号	ISBN 978-7-5133-5351-9
定　　价	59.00 元

版权专有，侵权必究。如有印装错误，请与出版社联系。
总机：010-88310888　传真：010-65270449　销售中心：010-88310811